KB131488

문화기획이라는 일

✦

문화기획이라는 일

지은이 유경숙
펴낸이 임상진
펴낸곳 (주)넥서스

초판 1쇄 발행 2024년 3월 10일
초판 2쇄 발행 2024년 3월 15일

출판신고 1992년 4월 3일 제311-2002-2호
10880 경기도 파주시 지목로 5 (신촌동)
Tel (02)330-5500 Fax (02)330-5555

ISBN 979-11-6683-825-5 03810

www.nexusbook.com

문화예술을
일로 엮는
덕업일치의 삶

문화기획이라는
일

유
경
숙

Qrious

Prologue

✦

《문화기획이라는 일》의 원고를 쓰기 시작할 무렵 걱정이 앞섰다. 크고 멋진 사업을 기획하는 문화기획자가 많은데 '문화기획'이라는 '일'에 대해 내가 목소리를 내도 괜찮을지 걱정되었다. 담당 에디터는 현재 활발히 활동하는 나의 모습과 그간의 경험을 가감 없이 쏟아내 달라고 격려해 주었지만, 지나온 시간 동안 조금 더 치열하게 뛰지 못한 것이 아쉽다. 그러나 요즘 청년에게 관심을 모으는 '문화기획자'라는 일에 대해 한 번쯤 이야기해야겠다는 생각이 들었다. 창의적이고 도전적인 일의 장점과 그 이면의 힘겨운 과정까지 솔직하게 정리해 보는 것이 문화기획자를 꿈꾸는 이들에게 도움이 될 거라고 생각했다. 이 책에서 이야기하고자 하는 것은 '문화기획자의 생존법'이다.

《문화기획이라는 일》에는 문화기획의 가능성과 전

망, 현실적인 생존법이 담겼다. 많은 문화기획자가 다양한 분야에서 얼마나 열정적이고 참신하게 자기만의 길을 만들어 가고 있는지, 미투(Me too) 운동을 계기로 개선되었다고는 하지만 여전히 문화계 곳곳에 남아 있는 성차별 문제의 실정이 어떤지, '빽'도 없고 라인도 없는 문화기획자가 실력으로만 승부를 걸어도 문화계에서 살아남을 수 있는지, 안정적인 수익 환경을 만들기 위해 끊임없이 실패하며 고군분투하는 현실적인 문제를 담았다. 이 책으로 문화기획자를 자세히 들여다볼 수 있는 계기를 만들고 싶었다.

나는 난타 제작사 PMC프러덕션에서 공연마케터로 조직 생활을 하다가 세계여행을 계기로 독립한 지는 이제 17년 차가 되었다. 장기 여행으로 재정이 바닥나고, 창의적인 아이디어가 늘 샘솟는 천재 기획자도 아니기에 성과가 밋밋하거나 수익이 불안정한 시기에 접어들면 '다시 회사로 들어가야 하나? 내가 왜 이리 험난한 길을 선택했지?' 하고 고민하기도 했다. 그렇게 고민과 불안의 시간을 견디고 나니 어느새 나만의 일과 자유가 찾아왔다. 내가 하고 싶은 일을 골라서 할 수 있게 되었고, 먹고사는 문제에서 자유로워질 수 있었다. 이러한 문화기획자로의 여정과 일을 이 책에 담았다. 이 책이 예비 문화기획자의 어깨를 다독이는 힘이 되길 바란다. 내가 그랬던 것처럼 방황할 것이고 결국엔 원하는 일을 하게 될 테니까! 1장에는 공연마케터에서 문화기획자로의 전환, 장기 여행을 통해 어떻게 두 번째 인생 직업을 찾게 되었는지에 대한 도전과 성장 과정을 담았다. 2장에는 문화기획자로 독립한 후의 생존 과정이 담겼다.

이 책을 고집스럽게 만들어 준 넥서스 출판사와 고나희 팀장에게 감사를 전한다. 문화기획자라는 일에 대한 관심으로, 내가 일해 온 바를 돌아보며 집필에 몰입할 수 있도록 이끌어 준 덕분에 이 책이 온전히 태어날 수 있었다. 많은 영감을 주었지만 이 작은 책 속에 충분히 담을 수 없던 동아일보 이훈구 부장, (사)한국공연관광협회 김성량 사무국장, 문화공간 전문가 김영신 대표, 하우스갤러리 강언덕 대표, 한국웰니스관광협회 최희정 협회장, 생태기획자 김혜정 대표, '기획자라면 저렇게 일해야겠구나!' 하고 초심을 잃지 않게 만드는 남산골한옥마을의 엄국천 공연기획실장에게도 감사를 전한다. 이들처럼 나 역시 앞으로 다른 문화기획자들에게 긍정적인 영감을 주기를 기대한다.

CONTENTS

✦

1
문화기획자의 세계에 들어서다

2
문화기획자의 독립을 목표하다

1

문화기획자의 세계에 들어서다

난타 제작사((주)PMC프러덕션)의 마케터로 문화계에 들어와 신명 나게 일했다. 미국 브로드웨이처럼 넌버벌 퍼포먼스 난타의 전용 상설극장 운영을 경험하면서, 국내 문화계에선 표본으로 삼을 사례가 없었기 때문에 동료들과 함께 매일 허둥대며 끊임없이 배우고 실험했다. 좀 고되고 힘들기는 했지만, 난타의 성공 덕분에 더 넓은 해외 시장을 궁금해하고 갈구했던 것 같다. 이후 20여 년간 다양한 도전을 통해 내 안의 기획자 DNA를 깨우고 한 걸음 한 걸음 나아가다 보니 어느새 문화기획자의 길에 들어서 있다. 아무것도 모르던 사회 초년생 시절 닥치는 대로 읽은 자기계발서와 앞서간 선배들의 행보를 조금씩 배우고 익히다 보니 어느덧 내가 그 선배들의 자리에 와 있다. 미약하지만, 실천의 차이라고 믿는다.

문화기획이라는 일

✦ 모든 일의 시작은 기획이다

문화기획자는 참신하고 재미있는 문화사업을 진행하는 사람이다. 문화기획은 흥미로워 보이지만, 정작 이 일을 어떻게 시작할지 혹은 이 일에 어떻게 입문할 수 있을지 가늠하기 어렵다. 영화·연극·공연 등 개별 문화예술 분야를 전공해야만 할 것 같고, 전공보다는 관심이 중요한 것 같기도 하는 등 알 수 없는 게 많다. 그러니 먼저 문화기획이라는 일이 무엇이고, 그 일은 어떤 사람이 하는지를 문화기획과 관련된 개념을 정리해 보면서 알아보자.

기획(企劃)은 무언가 필요로 하는 것을 '꾀하여 계획하다.'라는 뜻이다. 공연이나 전시를 만드는 문화 분야에만 한정된 개념이 아니다. 어떤 산업 분야의 규모와 장르에 상관없이 뭔가를 성취하기 위해 체계적으로 계획하는 일은 모두 '기획'의 범주에 포함된다. 따라서 기획이란 목표하는 결과를 얻기 위해 일의 구조를 설계하고, 세부 전략과 과정을 계획하고 실행하는 일련의 과정이다(부모님을 위한 어버이날 이벤트도 작은 규모의 문화기획일 수 있고, 올림픽과 엑스포 같은 국가적 행사를 만드는 일은 규모가 큰 문화기획이다). 그러니 기획자는 뭔가를 창조하고 실행하여 목적을 이루는 문제 해결사라고 할 수 있다.

요즘 흔히 쓰이는 크리에이터(Creator)도 기획자와 같은 의미다. 크리에이터를 우리말로 옮기면 '창작자(創作者)'이고, 창작자란 어떤 방법이나 제품을 처음으로 만들어 내는 사람을 뜻한다. 크리에이터는 과거 해외 미디어·광고계에서 사용되었고, 국내에서는 주로 유튜브 영상 기획자를 가리켰다. 요즘에는 본래의 의미처럼 모든 분야에서 '새롭게 자기 콘텐츠를 만들어 선보이는 사람'을 광범위하게 뜻한다. 그러니 기획자와 창작자와 크리에이터는 모두 같은 의미라고 할 수 있다('만드는 사람'이라는 의미의 메이커(Maker), 콘텐츠 디자이너를 뜻하는(Content designer), 프로듀서(Producer)라는 말이 있는데 이는 각 분야의 관행에 따라 주로 쓰이는 형태가 다를 뿐 같은 의미다).

기획자
Planner

'기획자'의 다른 표현

문화기획자	크리에이터	메이커	콘텐츠 디자이너	프로듀서
Cultural planner	Creator	Maker	Content designer	Producer

분야별 '기획자' 표현

문화예술	도시재생	온라인 플랫폼	방송 미디어
문화기획자	로컬 크리에이터	크리에이터	프로듀서

직무별 '기획자' 표현

공연기획자	1인 크리에이터
전시기획자	틱톡커
축제기획자	먹방 크리에이터
이벤트기획자	여행 크리에이터
문화사업 기획자	게임 크리에이터
지역문화 기획자	패션 크리에이터
스토리텔링 작가	뉴스 크리에이터
도시재생 콘텐츠전문가	뷰티 크리에이터
숲 체험 전문가	교육 크리에이터
힐링콘텐츠 기획자	부동산 크리에이터
문화공간 디자이너	
아트 크리에이터	

미래 확장성 끝판왕 '일'!

  기획 중에서도 문화기획에 대해서 살펴보면, 예전에는 '공연기획'이나 '전시기획'처럼 주류 문화 장르에만 기획이라는 표현을 사용하는 경향이 있었다. 요즘은 '문화기획'의 범위가 광범위해졌다. 공연기획, 전시기획, 이벤트기획, 축제기획, 유튜브콘텐츠기획, 게임기획, 테마파크콘텐츠기획, 공간기획, 미디어아트기획, 예술정책 및 각종 문화사업기획(예술교육, 국제 교류, 아카이빙, 네트워크 플랫폼사업 등)처럼 특정 분야에 국한되지 않고 다양한 문화 분야를 포괄하는 개념이다. 예를 들어 공연을 기획하던 사람이더라도 시간이 흐를수록 끊임없이 새로운 문화융합 장르가 생기는 만큼 그의 커리어도, 활동 범위도 넓어져 축제기획이나 이벤트기획을 넘나들 수 있기 때문에 장기적인 관점에서도 개별 문화 장르를 기획한다고 하기보다는 문화기획이라고 표현하는 게 효용도가 높다.

  2030 부산 엑스포 유치를 위해 프랑스 파리 국제박람회기구(BIE)에서 진행되었던 최종 PT도 대표적인 문화기획의 사례다. 언론은 유치 실패의 이유로 전략이 부재한 기획을 꼽았다. 많은 언론사의 지적에 따르면 당시 한국과 경쟁하여 PT를 진행한 사우디아라비아는

자국의 아킬레스건이라 할 수 있는 여성 인권 문제를 완화하는 이미지를 구현하기 위해 발표자를 여성 리더로 전진 배치하고, 미래 비전을 제시했다. 반면 한국은 발표자 다섯 명 중 나승연 홍보대사가 유일한 여성이었으며, 이미 10년 전의 콘텐츠가 되어 버린 '강남스타일'을 재사용하는 등 전체적으로 K-POP과 한류에만 의존한 내용으로 PT를 진행하였다는 것이다.

　언론의 지적처럼 좀 더 구체화된 고유한 문화적 무기 없이 한류 이미지에만 기댄 것이 아쉽다. 그러나 문화기획자라면, 문화기획자를 꿈꾼다면, 해당 사례에서 아쉬움만 느껴서는 안 된다. '만약 담당 기획자였다면 오일머니로 물량 공세를 하는 사우디아라비아를 물리칠 수 있는 무기로 무엇으로 활용했을까?', '강남스타일을 대체할 부산의 무기로 무엇을 고안해 냈을 것인가?' 등의 질문에 답할 수 있어야 한다. 원하는 결과를 얻기 위해 자신만의 창의적 방법을 고안하고 실행하는 것이 필요하다. 이것이 기획이고, 기획자의 역할이다.

　어떤 사람은 '나는 기획 직무가 아니니까!'라면서 자신을 기획과는 무관한 사람으로 규정짓는다. 명함에 '기획부' 또는 '전략기획본부' 등 기획이라는 글자가 박혀 있지 않다면 기획과는 상관없는 직무라고 단정 지어 버리는데, 그렇지 않다. 세상의 모든 일에는 반드시 기획이 포함되고, 참신한 기획을 할수록 일은 좋은 성과를 낸다. 나는 디자이너니까, 나는 마케터니까 '기획'과는 상관없다는 듯 자신을 포지셔닝하는 경우가 많은데 이는 적절하지 않다. 그런 식으로 일하는 사람은 특색 없이 무난하게 그냥 주는 일을 마무리하는 경우가 많다.

기획이 실종되면 어떤 일이 벌어질지 다음의 사례를 통해 볼 수 있다. 어떤 프로젝트를 진행하면서 메인 포스터를 디자인 업체에 의뢰했다. 업체에서 2주 정도 시간이 필요하다고 하여 그 시간을 제공하고 미팅을 잡았다. 그런데 그날 회의는 제대로 진행되기 어려웠다. 디자이너가 포스터에서 뭘 표현해야 좋을지 모르고 있었기 때문이다. 디자인을 하는 데 잘 모르거나 이해되지 않는 부분이 있다면, 사업의 취지나 성격, 메시지 등을 클라이언트에게 다시 물어보고 검토하면 된다. 그런데 해당 디자이너는 우리 측에 한 번도 문의하지 않았기에 '콘셉트를 잘 이해했나 보다.' 하고 기다렸던 것이다. 콘셉트를 이해하지 못한 채, 질문도 없이 진행한 디자인 시안은 당연하게도 매력적이지 않았다. 게다가 A안·B안·C안의 기본 디자인이 모두 같고, 제목을 가로로 배치하거나 세로로 배치하거나 조그맣게 배치한 것의 차이만 있었다.

사업을 임팩트 있게 전달하고자 디자인을 의뢰한 것인데, 사업 홍보에 중요한 디자인이 임팩트가 없었다. 디자인 업체의 디자이너와 대표도 디자인에 자신이 없었는지 말을 계속 잇지 못했고, 소통하지 않고 혼자 일하고 싶어 하는 디자이너의 태도가 안타까웠다. 본인이 선 하나를 그리더라도 왜 그리는지, 무슨 말이 하고 싶은지 알아야 하고, 모르겠다면 클라이언트에게 물어봤어야 했다. 디자이너 스스로 이해하지 못하였으니, 설득력이 없고 메시지가 명확하지 않고, 디자인 콘셉트 아이디어가 나오기 힘든 것이다. 급기야 제목을 가로·세로 배치하는 정도가 클라이언트에게 제시할 수 있는 디자인의 전부였다. 전형적인 기획의 부재다.

이처럼 어떤 일이든 잘하려면 '누구를 대상으로, 어떤 내용으로, 어떻게 구성해서 원하는 목표를 실현할 것인지'에 대한 콘셉트 방향부터 실행 방법까지 세부 계획이 있어야 하고, 이 모든 것은 기획의 범주에 포함

된다. 흰 종이 위에 선을 하나 긋더라도 뜻하는 바가 있다면 그것은 분명 기획이다. 공연을 만들고, 전시를 기획하는 것만이 기획이 아니다. 이 세상 모든 일에는 '기획'이 기본값이다. '기획'이 빠진 사업은 앙꼬 없는 찐빵이다. 어떤 일을 시작할 때든 '기획'에 대한 접근이 중요하다.

✦ 입문보다 포기가 빠르다

회사를 그만두고 필드로 나와 독립하니, 직장인일 때는 보이지 않던 '홀로서기' 선배들이 눈에 들어왔다. 조직에 얽매이지 않고 독립적으로 하고 싶은 일을 하며 성장과 발전을 거듭하는 문화기획자가 많았다. 반면 독립을 포기하고 다시 이력서를 쓰며 재취업을 준비하는 문화기획자도 많았다. 독립을 포기하는 것은 그들에게 부족함이 있어서가 아니다. 그만큼 독립이라는 게 녹록지 않기 때문이다. 이처럼 독립의 명암이 뚜렷한 문화기획자라는 일에 대해 17년 차 문화기획자로서 솔직히 이야기해 보고자 한다.

문화기획자는 전시장, 공연장, 영화관, 도서관 등의 문화공간을 밥 먹듯 다닌다. 각종 문화공간이 일터이기 때문이다. 특히 새로 생긴 팝업스토어나 테마파크, 특별한 문화공간이 생겼다면 그곳을 가장 먼저 상상하고 구상하는 사람이 문화기획자다. 따라서 문화기획자는 친구를 만날 때나 쉴 때도 되도록 다채롭고 트렌디한 문화공간을 찾아다닌다. 직업이 일상 안에 스민 것이다. 기왕 놀고 쉴 거, 좋아하는 일에 도움이 되도록 병행하는 것이다. 예를 들어 친구와 저녁 약속이 있다면, 1시간쯤 일찍 나가 약속 장소 근처의 한가람 미술관의 전시를 본 후에 저녁 식사를 하는 식이다. 디저트도 기왕이면 동대문 경동시장의 옛 극장을 개조하여 만든 '스타벅스 경동 1960', 팝업스토어 백화점이 되어버린 성수동 같은 핫한 문화공간에서 즐기는 식이다.

회사에 재직하며 일하는 문화기획자도 있지만, 조직 내 기획자는 회사의 지시에 따라 부서 이동을 해야하고 늘 문화기획 업무를 하는 것만은 아니기 때문에, 이 글에서는 독립 이후의 문화기획자의 입장을 살펴보는 게 적절하다. 그렇다면 독립한 문화기획자의 장점과 단점에는 뭐가 있을까?

조직에서 독립한 문화기획자의 최대 장점은 자율성이다. 일하고 싶을 때 일하고, 놀고 싶을 때 놀 수 있는 자유가 있다는 것이다. 매일 아침 콩나물시루 같은 지하철을 타지 않아도 되고 아침 9시에 출근하고 6시에 퇴근하면서 회사가 우선적인 삶을 살지 않아도 된다. 밤에 일이 잘되는 사람은 올빼미처럼 밤새 자기 리듬에 맞춰 일해도 되고, 다른 사람들 일하는 낮에 내가 보고 싶은 전시회에 가도 된다. 평일 아침 아무도 없는 영화관을 조조할인까지 받으며 전세 내듯 독차지할 수 있고 지인들과 여유 있는 점심을 즐기고 오로지 자기 페이스에 맞게 시간을 쓸 수 있다. 당연히 업무 미팅도 자신의 컨디션에 맞추면 된다. 뜻이 맞는 기획자들끼리는 밤샘 맥주 회의를 하기도 한다.

조직 내에서 문화기획을 하는 기획자도 있지만, 많은 사람이 조직에서 나와 자유롭게 활동하는 전업 문화기획자를 동경하는 이유가 여기에 있다. 조직의 생리에 맞추지 않고, 오로지 나의 흐름에 맞춰 일하고 사는 것을 바라기 때문일 것이다. 이와 같은 부분은 문화기획자만이 아니라 독립하여 일하는 사람의 공통된 장점이기도 하니, 다른 일과 구분되는 (독립한) 문화기획자만의 장점을 이야기하면 다음과 같다.

하고 싶은 일을 마음대로 결정할 수 있다는 것도 문화기획자의 직업적 장점으로 꼽을 수 있다. 문화 분야에는 기획력도 높고 일도 잘하는 좋은 인력이 많지만, 그중 적지 않은 사람들이 문화재단이나 기관으로 어떻게 해서든 입사해 안정적인 직업을 가지려고 애를 쓴 다. 당연히 안정은 주어지지만, 한편으로 기획 일보다 회사에서 요구하는 행정 업무를 처리하느라 아쉬워하 는 사례가 많다. 그렇게 시간이 지나다 보면 뭔가 능동 적으로 일을 기획하기보다는 관리자의 형태로 차츰 변 해 간다.

독립해서 안정적으로 자리를 잡은 기획자는 이미 여러 기관 및 파트너사와 업무적 신뢰 관계를 쌓아 두 고, 이런 네트워크를 통해 꾸준히 일이 들어오는 구조 를 만들어 놓은 경우가 많다. 따라서 주변에서 연락해 오는 비즈니스의 성격을 파악하여 일을 받을지 말지를 결정한다.

나의 경우도 사업을 진행하면서 가장 중요하게 생 각하는 나름의 철학이 있다. "일만 하면서 나이 먹지 말자! 돈 많은 부자보다 마음이 부자인 중산층이 낫 다!" 그 때문에 일이 너무 많아지거나 시기적으로 무리 가 될 것 같으면 정중하게 거절하는 편이다. 조직 안에 있으면 이런 선택은 거의 불가능하다.

그 밖에도 실력을 인정받고 신뢰를 쌓은 기획자라 면 안정적인 수익을 올리는 것은 물론 전문성을 인정받아 예상하지 못하던 분야에서까지 다양한 업무 제안을 받게 된다. 필드에서 개인 브랜드를 인정받고 탄탄하게 경력을 쌓은 좋은 기획자들은 60세 은퇴라는 개념이 아예 없다. 어찌 보면 이 점이 기획자의 가장 매력적인 부분이 아닐까?

70세가 넘어서도 전국 지자체에서 각종 문화사업을 진행할 때마다 심사, 자문, 컨설팅, 집행 위원 등의 자격으로 초청되기 때문에 개인 브랜드가 확고히 잡힌 기획자라면 노년에도 최소한의 노동력으로 쏠쏠하게 수익을 기대할 수 있다.

그러나 회사에 출근 안 하고 자유롭게 일한다고 설마 좋은 점만 있을까? 자유로운 문화기획자가 되면 안 좋은 점도 제법 많다. 문화기획자가 되기 위해 뛰어들었다가 결국 포기하고 다시 재취업을 하는 경우도 대부분 다음과 같은 단점 때문이다.

첫째는 시간이 흐를수록 스스로 느끼게 되는 창의성과 기획력의 한계다. 많은 사람이 문화기획자의 최대 불안 요소로 불안정한 수익을 생각하지만, 이는 문화기획자를 포기하는 첫째 이유가 되지는 않는다. 오히려 아이디어가 샘물처럼 끊임없이 솟아나지 않는 자신을 마주할 때, 그리고 이런 순간이 잦아지고 차츰 지쳐 가는 자기 모습을 발견할 때 가장 많이 포기한다. 그런데 생각해 보면 이건 어느 직장인이나 한 번쯤 만날 수 있는 상황이다.

어떻게 사람이 항상 창의적이고, 늘 번뜩이는 아이디어가 샘솟을 수 있겠는가? 그래서 기획자라는 직업을 선택한 사람들은 되도록 창의적 사고, 발상을 가질 수 있는 자질을 키우되 늘 최고의 결과물만 내야 한다는 강박에서 벗어나 실질적이고 현실적인 목표치를 가지는 것이 중요하다. 오래가는 건전지처럼 자신을 토닥이며 꾸준히 마음의 근력을 키우는 것이 관건이다.

둘째는 경제적 불안정성이다. 수익이 많을 때는 통장에 목돈이 연거푸 들어왔다가도 비수기에는 수입이 몇 달간 0이 되기도 한다. 나처럼 부양할 가족이 없는 사람은 비수기에 수익이 급격히 줄어도 먹고사는 데 심각한 지장을 받지는 않지만, 가족이 있는 가장이라면 매우 현실적인 문제를 마주할 수도 있다.

그중에서도 매월 고정 지출이 큰 자녀가 있다면 더욱 힘들 수 있다. 직장 생활 할 때처럼 안정적으로 매월 최소한의 수익이 나지 않으면 오래 버티기 어렵기 때문에 평균 5년이 지나면 다시 기업이나 기관으로 들어가는 사례가 많다. 나도 '난타' 제작사 PMC프러덕션의 마케팅 업무를 중단하고, 세계여행을 하고, 유럽 일주 여행을 하면서 자유롭게 해외 시장을 조사할 수 있던 것도 책임질 가족이 없었기 때문에 가능했던 것이다.

다만 문화기획자는 시장에서 자리를 잡는 순간까지 수익이 불안정한 것은 사실이지만, 시간이 흐르고 시장에서의 개인 브랜드가 탄탄해질수록 인생 후반부에는 수익 상승률이 직장인보다 훨씬 가파르다. 그러니 오래 버틸 수 있는 힘이 있다면 그저 단점이기만 한 것은 아니다.

문화기획자는 일견 매력적으로 보이지만 늘 그런 것도 아니고, 그게 전부도 아니다. 드라마처럼 자신이 상상한 아이디어를 기가 막히게 현실에서 실현해 내는 짜릿한 순간만 있는 게 아니다. 남들보다 비교적 아이디어가 많고, 실행력이 높아서 문화기획자로서의 자질이 있는 사람일지라도 긴 시간 거친 필드에서 꼿꼿하게 버틸 정신적 근력이 있는지 냉정히 스스로 돌아봐야 한다.

확신이 없다면 당분간은 현재의 조직 생활을 이어

가면서 단계적으로 두 번째 직업으로서의 기획자를 준비하길 권한다. 경솔하게 사직서를 내밀어서는 안 된다. 서두르지 않는다면 어느 것 하나 포기하지 않고도 두 가지를 다 누릴 수도 있는 법이니까.

✦ 문화콘텐츠학과가 넘쳐나는 이유는 무엇일까?

세계경제포럼의 '미래 직업보고서 2023'이 발표된 이후 위협받는 인간의 직업에 대한 관심이 한층 뜨거워졌다. 챗GPT는 가까운 미래에 사라질 직업으로 생산직 종사자, 운전사, 번역가, 공무원, 컴퓨터 프로그래머 등을 꼽았다. 그 밖에도 많은 직업이 사라질 위기에 처했다고 전망했는데, 이런 전망과는 다른, 눈에 띄는 예측이 있다. "인간의 역량과 창의성이 필요한 일들은 계속해서 존재할 것이다!"라는 예측이다(이 또한 AI기술의 발달로 창의적 부분까지 인간 노동을 점차적으로 밀어낼 가능성이 있다는 연구 결과가 지속적으로 발표되고 있다_'인간 일자리 위협하는 챗GPT, 한겨레신문 2023.7.10'). 이는 문화예술을 창출하는 예술인과 문화기획자라는 직업에 대한 전망으로도 폭넓게 해석할 수 있다. 그럼 그렇지. 창의적인 문화콘텐츠를 기반으로 다양한 문화사업을 기획하는 일은 인공지능이라도 사람을 대체하는 데 한계가 있을 것이다.

이런 전망은 전국 대학가에 문화콘텐츠학과 또는 유사학과 설립 붐이 일었던 데서도 여실히 드러난다. 문화의 산업화와 엔터산업 성장의 결과, 전국적으로 문화콘텐츠학과가 생겨나기 시작했던 게 2002년 이후쯤이었다. 그 시기 이후에도 전국적으로 문화콘텐츠학과가 빠르게 늘어나기 시작했고, 2010년 전후하여 역사문화콘텐츠학과 · 한국문화콘텐츠학과 · 문화관광축제이벤트학과 · 글로벌문화콘텐츠학과 · 글로벌문화학과 등 시대 흐름에 맞게 학과명을 바꾸거나 유사한 학과를 신설하며 문화콘텐츠학과의 설립은 대폭 확대되었다.

특히 기존의 문화 관련 학과가 영화 · 문학 · 언어 · 예술 · 연극 · 음악 · 문예창작 등 순수 문화예술에 포인트를 두었다면, 문화콘텐츠학과는 새로운 디지털 매체가 속속 등장하면서 순수 문화예술과 기술을 접목하고 융합하여 새로운 문화예술 장르를 폭넓게 포괄하고 있다. 전공 내용이 이론보다 실무 위주고, 예술보다 예술의 활용에 초점이 있기 때문에 학생들에게 트렌디하고 재미있는 전공으로 받아들여지고 있다. 과거보다 문화예술에 더 기술적이고 디지털적으로 접근하는 학과인 것이다.

예를 들어 과거에는 세계화 시대에 걸맞게 언어 관련 학과의 인기가 높았다. 하지만 요즘처럼 많은 사람이 외국어를 익히고, 번역 프로그램이 잘되어 있는 세상에서는 그 인기가 예전 같지 않다. 문화콘텐츠학과에서는 기존의 전공 학과와는 달리 게임·웹툰·MICE·미디어아트 등 끊임없이 새롭게 양산되는 다양한 문화예술 장르를 골고루 접할 수 있다. 이처럼 '문화+콘텐츠학과'는 문화예술 범주에 들어가는 걸 대부분 담아낼 수 있는 전공이다(다양한 장르를 다루는 만큼 학문의 깊이까지 기대하기에는 부족함이 있다).

나 역시 예술경영학 박사 과정을 밟는 동안, 건국대 문화콘텐츠학과에서 10년 가까이 축제와 이벤트, 문화산업, 마케팅 등에 대해 강의해 왔다. 그 이전에는 문화기획 실무만 맡아 왔는데, 대륙별 문화예술축제에 대한 정보를 담은 《유럽축제사전》이라는 책을 출간한 후에 대학 강의를 맡게 되었다. 이 책은 문화체육관광부의 간행물윤리위원회에서 '이달의 책'으로 선정(2011년)되었고, 당시 심사 위원이던 건국대 문화콘텐츠학과 김기덕 교수님이 이런 실질적인 문화기획 정보를 학생들에게 전해 달라고 요청하여 겸임교수으로 10여 년간 꾸준히 강의할 수 있었다. 그 덕분에 요즘 문화콘텐츠학과가 왜 이토록 청년들에게 인기가 많은지 실감하는 계기가 되었다.

문화콘텐츠학과에서는 문화산업과 관련된 모든 인기 장르를 커리큘럼으로 구성할 수 있다. 따라서 고등학교를 갓 졸업하고 아직 진로가 명확하지 않은 청년 입장에서 다양한 문화를 경험해 볼 수 있는 복합적인 학과가 매력적일 것이다. 문화콘텐츠학과에서는 웹툰·유튜브·SNS 소셜마케팅·테마파크·축제·공연·미디어아트·애니메이션 등 문화 장르를 신기술과 함께 강의로 만날 수 있다. 테마파크 전문가, 축제 전문가, 미디어아트 전문가 등으로부터 실무 현장 이야기도 접할 수도 있다. 디지털 시대로 전환되면서 문화예술이 신기술과 접목되어 그 내용이 더 풍부해지고 다양한 산업에 활용되고 그에 따라 문화콘텐츠학과에서 다룰 내용은 더욱 폭넓어질 것이고. 그만큼 우리 문화기획자들이 할 일과 시장은 지속적으로 늘어날 것이다.

✦ **겸업을 선택하다**

문화기획자와 예술인의 대다수는 N잡러다. N잡러라는 건 실은 긍정적인 표현이고, 예술 활동과 문화기획만으로 살아가기 어렵기 때문에 소위 투잡을 하는 경우가 많기 때문이다.

문화기획자와 예술인이 과거에 좋아하는 일을 하면서도 일상적인 생존을 지켜 내기 위해 택한 대표적인 겸업은 치킨집이었다. 대학로에서 저녁 공연이 끝나면 회식이든 모임이든 공연계 지인이 운영하는 술집이나 치킨집에 찾아가는 게 일반적이었다. '어차피 모이는 거 동종업계 지인의 생업에 도움을 주자.'라는 인식이 문화계에 통하는 불문율 같았다. 요즘은 문화계에서 더욱 다양한 분야의 N잡 사례를 대할 수 있다. 무엇보다 N잡이 새로운 장르로 확장되는 사례가 두드러진다.

A씨는 남편과 함께 연기도 하고 문화기획도 했는데, 이 일만으로는 어린 자녀의 높은 교육비까지 감당하기

어려울 것을 결혼하는 시점부터 고민했다. 그는 신혼 때부터 수도권 부동산에 관심을 두고, 경기도 변두리에 살면서 적은 자본으로 목돈을 마련할 수 있는 방법을 익히기 시작했다. 그는 소액으로 남편과 자녀의 미래를 준비해야 한다는 장기적 계획을 가지고 부동산에 접근한 것이다. A씨는 남편과 결혼 전에 데이트할 때도 주로 임장(부동산이 위치한 현장을 직접 방문하여 실질적 여건을 파악하는 것) 장소를 찾아다녔다고 한다.

B씨는 현대 무용가이자 안무가였는데, 나이를 먹더라도 꾸준히 활동하는 백발의 무용수를 꿈꿨다. 그러나 현실은 냉혹하여 나이가 들수록 설 수 있는 무대가 줄었고, 불규칙한 수익 때문에 안정적인 생활을 유지하기 힘들었다. 그러다 보니 생계를 위해 조금씩 수행하던 문화사업의 비중을 늘리게 되었고, 지금은 무용가보다 문화기획자로서 더 알려져 있다. 그는 주로 크고 작은 이벤트 기획, 정책 사업 운영 대행, 축제의 종합 평가 연구를 진행하는 용역 사업을 수행한다.

B씨는 문화사업 실적이 계속 늘자 꾸준히 사업에 몰두하여 몇 명의 직원까지 두며 사업을 확장했다. 무용가이던 때에 공공지원사업을 활용했던 경험을 토대로 문

화사업 지원 요건을 학습하여 최근에는 사회적 기업으로 인증받아서 공간 지원, 인건비 지원 등 각종 운영비를 정부에서 지원받아 실속 있게 사업을 이끌고 있다. 상대적으로 생명력이 짧은 무용수에서 사회적 기업의 대표로 다양한 연구 사업을 진행하며 생활의 안정을 찾았다. 무용가의 역할도 완전히 접지 않고 큰 규모의 축제에서 지금도 곧잘 몸의 움직임을 기반으로 하는 퍼포먼스 공연을 선보이고 있다.

방송작가에서 생태문화기획자로 변신한 김혜정 대표도 성공적인 겸업 사례. 김 대표는 방송작가라는 주업이 겸업이 되고, 취미를 주업으로 만든 독특한 이력의 문화기획자다. 김 대표는 〈이규현의 스포트라이트 (jtbc)〉에서 활약하던 20여 년 경력의 방송작가였다. 고생한 만큼 사회적 관심도 받고 멤버 간의 합도 잘 맞아 작가를 천직으로 여기며 일하던 중 위기가 찾아왔다. 근무 중 급작스럽게 쓰러진 것이다. '젊음' 하나로 버티며 살아왔으나, 나이가 들고 건강을 잃고 나니 일도 삶도 허무하게 느껴졌다. '앞으로도 이렇게 일만 하며 살 것인가?' 하고 생각하게 되어 사직서를 냈고, 대책도 없이 자유인이 되었다.

그녀의 다음 스텝은 산으로 이어졌다. 방송작가 시절 힘이 들 때마다 산을 찾곤 했다. 직장 생활 속에서 즐기는 '소확행'으로 산과 식물, 꽃에서 위안을 받았다. 산을 즐기는 게 그저 잘 맞는 취미라고만 생각했는데, 갑자기 백수가 되고 보니 가장 좋아하는 일과 하고 싶은 일에 관한 공간을 만들자는 생각이 들었다. 그래서 김 대표는 목동의 작은 골목에 〈꽃 피는 책방〉이라는 공간을 만들었다. 이 책방에서 각종 독서 모임과 숲 치유 프로그램이 끊임없이 진행되고 있다. 이런 프로그램에 인근 초등학교에서 오는 어린이와 청소년을 비롯한 주민이 참여하고 있다. 책장 사이사이 싱그러운 꽃과 식물이 자라는 작은 서점에 손님들 반응도 좋고, 각종 지원사업에도 선정되었다. 김혜정 대표는 그렇게 꽃과 여유, 식물과 책, 무엇보다 여유로운 시간을 자신과 다른 사람들에게 제공하고 있는 것이다.

책방에 대해 입소문이 나면서 문화사업 관련 연락이 여기저기서 오기 시작했고, 양천구와 문화체육관광부, 서울시 등과 동네 문화공간을 활용한 지원사업을 많이 진행하고 있다. 방송작가 시절 알던 지인들이 '생태와 환경' 관련된 다큐멘터리 프로그램을 기획할 때마다 김 대표에게 꾸준히 연락하기 때문에 책방 대표라는 새로운 일이 생겼어도, 본래의 직업이던 작가의 전문성을 활용할 기회도 꾸준히 이어진다. 김 대표에 따르면 문화기획자는 방송작가와 직무적 유사성이 높다. 방송작가도 결국은 기획하는 일이기 때문이다. 매주 어떤 재미있는 방송을 내보낼지 고민하고 수집하는 것이 작가의 본업이니까. 기본적으로 '기획'에 잘 훈련되어 있던 터라, 〈꽃 피는 책방〉이라는 창의적인 공간을 기획할 수 있던 것이다.

이처럼 동네 책방이라는 문화공간을 운영하며 겸업하는 경우도 있고, 저녁에만 문을 여는 카페, 테이블이 없는 배달 전문 식당, 개인 레슨, 학교 교육에 전문성 있는 예술인이 참여하는 강사 활동 등 문화계의 겸업은 지금도 활발히 진행되고 있다. 예전이나 지금이나 문화계에서 경제적 안정에 이르기까지 겸업은 필수 조건처럼 된 상황이다.

이토록 높은 겸업 비율은 그만큼 문화계에서 생존하는 일이 만만하지 않다는 의미이기도 할 것이다. 그럼에도 많은 사람이 문화계를 떠나지 못하고, 예술 기반을 놓지 못하는 건 문화예술을 지속하고 싶다는 절실한 마음 때문일 것이다. 나 역시 좋아하는 일인 문화기획이 나의 일에서 100%의 비중이 되기 전까지는 직업적 경계를 오가는 시기를 보냈다. 그런 시기를 거쳐 문화기획자로서 자리를 잡아 가면서, 내가 좋아하는 일의 비중을 점차 0%에서 100%로 최대한 끌어올리며 '일'에서 설렘과 뿌듯함을 경험할 수 있었다.

2021년 문화체육관광부에서 발표한 〈문화계 예술인 실태조사〉에 따르면 예술인으로 겸업하고 있는 사람의 비율이 무려 72.2%라고 한다. 이는 열 명 중 일곱 명이 겸업을 하고 있다는 뜻이다. 순수 예술인과 문화기획자를 엄밀히 구분해 조사한 통계는 없는데, 이는 예술 활동과 문화기획을 병행하는 사람이 워낙 많아서 이를 엄격히 구분하여 조사하기가 사실상 힘들기 때문이다.

어차피 문화계에서 겸업을 피할 수 없다면, 최대한 본업(하고 싶은 일)과의 직무 유사성이 있는 일을 선택하여 본래의 목적이 퇴색하지 않는 선에서 똑똑하게 해 볼 것을 추천한다.

✦ 문화기획자로서 자아를 발견하다

대부분의 문화기획자가 처음부터 '기획자'로 일을 시작하지는 않는다. 일반적으로 제작·마케팅·경영 등의 직무로 구분되어 일하다가, 차츰 자신의 적성에 맞고 재미를 느끼는 부서로 자리를 옮겨 가며 실질적인 문화기획 일을 하게 된다(이 과정이 평균 5년 정도 걸린다). 기술직으로 입사했던 사람이 관리직으로 전환되기도 하고, 무대 스텝 아르바이트로 시작한 사람이 직접 연출하고 훗날 기획자 겸 제작자가 되기도 한다.

나도 예술을 전공하지 않았고, 마케팅으로 문화계에 입문하였으나, 결과적으로 문화기획자가 된 사례다. 나는 2000년 난타전용관 마케팅 업무를 하면서 문화계와 연을 맺었다. 당시 국내에는 '3월 1일부터 3월 15일까지'처럼 기간이 한정된 공연이 대부분이었다. 난타의 송승환·이광호 대표님은 미국 브로드웨이처럼 외국인 관광객을 대상으로 한 상설 공연장 개관을 목표로 본격적인 사업을 진행 중이었다. 나는 난타전용관 개관 6개월 전에 첫 공채로 채용되었다.

당시 나는 광고·기자·마케팅 등의 직무에 관심이 많았는데, 대학 졸업 전에 유럽 여행을 하다가 우연히 현지에서 공연하던 난타를 보고 귀국 후에 문화계로 진로를 바꾸었다. 나이도 경험도 적었던 때라 정확히 어떤 일인지도 모르고 시작했다. 일을 배우며 수시로 대학로 연극판을 들여다보니 좀 고생스러워도 너무 재미있었다. 내가 낸 아이디어가 작게나마 사업에 적용되는 게 신기했고, 다른 공연 작품들과 비교해 조금 차별화된 마케팅을 시도하면 관객 반응이 금세 달라지는 게 눈에 보였다. 고생한 만큼 결과가 눈에 보이는 게 참으로 신기했다. 어디서 에너지가 나오는 것인지 밤을 새워도 힘든 줄 몰랐고 매일이 새로웠다.

그러던 중 과제가 떨어졌다. 난타의 다음 작품으로 창작뮤지컬 'UFO(외계인이 우연히 지구에 착륙한 이야기의 댄스뮤지컬)'를 제작하여 홍보마케팅을 해야 했다. 그런데 특별한 홍보 이슈가 없었다. 더구나 공연 개막 전날까지 대사나 줄거리, 배우들 동선이 끊임없이 변경되어 내일 당장 무사히 개막할 수 있을지조차 모를 상황이었다. 무엇보다 회사가 난타의 성공으로 세간의 주목을 받으며 차기작에 대한 문화계의 기대가 높았다. 이미 규모가 큰 기업의 투자를 받은 상황이었는데, 문화벤처기업으로 주목받던 난타 제작사인 PMC프러덕션에 대기업이 큰 비용을 투자한 것이었다. 그 대신에 공연 무대에 PPL(간접 광고)이 다소 과하게 투입되었다.

공연이 흥행한다면 좀 과한 상업적 시도도 어느 정도 용인될 수 있겠지만, 그 반대라면 관객의 눈에는 PPL만 보이고 혹평이 쏟아질 게 뻔했다. 그러니 홍보마케팅이 중요할 수밖에 없는 상황인데, 개막을 앞두고 작품 완성도가 불안정하니 온 스텝이 난리가 났다. 신작은 반드시 성공해야 했고 정신 바짝 차려야겠다는 생각이 들었다. 나는 머릿속을 정리하고 상황을 살폈다. 그리고 밤새 고민한 끝에 '외계인의 추석상'이라는 아이디어를 냈다. 마침 며칠 후면 추석이었다.

추석이면 백화점이나 대형 마트에서 추석 상품을 홍보하는 이벤트를 대규모로 진행한다. 이런 이벤트와 추석 주력 품목을 주요 일간지가 많이 다뤘고, 여기에 사용되는 연출 사진은 익살스럽고 알록달록한 컬러감이 좋아서 미디어 주목도가 높다. 나는 백화점의 명절 마케팅에서 아이디어를 가져왔다. UFO의 주인공인 외계인과 곧 다가올 추석을 접목하여서 '퍼포먼스형 사전 공연' 안을 낸 것이다. 추석을 처음 경험하는 외계인의 낯설고 귀여운 모습과 이색적인 명절 상차림을 콘셉트로 보도 자료를 배포했다. 사전 공연에는 배우 네 명을 출연시킬 예정이었다.

행사 당일 기대 이상으로 많은 취재진이 몰려왔고, 모든 준비가 완료되었는데 출연 배우 중 한 명이 연락 두절이었다. 시간이 점차 흘러 이제는 배우가 도착해도 특수 분장을 할 시간도 없는 상황이었다. 출연자 중 한 명이라도 빠지면 퍼포먼스에 휑한 느낌이 들어, 나는 배우를 대신해 누구라도 출연시키는 게 맞겠다고 판단했다. 그 순간 한 남자가 내 눈에 들어왔다. 송승환 대표님의 이동을 맡아 주시던 인사총무과 소속 운전기사님이었다. 나는 그동안 사무실에서 오가는 길에 기사님과 항상 웃는 얼굴로 인사를 나눴던 터라, 그와 눈이 마주치자마자 쫓아가 부탁했다. 일반인이 배우들과 즉흥적으로 퍼포먼스를 한다는 게 얼마나 말이 안 되는 줄 알지만, 딱히 대안이 없었다. 기사님은 출연 배우들과 신체 조건이 비슷했고, 기사님은 감사하게도 분장과 출연을 수락해 주었다.

외계인 분장을 한 기사님은 의외로 역할에 잘 어울렸고 한번 시작하니 재미있었는지 노란 송편을 골랐다가 파란 쑥 송편을 골랐다가, 신기한 외계인의 표정으로 송편을 카메라 앞으로 줌 효과 내듯 휘휘 돌려 내밀어 주었다. 취재기자들이 재미있다며 깔깔깔 폭소가 터졌고, '외계인이 송편 먹는 추석상'은 성공을 거뒀다.

같은 날, 난타의 미국 진출 확정에 대한 큰 규모의 보도 자료를 별도로 배포한 터라, 언론에서 얼마나 이 사전 공연에 관심을 보일까 싶었다. 그런데 다음날 모든 일간지에 PMC프러덕션의 뉴스가 실렸고, 어떤 언론사는 문화면에는 '난타 해외 진출 쾌거' 기사를, 경제면에는 '외계인의 추석상' 사전 공연 기사를 동시에 실었다. 홍보마케팅을 해 본 사람이라면 알겠지만, 전국구 종합 일간지에 한 회사의 기사가 같은 날 동시에 게재되는 일은 흔치 않다.

'외계인의 추석상' 공연을 준비하며 마음 졸인 기억을 떠올리면 지금도 심장이 쫄깃쫄깃한 것 같지만, 이슈성이 약했던 창작 공연의 홍보 퍼포먼스를 성공적으로 진행한 경험은 나에게는 큰 성취감을 안겨 주었다. '일

을 잘하려면 뭔가 남들과는 다른 차이 나는 기획을 하는
게 관건'이라는 노하우도 얻게 되었다. 한편으로는 내
몸속에 기획자의 DNA가 있다는 사실을 눈치챈 계기가
되었고, 내가 문화기획이라는 직무로 나아가는 데 발판
이 되어 주었다.

　나처럼 문화기획 직무가 아닌 다른 일로 문화계에 진
입하여 문화기획자가 된 경우를 더 찾아볼 수 있다. 궁
중문화축전을 기획한 이재원 총감독도 배우로 문화계
에 들어섰다가 문화기획자가 된 사례다. 그는 강원도 영
월 산골 마을에서 태어나 고등학교를 마치고 원주에 있
는 극단의 배우가 되었다. 당시 경제적 여건이 좋지 않
아 대학 진학을 포기했다가 뒤늦게 예술경영학을 전공
했다. 원주의 극단에서 서울 대학로로 진출해 연기하면
서 극단에 일할 사람이 없으면 직접 나가서 공연 티켓도
팔고 객석 안내도 했고 무대 스텝도 하며 멀티맨이 되었
다. 그의 일 경험은 다소 체계가 없어 보일 수 있지만, 대
학로에서 활동하는 문화기획자 대부분이 이와 같은 경
험을 했다.

　지금은 문화계 전반적으로 예전보다 일의 여건이 좋
아지긴 했지만, 다양한 업무를 골고루 경험하는 것은 비

숫하다. 이재원 감독은 그런 과정을 10년쯤 거쳐 공연기획 PD라는 문화기획자가 되었다. 팀장 수준의 책임 있는 위치가 된 것이다. 그렇게 이 감독은 문화계의 일을 골고루 익히면서 배우를 넘어 공연기획자, 축제디렉터로 입지를 굳히게 되었다. 그는 연간 방문객 1,400만 명(2023년 기준)을 자랑하는, 서울의 5대 궁궐을 배경으로 개최하는 '궁중문화축전'의 총괄 감독이자 '웰컴대학로'(2017년부터 매년 개최되는 대학로를 다양하게 즐길 수 있는 공연관광 페스티벌)의 감독으로 활동하고 있다.

이재원 감독이나 나의 사례처럼 문화기획자의 시작은 정형화되어 있지 않다. 문화기획자가 되고 싶다고 해서 반드시 관련 예술 분야를 전공해야 하는 것도 아니다. 전공과 상관없이 다양한 분야에서 멋지게 활동하는 문화기획자가 많다. 따라서 전공이나 경력보다 기획자로서 자신의 자질을 확인하는 과정이 더 중요하다. 정답은 없지만, 사람들은 다양한 경험을 통해 자신의 적성을 찾아간다.

✦　문화기획자로 입문하다

　17년 전까지 나의 직업은 문화마케터였다. 대학을 졸업한 후에 난타 제작사인 PMC프러덕션에 입사해서 공연계와 인연을 맺었고, 2018 평창 동계올림픽의 개막식 총감독이던 송승환 대표님과 이광호 대표님께 일을 배우기 시작했다. 일이 고되기는 했지만, 공연 콘텐츠가 제작되는 과정을 지켜볼 수 있는 환경이었다. 국내로 유입되는 외국 관광객의 소비 패턴과 동선, 이러한 메커니즘을 공연마케팅에 연계하는 과정도 경험할 수 있었다. 일본 연수를 다녀온 후에는 당시 유일한 티켓 전문 유통 회사였던 티켓링크에 입사해 문화계 시장 전반을 정량적 수치로만 살펴보는 경험을 하게 되었다. 이때 문화계의 분야별 시장을 파악하고 추이를 살피는 훈련이 자연스럽게 이루어졌다.

　첫 직장인 콘텐츠 제작사에서 일을 배우고, 두 번째 직장인 유통 회사에서 문화예술 전 분야의 통계를 살펴보며 어느 시점에 관객이 어떻게 움직이고 있는지, 시즌별로 어느 회사가 돈을 벌고, 혹은 못 벌고 있는지와 같은 '시장의 흐름'을 익힐 수 있었다. 당시에는 미처 염두에 두지 못했었지만, 훗날 내가 문화계에서 자리를 잡는 데 큰 밑거름이 되었다. 그때 공연계에서 가장 큰 기획사였던 난타를 그만두지 못하고, 유통 회사로 이직을 결정하지 못했다면 지금쯤 어떤 일을 하고 있을까? 아마도 비슷한 기획사로 입사해 난타에서 했던 업무를 반복했을 가능성이 크다. 적절하게 업무적 확장을 경험한 게 정말 다행이다.

나의 안정적인 직장 생활은 이렇게 끝을 맺었다. 이후 두 번의 장기 여행을 마치고 입국한 뒤에는 여수세계박람회 총감독단 상근 자문 위원으로 다시 실무를 시작했다. 이 무렵, 나는 세계축제연구소를 정식 오픈해 저서 집필과 강연, 박사 과정을 병행하기 시작했다. 당시는 2012 여수세계박람회 개최를 앞두고 조직위원회를 꾸리는 시점이었다. 여수세계박람회 조직위원회에서는 문화 행사를 총괄하는 문화예술 총감독단을 만들었다. 다른 감독들에 비해 경력도 나이도 부족했던 나는 감독단의 막내이자 상근 자문 위원으로 위촉되어 대형 국가

행사가 어떻게 이루어지는지, 이런 국가 행사에서 행정의 역할이 얼마나 중요한지를 대할 수 있었다.

이처럼 차근차근 쌓아 온 다양한 경력은 내가 문화기획자로 활동하는 데 어떤 영향을 줬을까? 어떤 뒷받침이 되었을까? 내가 하는 일의 범위가 그 답이 될 수 있을 것이다. 내가 수행하거나 활동하는 일의 범위는 가까운 지인조차 짐작하기 어려울 만큼 넓은 스펙트럼을 갖게 되었다. 어릴 때 한 가지씩 경력을 쌓던 시기와 다르게 한번 자리가 잡히면 활동 범위가 얼마나 넓어질 수 있는지를 이야기하기 위해 최근 나의 주요 타이틀 및 경력을 살펴보면 다음과 같다.

문화체육관광부 문화관광축제 평가 위원, 서울시 축제위원회 위원, 서울시 광화문광장 운영위원회 위원, 경기도 북부 지방재정투자심의위원회 위원, 경기도 주민참여예산위원회 위원, 충청남도 방문의 해 집행 위원, 여성문화단체 연합 협동조합 이사장, 건국대 문화콘텐츠학과 겸임교수, 아홉 권의 책 출간, 초등학교 교과서에 저서 수록, 한국여행작가협회 정회원, 방송과 신문 칼럼니스트 등이다.

내가 이런 활동을 기반으로 실제로 수행하는 일은 정

부나 지자체의 문화정책 사업, 축제를 포함한 문화예술
지원사업의 심의 및 컨설팅, 아카데미 같은 교육사업과
국제 교류 사업, 현대자동차의 내비게이션 전국 관광명
소 콘텐츠 DB 구축 사업, 미디어 칼럼과 책 집필, 학술
연구, 강연 등이다. 나는 최근까지 40여 건의 문화사업
을 직접 수행해 왔고, 현재 내가 운영하고 있는 협동조
합에서 매년 1~2억 원의 매출을 꾸준히 내고 있다. 약
20~60명의 주변 사람에게 일거리를 제공할 수 있게 되
어, 적게는 몇십만 원에서 많게는 몇천만 원까지 수익을
나누는 의미 있는 활동을 이어 가고 있다.

그동안 내가 경험한 문화계 입문 경로와 이후의 활
동 과정을 이야기한 것은 문화기획자를 목표로 문화계
에 입문하려는 사람들에게 그 진입 경로와 활동 범위의
사례를 들기 위해서다. 나처럼 영화나 연극 등의 문화예
술 세부 장르를 전공하지 않았더라도 그동안 경험해 온
이력을 바탕으로 문화기획자로 성장할 수 있다는 것을
보여 주기 위함이다. 다만 일관성 있게 꾸준히 몰입하는
것은 매우 중요하다.

'일관성 있는 몰입'이란 당장 문화계가 아닌 일을 하
거나 이직을 하더라도, 추후에 문화기획자가 되기 위해

필요한 소양을 골고루 깊이 있게 익히는 게 효용이 높다는 의미다. 나의 사례도 얼핏 보면 마케터, 장기 여행자, 기획자 등 서로 다른 직무들을 경험한 것으로 보일 수 있지만, 직무 변화 추이를 뜯어보면 콘텐츠 제작 과정의 이해, 마케팅을 통한 소통법, 빅데이터를 통한 전체 시장의 흐름, 해외 시장과 해외 진출 경로 등 문화기획자가 알아야 할 직무를 고루 갖추기 위한 노력이 포함되어 있다. 문화기획자로 완전히 독립하기 위해 꾸준히 경력을 관리해 온 것이다.

그렇다면 문화계에 처음 입문하는 예비 기획자 혹은 취업 준비생들은 어떤 과정으로 접근하면 좋을까? 크게 세 가지로 구분할 수 있다. 1단계인 정보 수집 단계에서는 문화계 주요 채용 정보 사이트를 먼저 리스트업하고 일주일에 한 번씩 채용 정보를 체크하여 모집 대상 및 요건 등을 살피며 문화계 채용의 전반적인 분위기에 익숙해지는 게 필요하다. 예술경영지원센터나 한국문화예술위원회, 각 지역 문화재단 사이트 등에서 대략적인 정보를 접할 수 있다.

2단계인 취업 활동 단계에서는 자신이 일하고 싶은 문화기획사 및 문화기관을 구체적으로 선별하고, 해당 기관이나 기업에서 원하는 인재상에 맞는 이력서와 자기소개서를 센스 있게 준비한다. 취업 활동 중이라도 그냥 쉬지 말고 간단한 아르바이트나 인턴으로 일하여 열심히 자신의 꿈을 찾아 움직이고 있다는 인상을 이력서상에 남기는 것이 중요하다. 만일 이력서상에 문화기획사나 문화기관에서 원하는 이력이 하나도 없다면 자신을 돌아봐야 한다. 단순히 용돈을 벌기 위해 앞뒤 맥락 없이 닥치는 대로 아르바이트를 해 왔는지, 지원하고자 하는 문화기관이나 문화기획사와 조금이라도 관련된 이력에 도움이 되는 아르바이트를 선택했었는지를 점검해야 한다.

예를 들어 이력서에는 공연기획에 관심이 있어서 지원했다고 쓰여 있는데 경력란에는 패스트푸드 단기 홀서빙만 있다면 이를 검토하는 사람 입장에서 '기획 마인드가 하나도 없구나.', '미래를 보고 준비하는 태도가 부족하구나.'라고 보기 쉽다. 따라서 문화계 입문과 관련된 노력의 흔적을 이력서에 남기는 게 관건이다. 특히 면접을 보기 전에 반드시 해당 기관이나 기획사에서 실행했던 정책·공연·전시 등을 찾아보고 되도록 그 현장에 직접 가 볼 것을 권한다. 면접에서 관련 내용을 어필할 기회가 올 것이기 때문이다. 더불어 관심 있는 공연이나 정책에 대한 언론과 전문가의 평가까지 살펴보고 이력서를 쓰고 면접에 응한다면 지원자의 의견이 옳고 그름을 떠나서 사안을 객관적으로 폭넓게 본다는 긍정적인 이미지를 줄 수 있다.

마지막 3단계인 경력 쌓기 단계에서는 계약직이나 단기직이더라도 직무 연관성이 높은 일을 수행하도록 한다. 문화계뿐만 아니라 요즘 많은 산업군에서 정직원을 바로 뽑는 사례가 많지 않다. 따라서 처음부터 정직원만을 목표로 준비했다가는 오히려 괜한 시간만 낭비할 수 있다. 자신이 가고자 하는 최종 목적 직무와 연관된 일을 찾아서 계약직이나 단기직도 상관없으니 직무 연관성이 높은 회사에 일단 입사하는 게 중요하다. 문화 기획의 전반적인 업무 프로세스를 성실하게 익히고, 세부적인 업무까지 경험하길 권한다. 특정 직무만 담당한다면 적어도 그 직무에 대해서 질문을 받았을 때는 속 시원히 대답할 수 있을 정도로 일을 확실히 익혀야 한다. 욕심 있는 사람이라면 다른 사람의 직무까지 도우면서 일을 알아 둔다면 금상첨화다.

이처럼 3단계에 걸쳐 최소 2년 정도 경력을 쌓다 보

면 애초에 자신이 희망했던 회사에 지원하기에 부족하지 않은 이력이 만들어져 이력서를 충분히 채울 수 있다. 그사이 업무에 대한 이해도도 높아져서 면접에서도 자신감 있게 응할 수 있다. 그렇게 한 걸음 한 걸음 자신의 꿈을 향해 다가가는 것이다. 압도적인 실력자가 아니라면 너무 무리하지 말고 일단 사업을 잘 운용하는 문화기획사나 문화기관으로 들어가 차분히 문화계 분위기를 익히고, 자신의 업무 수행 능력을 키워서 단계적으로 문화기획 활동의 비중을 늘려 가는 게 좋다.

문화기획자를 꿈꾸며 준비하는 입장에서는 막막할 수 있겠지만, 정작 문화계에서는 심각한 구인난이 어제오늘 일이 아니다. 나도 오랫동안 지자체와 민간 기획사를 꾸준히 만나다 보니 경험이 좀 적더라도 오래 같이 할 수 있는 신입 문화기획자를 소개해 달라는 부탁을 많이 받는다. 지금도 문화계에서는 네트워크를 통해 사람을 소개받는 경우가 흔한 편이다. 문화기관이나 문화기획사에서 꼭 좋은 인재가 와야 하는 중요한 사업 담당자의 자리에 대해서 채용 공고를 내기 전에 미리 주변에 수소문해 좋은 인재를 소개받고 채용 절차에 응해 주기를 요청하는 일도 있다. 물론 사전 논의가 있었더라도 단계별로 여러 분야의 심사 위원이 골고루 관여한다.

이처럼 문화계 인재를 찾는 문화기획사와 문화기관은 일에 대한 경험이 아예 없는 신입보다는 1~3년 차의 신입 같은 경력자를 선호하는 편이다(어느 산업군이나 비슷하지만, 문화계의 경우에는 스펙보다는 실무 경험을 선호하기 때문이다). 경험이 너무 없으면 일을 가르치는 데 큰 비용과 에너지를 필요로 하기 때문에 상대적으로 약간의 경험이 있는 문화기획자를 선호한다. 저연차로 좋은 점수를 얻어 문화계에 입문하려면 어떤 식으로든 관련 분야 경험을 조금이라도 쌓아 두는 게 중요하다. 작은 사업이라도 사업 전체를 가늠해 본 경험이 있는 사람은 처음부터 끝까지 주어진 사업의 과정을 머릿속에 그릴 수 있고 사업 수행을 위해 어떤 업무와 절차, 어려움이 있을 것인지 예측하는 훈련이 조금이라도 되어 있기 때문이다.

문화기획자로 일한 적이 없는데, 관련 경력이 어떻게 있겠느냐고 할 수 있겠지만, 정식 업무 경력만을 이야기하는 것이 아니다. 예를 들어 대부분의 공연장에서는 객석도우미 같은 짧은 시간 동안 교육받고 바로 투입될 수 있는 아르바이트를 자주 모집한다. 객석도우미 아르바이트는 단순히 객석 안내만 하는 것이 아니다. 객석도우미는 공연장 안팎의 관객 동선과 관련된 모든 공간에 투입된다. 그리고 해당 공연장에서 공연되는 모든 공연을 장르 불문하고 공짜로 경험할 수 있다. 공연장 운영의 과정과 관객 서비스, 민원 응대 방법을 경험할 수도 있다. 지자체의 문화재단 신입 채용 면접에서 합격하는 지원자 중 공연장 객석도우미 경험자가 유독 많은 것도 이런 이유다.

축제기획자가 되고 싶은 대학생들은 관심 있는 축제에 단기 자원봉사 경험이나 청년 기획자 육성 프로그램 등에 지원해 관련 경력을 쌓기도 한다. 단기 자원봉사 경험은 깊이감은 덜할지라도 다양한 축제의 현장에서 크고 작은 문제점들을 직접 경험했기 때문에 면접에서 진솔하게 살아 있는 경험으로 대응할 수 있다. 대규모 축제 현장에서 주로 일어나는 사고들과 운영 인력들의 교육 상태, 정보 체계, 안전 상태, 방문객들의 민원까지 다양한 현장과 직무를 직접 경험하게 되니, 문화계 직무에 합격 확률이 높은 것은 당연하다. 높은 스펙이 아니라, 얼마나 사업을 이해하려고 노력했느냐 하는 태도와 직무적 연관성을 보여 주는 게 중요하니까.

　　문화계 입문은 뛰어난 경력이 아니라, 약간의 경험과 좋은 태도에 달려 있다. 현재 문화계에서 활동하고 있는 문화기획자 대부분이 처음에는 무작정 공연이나 전시 분야에 일단 뛰어들어서 마케팅 보조, 제작팀 보조, 공연장 운영팀 보조, 심지어 정산 영수증 정리 아르바이트 등을 하며 막내 스텝으로 시작해서 조금씩 일을 익히고, 업무 영역을 확장하여 문화기획자가 되어 프로젝트 매니저, 프로젝트 디렉터로 자리 잡게 된다. 처음에는 작은 규모의 직무를 하나하나 익히며 '사업의 큰 그림'을 보는 연습을 하고, 종국에는 자신이 '큰 그림을 그리는 사람'이 되는 것이다.

✦ 여행이 경력이 되다

　자신이 사는 환경에서 벗어나 또 다른 세상을 경험하는 여행은 짜릿하다. 더구나 여행이 일상의 탈출이나 쉼의 수준을 넘어 여행에서 돌아왔을 때 여행자를 한층 성장시키는 동력이 된다면 이보다 더 좋은 자기 훈련법이 있을까? 나는 여름휴가처럼 가볍고 홀가분한 여행을 많이 경험해 왔다. 그리고 어느덧 장기 여행을 계획하게 되었는데, 사직서까지 내고 가진 돈을 몽땅 털어 넣는 장기 여행은 쉬운 문제가 아니었다. 여행 경험이 많던 내게도 직장을 그만두고 몇 년 동안 해외로 떠돌기만 하는 장기 세계여행은 두려움이 컸다. 몇 번이고 단호하게 결심했지만, 여행 다녀와서 경력이 단절되고 백수가 되면 어쩌나 하는 걱정이 출국 당일까지 이어졌다.

　결과적으로 나는 세계여행이라는 장기 여행에 도전함으로써 마케터에서 문화기획자로 확장된 직업을 경험하게 되었다. 그리고 축제라는 새로운 분야를 알게 되었다(이것만으로도 어마어마한 성과라고 생각한다). 세계 여행의 경험 덕분에 일과 삶이 바뀌게 된 나는 지인이나 후배, 나의 진로 특강을 수강하는 대학생들에게 무엇이든 하고 싶은 일이 있다면 '일단 도전하라!'라고 확신 있게 권하는 편이다. 그들에게 나처럼 여행을 통해서 직업과 사회적 활동 및 위치가 확장될 수 있고, 결과적으로 여행도 경력이 될 수 있다는 사실을 가감 없이 이야기한다. 나에게 있어 여행이란 단순한 일탈이 아니라, 경력을 업그레이드하는 특별하고 긴 인생 학교나 다름없었기 때문이다. 내가 지금껏 해외 각국의 문화를 살피면서 경험한 장기 여행을 꼽아 보면 크게 다섯 번의 여행으로 나눠 볼 수 있다.

첫 번째 장기 여행은 대학을 휴학하고 폐차 직전의 중고 자동차를 구입해서 6개월간 밤낮없이 달렸던 호주 여행이다. 유명 연예인들이 호주와 뉴질랜드에서 워킹홀리데이 단기 아르바이트를 경험하는 프로그램(〈부산촌놈(tvN)〉)이 있는데, 이 프로그램에서 시도한 여행이 내가 여행했던 방식이다. 워킹홀리데이 비자를 통해 일도 하고 여행도 하면서 현지 문화를 익히는, 그야말로 청년을 위한 여행이다. 호주 워킹홀리데이는 단기 비자로 취업할 수 있기 때문에 지금은 인기가 좀 식었지만 90년대부터 전 세계 젊은이 사이에서 인기를 끌던 해외 여행 방법이다. 전 세계에서 온 청년들이 호주 전역을 여행하면서 중간중간 마을에 들러 현지 농장에서 단기간 일하며 여행 경비를 번다. 짧게는 3~4일, 길게는 두세 달씩 머물며 목돈을 만들고 다시 여행을 떠나는 방식이다.

나는 내가 몸 쓰고 힘쓰는 일에 얼마나 소질이 없는지 워킹홀리데이 덕분에 일찌감치 깨달았는데, 그걸 나만 눈치챈 게 아니었다. 호주 동부 골드코스트 인근의 복숭아 농장 주인은 나를 이쪽 트랙에 넣었다가, 저쪽 트랙으로 옮겼다가, 좀 더 일이 쉬운 그룹으로 몇 차례나 옮기더니, 결국 창고 안에서 박스에 상표나 붙이라고 했다. 워킹홀리데이에서 농사에 영 소질이 없다는 걸 깨달았지만, 아름다운 추억을 쌓을 수 있었다. 높은 사다리를 타고 복숭아나무 맨 위에 뻗어 있는 나뭇가지 끝까지 올라가면 풍성한 나뭇잎이 이불처럼 포근하게 나를 덮어 주었다. 나무 위에서 먹음직스러운 복숭아를 따서 한입 베어 물면 그 맛이 끝내줬고, 저녁이면 각국 여행자가 숙소에 모여 함께 이야기를 나누고, 음식을 만들어

먹던 기억이 생생하다.

두 번째 장기 여행은 난타 제작사인 PMC프러덕션 마케팅팀에 입사하기 직전에 3개월간 아프리카와 유럽을 여행한 것이다. 이미 취업한 선배들에 따르면 일단 한 취업하면 휴가가 길어야 일주일이기 때문에 길게 여행하기 어렵다고 했다. 요즘은 연차와 휴가 제도가 그때보다는 많이 개선됐지만, 당시는 지금보다 분위기가 더 팍팍했다. 취업하고 나면 긴 여행을 즐기지 못할 것 같아서 부랴부랴 떠났다. 당시 나는 유학 갈 형편이 아니라서, 해외 유학생을 늘 부러워했는데, 여행하며 한국인 유학생은 물론 남미·동유럽에서 온 유학생 친구를 많이 사귈 수 있었다.

유럽 현지에서 만난 친구들과 아프리카 여행을 함께 했는데 현지에서 우리를 쫓아온 소매치기를 다시 쫓아가 잡고, 난생처음 집을 떠나와 무섭다며 공원에서 울고 있는 제주 대학생을 달래서 함께 여행했었다(그때의 인연은 지금까지도 이어지고 있다). 무엇보다 그 여행에서 내가 문화계로 진출하게 된 결정적인 인연을 만나게 되었다. 북부 아프리카 여행을 마치고 한국으로 돌아오기 위해 영국으로 다시 돌아갔을 때 현지 신문에서 난타 공연에 대한 기사를 보고, 즉시 로컬 버스를 타고 스코틀랜드의 에든버러 페스티벌을 찾아갔다. 그때까지는 내가 공연계로 취업할 거라고는 생각하지 못했는데, 그 여행이 나의 인생에 전환점을 가져다준 것이다. 그때 유럽을 여행하지 않았다면, 지금의 나는 문화계가 아니라, 애초 염두에 두었던 광고 분야에서 일하고 있을 수도 있다.

세 번째 장기 여행은 난타 마케팅팀을 그만두고, 일본에서 1년간 어학연수 겸 철도 여행을 경험한 것이다. 몇 년간 빡센 직장 생활을 한 뒤였기 때문에 호기심만 가득하던 대학생 때에 비해 나의 시야는 많이 달라져 있었다. 조금 더 실무적이고 시장을 구체적으로 들여다보려는 습관이 생긴 것이다. 일본 전역의 공연장이며 전시회, 테마파크 등을 둘러보며 현지 문화계 기사를 틈틈이 살펴보기도 했고, 당시 국내 진출 예정이던 일본 최대 문화기업인 극단 '사계'의 콘텐츠와 비즈니스 구조를 살펴볼 수 있었다.

당시 국내에서는 난타를 통해 콘텐츠의 해외 진출과 각국 문화 시장에 대한 관심이 극도로 높아진 상황이었기 때문에 어학연수를 겸해 일본의 문화 시장을 견학하듯 여행한 것이다. 게다가 일본은 철도 시설이 발달된 나라고, 한국보다 상대적으로 공연과 전시 분야의 산업화가 진행되어 있었기 때문에 틈날 때마다 기차를 타고 일본 전역을 종단하며 다양한 지역 콘텐츠를 두루 경험했다.

네 번째와 다섯 번째 장기 여행은 '공연 따라 세계여행'과 축제를 따라 유럽을 일 년간 순회한 '유럽 축제 일주'였다. 외부에서 협찬을 받고, 정부 지원을 받았다고 해도 기본적인 세계여행 비용이 만만치 않았는데, 각 나라의 필수적인 문화 콘텐츠를 매일 가능한 한 많이 봐야 했다. 나는 장기적으로 '프로젝트성 여행'을 할 기회가 앞으로 쉽게 오지 않을 거라는 걸 알고 있었기에 큰마음 먹고 각 여행에 평균 6천만 원 정도를 지출했다. 세계여행을 경험한 이야기를 들어 보면 일 년 장기 여행 기준으로 여행 경비를 3천만 원~4천만 원 정도 잡는 거 같다. 그러나 나는 다시 오지 않을 기회고, 돈이야 나중에 다시 벌면 그뿐이라고 생각하여 여행 경비 금액을 더 높였다. 협찬도 지원도 받았음에도 모아 둔 돈을 다 써 버린 여행이었지만, 지금 와서 보면 당시 판단이 옳았다. 이때의 과감한 도전이 아니었다면, 이런 폭넓은 경험과 정보를 습득할 수 없었을 것이고, 그런 경험과 정보는 지금의 나를 먹여 살리는 든든한 자양분이 되었으니까.

일본 연수를 마치고 귀국해서는 당시 국내 문화 분야의 티켓 유통을 독점하던 티켓링크의 마케팅연구소에 입사했다. 티켓링크에 재직하면서 당시로는 개념이 알려지지 않았던 '빅데이터'의 신세계를 맛볼 수 있었다. 공연뿐만 아니라 전시·스포츠·영화·테마파크 등 모든 분야의 통계를 샅샅이 살필 수 있었고, 어떤 시기에 어떤 장르의 관객이 많고 적은지, 분야별 기획사들의 재정적인 부분까지 문화계 전체를 관통하는 추이를 한눈에 볼 수 있었다. 나는 후배들에게 "전체 판을 읽어라!"라고 조언하곤 하는데, 티켓링크에서 일하며 빅데이터의 가능성을 경험하고 공연의 단순 판매량이 아닌 문화계 시장의 전체 흐름을 봐야 문제 해결점 혹은 출구를 찾을 수 있다는 교훈을 얻었기 때문이다. 단일 기획사에서 몇몇 작품을 무대에 올리는 데 관여하는 것보다 유통 플랫폼에서 해당 산업 분야의 흐름을 지속적으로 추적하며 관찰할 수 있던 경험은 이후 나의 경력과 진로에 큰 영향을 주었다.

그런 과정에서 '이제 한국 시장은 알겠고, 해외 시장을 자세히 봐야겠구나! 방법이 뭐지?' 하고 고민하며 찾은 방법이 '공연 따라 세계여행'이었다. 쉬고 놀려는 목적의 여행이 아니라, 사실상 시장 조사를 위한 여행이었다. 그때 또다시 공연기획사로 입사했다면 똑같은 일을 반복하며 깨우치지 못했을 많은 것을 깨달은 여행이었다. 세계여행 계획을 주변에 이야기할 즈음 재직 중이던 회사에 미리 사직서를 제출하겠다는 의사를 전했다. 그런데 사장님은 내가 세계여행을 하며 쓸어 모을 정보에 대한 가치를 재빨리 알아봐 주고, 세계여행 경비를 대줄 테니 휴직 처리하고 대신 각국의 시장 정보를 모아 회사로 보내 달라고 했다. 당시 사장님은 지금의 네이버와 같은 문화 전문 포털을 염두에 두셨던 거다. 나를 생각해 주는 마음과 매력적인 제안에 감사해서 일단 "알겠습니다."라고 답했지만, 여행 중에 내실 있는 리포트를 지속적으로 작성하고 한국으로 보낼 생각을 하니, 업무 스트레스가 커질 것 같아 걱정이 앞섰다. 결국 사장님의 제안으로 사직서를 보류한 채 세계여행을 떠났다가 3개월쯤 후인 남미에서 한국으로 사직서와 감사 편지를 보냈다.

일 년간의 세계여행을 마치고 귀국해 책을 한 권 내고 또다시 유럽 일주 여행을 시작하다 보니, 나의 세계여행은 국내에 잠시 들어왔던 기간을 합치면 3년에 이른다. 그간 여행한 곳은 약 87개국에 달하는데, 지금은 여행한 나라도 더 늘었고, 갔던 나라를 다시 오가다 보니 그 수를 세는 게 무의미해졌다. 갔던 나라를 다시 간다는 건 재정적으로 여유로워서 비싼 항공료에도 개의치 않고 수시로 오간다는 의미가 아니다. 예를 들어 7월에 오스트리아 빈에 챙겨 봐야 하는 축제가 있어서 방문했다가, 이웃 나라로 옮겨 콘텐츠 여행을 하고 8월 초에 중요한 축제가 오스트리아에서 다시 개최된다면 이것도 경험해야 하니 다시 오스트리아로 방향을 바꾸는 것이다. 나처럼 콘텐츠를 따라다니는 여행자의 특징이다. 대학생 때 시계 방향으로 주요 도시를 여행하던 방식과는 완전히 다른 여행을 하는 것이다. 장기 여행은 목돈이 드니 부담스러운 면도 있지만, 전체 여행 기간과 여행에서 수집할 결과물, 성과 등을 종합해 보면 단기 여행을 반복하는 것보다 훨씬 경제적이다. 그러니 돈이 많아서가 아니라, 돈을 아끼기 위해 장기 여행을 선택하는 것이다.

이후 오랫동안 공연과 축제를 따라 여행하고, 책을 쓰고, 신문에 글을 연재하는 과정에서 나의 사회적 입지도 변화하기 시작했다. 물론 여행 과정에서 결과물의 활용 가치에 확신을 가졌다고 해도 수시로 불안이 찾아왔다. 책이 출간되던 시점에도 성취감보다는 '다시 회사 생활로 돌아가면, 육아휴직 후에 돌아와 승진에서 멀어졌던 친구들처럼 나도 그렇게 힘들어지면 어쩌지?' 하는 마음을 떨치기 어려웠다. 그러나 내가 해외 공연과 축제를 조사하게 된 취지를 언론에 소개한 뒤에 돌아온 반응을 보니 그제야 모든 게 확실해졌고 더 이상 나의 결정을 의심하지 않을 수 있었다.

장기 여행에서 돌아와 《서른, 여자, 혼자 떠나는 유럽》과 《유럽축제사전》이라는 책을 연이어 출간했을 때 언론에 비친 나의 이미지가 '결혼 자금 들고 떠난 공연 기획자'였다. 많은 사람이 궁금해하던 '예산'에 대해 "또래 친구들은 그 정도 비용은 결혼 자금으로 생각하는데, 어떻게 여행 비용으로 쓸 수 있었느냐?"라는 질문에 "결혼보다 일이 더 재미있을 것 같았어요. 그래서 결혼을 미뤘습니다."라고 인터뷰했더니 그 말이 웃겼는지 더 크게 주목을 받은 기억이 난다.

10년이 지난 지금, 성장한 나를 보면 스스로도 놀랄 때가 있다. 그사이 동종 분야에서 조직 생활하며 알던 친구들과 나의 커리어 성장 속도를 비교해 보면 그 차이가 확연하다. 옳고 그름의 문제는 아니지만, 적어도 내가 하고 싶은 일들, 궁금했던 일에 더 다가가기 위한 도전과 노력의 결과는 분명 얻었다고 생각한다. 예를 들어 공연계에서 직장 생활을 하던 내가 지금까지 계속 조직에서 일했다면 지금쯤 무엇이 달라져 있을까? 열심히 고민해 봐도 지금쯤 부장 또는 본부장 정도 되어 있거나 (공연계는 규모가 작아서 다른 산업군보다 직위 체계가 단순하고 승진도 빠른 편이다) 매년 꾸준히 오른 연봉이 6천만 원~8천만 원쯤 되어 있지 않을까?

반면에 지금의 나는 '세계여행을 한 축제 전문가'라는 확실한 개인 브랜드를 갖게 되었다. 그냥 평범한 문화기획자보다는 장기 세계여행을 통해 자기 분야의 각국 정보를 섭렵하며 몰입하는 전문가의 이미지를 가지게 된 것이다. 전문성이라는 것이 몇 년 해외여행 한다고 쌓이는 것은 물론 아니지만, 나의 경우는 지난 십수 년의 해외 시장 조사에 대한 몰입이 '세계여행'이라는 상징으로 기억되는 것 같다. 예를 들어 최근 지역 축제 바가지 물가가 이슈화되면서 사방에서 전문가 의견이나 방송 멘트를 따기 위해 인터뷰를 요청해 왔는데 과거와는 달리 크게 늘어난 미디어의 요청과 문의도 견고해진 나의 브랜드를 짐작할 수 있게 한다고 생각한다. 과거에는 수많은 전문가 중의 한 명, 많은 문화기획자 중의 한 명에 그쳤다면 지금은 그중 콕 찍어 내게 연락할 만큼 개인 브랜드가 성장했다는 의미다. 이전에는 그저 열심히 했을 뿐, 솔직히 개인 브랜드라는 건 없었으니까. 결과적으로 여행은 내 전문성을 쌓는 중요한 수단이었고, 독립적인 문화기획자로 서는 데 전환점이 되었다.

✦   삶의 원동력을 찾다

나의 문화기획자 활동에 초석이 된 것 역시 장기 여행이다. 장기 여행을 통해서 쉽게 흔들리지 않는 건강한 정신, 즉 웬만한 일에 흔들리지 않는 맷집을 갖게 되었기 때문이다. '왜 열심히 살아야 하는지'를 아는 사람만이 지니는 건강한 정신 근육이다. 여행 강의에서는 좀 멋지게 "여행이 가르쳐 주더라."라고 표현했는데, 좀 더 정확히 하자면 여행 중 위험했던 여정 속에서 '죽음'을 실감했던 경험이 원동력이 되었다.

장기 여행을 하다 보면 위험한 경험을 꽤 많이 하게 된다. 나도 모르게 우범지역에 진입하는 경우도 빈번하고, 아무리 조심한다고 해도 위험한 상황을 종종 마주하게 된다. 여러 차례 소매치기를 당한 것은 예사였고, 아르헨티나에서는 내가 있던 축제장 안에서 총격 사건이 벌어져 여러 사람이 죽었다는 뉴스를 정신없이 숙소로 돌아와서야 알게 된 적도 있다.

또 장기 여행을 하다 보면 잠시 출장 갈 때처럼 도심에 있는 비즈니스호텔을 항상 이용하기는 현실적으로 어렵다. 도심에서 좀 떨어진 저렴한 숙소를 찾을 때가 많은데, 가끔 밤늦게 공연을 보고 숙소로 돌아가는 길에 우범지역을 지나거나 위험한 상황을 마주하기도 한다. 특정 콘텐츠를 집요하게 찾아다니는 장기 여행자라서 일반적인 여행자와는 여행 동선이 달라 거의 혼자인 탓에 더욱 그런 상황을 자주 맞닥뜨리곤 했다.

낮엔 축제를 경험하고 여기저기 도시를 살피고, 밤에는 공연을 챙겨 보느라 숙소에 늦게 도착하는 일이 많았다. 밤늦은 시간에 가로등 수가 적은 주택가로 들어서면 이따금 너무나 캄캄하고 조용해 어딘가에서 누군가 노려보는 것 같은 무서운 생각이 들어 긴장하곤 했다. 너무나 무서워 소형 디지털카메라를 켜 놓고 소리 죽여 울면서 숙소까지 걸어갔던 기억이 생생하다. 힘들 때나 여행이 그리울 때면 그때 찍은 영상을 보면서 다시 마음을 다잡을 때가 적지 않다. 어두운 골목을 깨우는 내 발걸음 소리밖에 없던 캄캄한 화면이 나의 장기 여행에서 가장 사실적인 기록이다.

아프리카 여행에서도 내 인생을 되돌아보는 깨달음

을 얻었다. 아프리카의 중부 지역을 통과할 때는 케냐와 탄자니아를 주로 경유하는데, 케냐의 나이로비에서 며칠을 체류하면서 국경 근처의 작고 한적한 마을을 혼자 배회한 적이 있었다. 아프리카까지 가서 대표적인 관광 코스인 세렝게티 동물 탐험만 하기엔 아쉬움이 컸고 현지인의 모습이 보고 싶어 며칠간 주변 마을을 천천히 둘러보았다(주요 관광지에서 벗어나면 강력 사건이 자주 일어나 특히 여자 여행자는 각별한 주의가 필요하다).

장기 여행을 하다 보면 도처에 위험 요소가 도사리고 있다는 걸 알면서도 어느 순간 모든 것에 지쳐 그저 몸이 가는 대로, 마음 가는 대로 나를 놓을 때가 곧잘 있는데, 나는 방문하는 도시마다 공연과 축제 정보를 챙기고 직접 방문해 보고 자료를 수집하고 글을 써서 한국으로 보내는 일을 하다 보니 다른 여행자보다 더 자주 정신줄을 놓았던 것 같다. 그러다 현지인이 사는 시골 마을을 연거푸 방문했는데, 어느 순간 내 위치가 정확히 어느 마을에 있는지 알 수 없는 지경에 이르렀다. 도심이라면 거리 표지판도 있고 인터넷도 있고 지나가는 행인에게 길을 물어볼 수도 있겠지만, 외진 지역일수록 무작정 걸어 다니며 찾아야 하는 경우가 제법 있었다. 그렇게 한참을 다니다 보니 정말이지 이러다 길을 잃겠다 싶을 정도로 후미진 외길에 닿았다. 너무 무서웠지만, 정적만 흐르는 마을 외곽에서 아무리 소리를 질러 봐야 들을 사람도 없겠다는 생각에 이르니, 오히려 배짱이 생겼다. '에라, 모르겠다.' 하며 풀밭에 주저앉아 쥐 죽은 듯 조용한 주변 풍경을 둘러봤다. 아프리카의 높고 푸른 하늘과 멀리 보이는 낡은 가옥들, 수없이 가늘게 반복되는 풀벌레 소리가 그제야 그림처럼 가슴속으로 들어왔다. 그렇게 변덕스러운 내 시각에 따라 두렵기도 하고 아름답기도 한 아프리카의 풍광을 대하다 보니 문득 '이러다. 안 좋은 사고를 당해도 한국에서는 내가 아프리카의 어느 나라, 어느 도시, 어느 마을에서 사라졌는지조차 모르겠구나. 나를 찾기는커녕, 실종됐다는 사실을 인정하는 데까지도 몇 달이 걸리겠네.' 하는 생각이 들었다. 심지어 탄자니아와 케냐처럼 세렝게티 사파리 투어로 외국인 방문객에게 쉽게 오픈해 주는 국경은 검문이 허술하기 짝이 없었다. 그러니 내가 아프리카의 어느 외딴 시골에서 사고를 당한다고 해도 한국에서는 '어딘가 계속 여행하고 있겠지!' 하며 몇 달이 지나도록 아무도 모를 것이고, 혹여 누군가 이상하다고 생각하더라도 아프리카 어느 나라에서 사고를 당했는지, 정확히 어느 도시, 어느 마을인지 알기도 어려울 터였다. 그렇게 길 찾기를 포기하듯 풀밭에 앉아 한참 있다 보니, 내가 인생에서 중요한 부분을 착각하고 있었다는 생각이 들었다.

'아, 지금껏 내가 조심했기 때문에 살아 있는 게 아니었구나. 그냥 하늘이 나를 허락해 준 거였구나!' 정말 그랬다. 밀림에서 어미를 잃어버린 새끼 양처럼 위험에 방치된 채 그저 운이 좋기를 기다리는 것밖에 할 수 있는 게 없던 상황이다. 5대륙을 여행하면서 위험한 상황에 처할 때마다 운이 좋았을 뿐, 그런 순간에 내가 할 수 있던 것은 사실상 아무것도 없었다. 내가 열심히 도망친다 한들 치한을 당해 낼 재간이 없고, 경찰에 신고한다 한들 이미 사고를 당한 다음일 것이었다. 한국에서도 마찬가지다. 우리 주변에는 외부의 과실로 교통사고를 당하거나 억울하게 죽음을 맞이하는 등 스스로 조심해도 거스를 수 없는 위험이 얼마든지 있다. 왜 이토록 간단하고 명료한 진실을 이제야 깨달았을까? 왜 이렇게 아등바등 살아왔을까?

물론 할 수 있는 한 경계하고 조심해야겠지만, 미물에 불과한 내가 조심해서 얻을 수 있는 안전은 극히 일부라는 걸 새삼 깨달았다. 하늘이 나를 허락해 주고 있기 때문에 살고 있는 것이란 생각이 들었다. 적어도 아직까지는. 내게 주어진 삶의 끝이 오늘 이 풀밭이 될지, 내일 다른 나라로 떠나는 낡은 비행기 안이 될지, 90세의 어느 날이 될지 아무도 모른다. 그렇게 긴 여행 동안 잠시나마 길을 잃고 방치된 어린 양처럼 무방비로 들판에 앉아 있으면서 '죽음'이 내게도 분명히 다가올 일이라는 것을 마음 깊이 깨달았다. 죽음이 남의 일이 아님을, 비켜 가지 못할 숙명이라는 것을 자각하게 된 것은 여행이 내게 준 선물과도 같았다. 장기 여행에서 죽음을 깨달은 순간부터 삶의 태도에 변화가 생겼기 때문이다.

무엇보다 주변의 지인들, 사랑하는 사람들에게 감사와 고마움 같은 좋은 감정을 최대한 많이 표현하려고 한다. 잠시라도 틈이 생기면 부모님을 찾아가 함께 즐거운 시간을 보낸다. 지인들에게도 상대가 얼마나 사랑받는 사람인지, 내가 얼마나 고마워하는지 상대가 알 수 있도록 열심히 표현하려고 애쓴다. 그다음으로 죽음을 그저 두려워하는 것이 아니라 건강하게 가까이 인식하며 살아가게 되었다. 삶을 행복하게 영위하기 위해서는 인생의 마지막 순간이 예고 없이 올 수 있다는 것을 기꺼이 인정하고, 일상의 한순간 한순간을 더욱 절실히 살아가야 한다고 생각하게 된 것이다. "이건 내가 하고 싶은 일인가? 나는 지금 행복한가? 생의 마지막 순간에 나는 무엇을 후회할까?" 등을 수시로 자문하는 습관이 생겼다. 평소 좀 큰 사안을 결정할 일이 생길 때 인생에서 정말 소중한 기준을 돌이켜 보고 결정한다면 나중에 결과가 좋지 않더라도 후회 없이 그저 내려놓을 수 있다고 생각한다.

이처럼 나는 지금까지 건강하게 살 수 있던 원동력을 장기 여행에서 얻었다. 여행으로부터 '건강한 죽음'을 배우고 나니, 인생이 더욱 절실해졌다. 내일 당장 인생의 마지막 순간이 찾아오더라도 후회하지 않도록 남은 나의 인생을 아깝지 않게 살아갈 것이다.

✦ 낭만적인 여행 VS 출장 같은 여행

여행에 장점만 있는 것은 아니다. 어떤 목적과 방식으로 여행하는지에 따라 여행은 득이 될 수도 있고, 독이 될 수도 있다. 여행이 일의 전문성을 쌓는 활용도 높은 수단이라는 매력적인 이야기에 더해서, 충분한 준비 없이 떠나는 장기 여행이 얼마나 초라한 결과를 가져올 수 있는지에 대해서도 살펴볼 필요가 있다. 장기 여행을 시작하기 전에 반드시 명확히 해야 할 것이 있는데, 바로 여행의 목적이다. 안정적인 직장까지 그만두고 큰 비용을 들여서 장기 여행을 한다면, 기왕 여행하는 것 좀 더 능동적인 여행이 될 수 있도록 그리고 귀국 후에도 도움이 될 수 있게 그 가치를 높이는 방법을 고민하면 좋다.

일반적인 여름휴가처럼 1~2주 정도의 짧은 여행에서는 굳이 피곤하게 계획할 필요가 없다. 그저 열심히 일한 자신에게 선물하듯 무념무상으로 편하게 떠나면

된다. 장기 여행을 하더라도, 일 속에 파묻혀 고된 나날
을 보낸 후에 조금 길게 휴식하기 위한 목적이라면 일
년이든 이 년이든, 일이고 뭐고 다 내려놓고 원하는 스
타일대로 떠나면 된다. 평소 자주 꺼내 보는 책 중에 베
로니크 비엔느의《아무것도 하지 않을 자유》는 나를 위
해 아무것도 하지 않을 자유, 즉 '쉼'을 누릴 권리를 이
야기하고 있다. 그런 휴식 같은 여행이 필요하다면 편
히 떠나면 된다. 나도 이와 같은 쉬는 여행을 많이 해
왔다.

다만 이제부터 이야기하고자 하는 장기 여행은 이런
편한 여행과는 좀 다르다. 일의 연장선상에서 직무적으
로 전문성을 쌓고 싶은 사람, 오랜 근무에도 지치지 않
고 에너지가 넘쳐 더 재미있는 프로젝트성 여행이 가능
한 사람, 일과 여행을 접목해 새로운 가치를 일궈 내고
싶은 사람에게 추천하는 장기 여행이다. 그리고 이와
같은 긴 여행에서 돌아와 업무에 복귀했을 때 이왕이면
도움이 될 수 있는 출장 같은 여행의 가치를 전하고 싶
은 것이다.

장기 여행은 곧 긴 공백을 의미한다. 그러니 긴 시간
의 여행이 주는 설렘만큼이나 공백에 대한 두려움이 있

을 수 있다. 나 또한 세계여행을 시작할 때 심리적 압박이 많았기 때문에 이미 장기 여행을 다녀온 사람의 경험담이 담긴 책을 빠짐없이 읽고, 내 경우에 대입해 보고, 해외 장기 여행 경험자와 곧 여행을 떠날 사람이 모여서 정보를 공유하는 커뮤니티에서 다른 여행자들의 여행담과 숨은 고민에 귀를 기울였다.

그런데 세계여행을 다녀온 사람과 곧 세계여행을 떠날 사람을 지속적으로 만나며 조언을 구하다 보니 일정한 공통점이 발견됐다. 재미있던 여행의 경험을 신나게 이야기하던 사람도 여행에서 돌아와서 직장으로 복귀하거나 동종업계로 이직하는 문제에 대해서는 말수가 적어졌다. 장기 여행 후의 복귀와 이직이 어렵다면 주로 어떤 부분에서 브레이크가 걸리는지, 현재는 어떻게 지내고 있는지 등 경제적 문제와 직업에 대한 주제가 나오면 분위기가 가라앉고 갑자기 어색한 정적이 흐르곤 했다. 그들의 복귀가 마음처럼 되지 않았고 여전히 해결해야 할 과제라는 의미였다.

그중 몇몇은 그래도 좋아하는 여행을 실컷 했으니 괜찮고, 힘들지만 현재 일을 찾는 중이라고 했다. "너무 오래 자리를 비우니, 솔직히 컴백이 쉽지 않았다.", "지금 여행사 쪽으로 알아보고 있다.", "와이프한테 허락받았기 때문에 당분간은 좀 버틸 시간이 있다." 등의 솔직한 이야기를 접할 수 있었다. 하지만 곧 장기 여행을 떠나야 하는 내 입장에서는 그냥 넘길 일이 아니었다. 대부분 직무 복귀가 만만치 않았으며, 예전보다 재직 조건을 낮춰서 취업했다는 이야기였으니까.

여행을 다녀와서 여행하는 게 자신의 적성과 잘 맞는다고 판단해 '여행작가'로 전업을 시도하는 경우도 상당히 많았다. 그러나 솔직히 적지 않은 여행작가가 경제적으로 어려움을 겪고, 미디어를 통해 전문 여행작가로 자주 언급되는 사람들은 여행의 경험과 내공이 이미 상당히 쌓여 자신의 콘텐츠가 비교적 명확한 경우이다. 이처럼 오랜 경력의 여행 전문가도 경제적으로 자유롭기가 쉽지 않은데, 1~2년 여행한 것으로 전업 여행작가가 되겠다는 것은 가능성이 희박한 일이다.

'일' 시리즈의 《여행이라는 일》을 쓴 안시내 작가처럼 어린 나이에도 현장을 그려 주는 듯한 섬세한 글 솜씨와 풍부한 감성이 곁들여져 일찌감치 자기 브랜드를 공고히 한 전문 여행작가는 매우 드문 사례다. 이를 쉽게 일반화해서는 곤란하다. 안시내 작가와 같은 경우는 경제적으로 독립하는 단계까지 수년간 일관된 콘텐츠로 독자와 소통하고 신뢰를 쌓는 과정이 필요하고, 쉽게 넘볼 수 없는 끈기와 숨은 노력이 있었기 때문에 가능한 것이다.

그저 내가 좋아서 하는 평범한 여행작가 되기는 쉽지만, 안시내 작가처럼 자기 색깔을 가지고 경제적으로 자유로운 전문 여행작가가 되기는 하늘에 별 따기만큼 어렵다고 보면 된다. 그만큼 시장의 경쟁이 치열하다. 내가 여행작가로 활동하지 않는 이유도 여기에 있다. 글 잘 쓰는 여행작가가 너무 많아서 그 안에서 여행 콘텐츠로 승부를 보기에 나는 부족한 점이 너무나 많다고 판단했기 때문이다. 여행 이야기라면 어디 가서 지지 않을 만큼 많은 경험이 있지만, 직업으로 삼고 싶지는 않았다. 내가 더 잘할 수 있는 일을 해야 하니까.

여행사나 여행상품 에이전트에 취업하는 경우도 많은데, 대부분 규모가 작고 재직 여건이 좋지 않아서 자의 반 타의 반으로 오래 버티지 못하고 반복적인 이직을 하게 된다. 그러니 부양해야 할 가족이 있는 30대 이상 성인이라면 장기 여행에 대해서 더욱 면밀하게 검토하고 숙고해야 할 일이다.

복귀를 비교적 잘한 것처럼 보이는 사람도 대부분 지인과 동업하거나 지인 소개로 알음알음으로 이전에 일했던 곳보다 더 작은 규모의 회사로 가는 경우가 많다. 근로 여건에 불만족한 경우가 허다하지만, 대부분 자신이 오래 자리를 비웠으니 어쩔 수 없다고 생각하는 경향이 크다. 그러니 직장까지 그만두고 장기 여행을 떠날 정도라면 되도록 여행을 다녀온 후의 사회적 위치와 복귀 환경이 어떨지를 충분히 고민하는 게 중요하다. 다소 피곤할지라도 장기적으로 활용도 높은 여행 프로젝트를 만드는 것이 하나의 방편이 될 수 있다.

나의 경우는 "저 세계여행 떠나요! 난타처럼 제2의 난타, 제3의 난타가 지속적으로 나오려면 해외 시장 정보를 상세히 알아야 하는데 현재 국내에는 해외 진출에 관한 자세한 정보가 없으니 제가 가서 조사해 오려고요!"라고 했을 때, 주변의 반응이 예상외로 뜨거웠다. 특히 동아일보에서 나의 세계여행과 관련하여 일 년간 장기 연재할 수 있는 지면을 만들어 줘 '내가 하려는 여행이 콘텐츠가 되는구나!'라고 확신하게 되었다. 공감할 수 있는 여행 콘텐츠에 대해 깊이 있게 고민한 덕분이었다. 나만 궁금한 콘텐츠가 아니라, 동종 분야에서 필요로 하는 정보 혹은 관심 분야에서 활용도가 높은 콘텐츠, 국내에서는 쉽게 얻기 어려운 주제 등 동시대의 사람들이 충분히 공감할 수 있는 콘텐츠를 여행과 접목하면 훨씬 더 내실 있고 의미 있는 '출장 같은 여행'이 될 수 있다. 덕분에 나는 장기 여행에서 돌아와 책을 쓰고, 신문과 방송을 통해 여행에서 수집한 정보를 활용할 기회가 꾸준히 찾아왔다.

　체력과 에너지가 허락한다면, 해외여행을 일과 연결 지어서 적극적으로 활용해 보기를 추천한다. 언제나 기대하는 성과가 오는 것은 아니고, 여행의 방법에 옳고 그름은 없지만, 여행을 '전문성을 쌓는 학습의 일환'으로 생각한다면 여행에서 얻을 수 있는 성취가 달라질 것이다. 따라서 장기 여행을 위해서 고민하고 준비해야 할 것은 여행 준비물이 아니라, '귀국 후의 모습'이다. 장기 여행을 다녀온 후에 어떤 일을 하면서 어떻게 살아갈지에 대해 준비한 다음에 떠나야 한다. 그러니 여행은 '돌아올 준비가 되었을 때 떠나는 것'이다. 이제 막 장기 여행을 시작하려는 대부분의 사람은 장기 여행 경험자를 찾아다니면서 다음과 같은 질문을 한다. '몇 개 나라 다녀오셨어요? 뭐가 제일 힘드셨어요? 예산은 어떻게 마련하셨어요? 먹는 문제는 괜찮았나요? 준비물로 뭐가 필요한가요? 현재 직장인이고 세계여행을 하고 싶은데, 언제 떠나는 게 제일 좋을까요?' 나도 과거에 설레는 마음과 걱정스러운 마음이 겹쳐 이런 질문을 속사포처럼 쏟아낸 기억이 있다. 그러나 여러 차례의 장기 여행을 경험하고 나니 정작 중요한 것은 저런 질문에 담긴 게 아니었음을 깨닫게 되었다.

뭐 하나 빠진다 한들 요즘 현지에서 구하지 못하는 것이 없다. 노트북, 카메라, 실시간 구글 드라이브, 사고 발생 시 긴급 해결을 위한 개인 금융 정보와 이 정보에 대한 접근법, 외장하드 등만 챙기면 된다. 유명 관광지만 찾아다닐 게 아니라면 물가도 그리 걱정할 게 아니다(거기도 여기처럼 사람 사는 곳이다). 정작 회사 업무를 어떻게 정리할지 그리고 긴 시간 수입이 끊길 때 생계 문제에 어떻게 대비할 것인지가 장기 여행을 앞둔 사람의 진짜 과제가 되어야 한다. 많은 사람이 여행을 다녀온 후, 뜻하지 않게 고난의 시기를 겪고 있다. 이를 간과하지 말고 진짜 준비해야 할 것을 차분히 짚어 보자.

언젠가 유럽에서 여행 막바지에 들어선 30대 여성을 만났다. 상사가 자신을 포함한 직원을 들들 볶고 괴롭

혀서 도저히 참을 수가 없어 사직서를 내고 훌쩍 여행을 왔다고 했다. 그의 말에 따르면 그의 전 상사는 사람이 아니라 괴물이었다. 성격 좋은 그와 며칠간 저녁마다 술잔도 기울이고, 내가 알아본 현지 문화공연 정보도 공유하여 함께 공연을 관람하기도 했다. 그런데 그녀는 귀국일이 한 달여 앞으로 다가올수록 여행이 더 이상 재미없고 우울감도 계속 높아진다고 했다.

힘들었던 환경에서 벗어나고자 급히 떠나왔고 즉흥적으로 여행하고 있기 때문에 여행의 질 따위는 고민할 틈이 없었던 거였다. 여행 초반에는 나름 즐겼지만, 반년 가까이 계획 없는 여행이 이어지니 흥미가 떨어졌고 돌아갈 때가 되자 한숨만 나오는 것이었다. 다니던 회사에는 사직서를 냈고, 장기 여행으로 가진 돈도 떨어져 가고, 동종 분야에서 일을 찾아야 하는데 확실한 경쟁력이 있는 것도 아니고 일자리 소식을 알려 줄 만한 사람들과 꾸준히 교류하지도 않았으니 귀국을 앞두고 막막한 상황에 놓이게 된 것이다. 그녀는 남들이 그토록 부러워하는 장기 여행을 하면서도 더 이상 행복하지 않았다. 왜? 돌아올 준비가 안 됐기 때문이다. 준비되지 않은 장기 여행은 즐거움보다 오히려 무방비적인 우울

증과 무력감까지 가져올 수 있다.

　반면 여행으로 장시간 자리를 비우고도 직무 복귀가 잘 되는 사람에게는 공통점이 있다. 첫째, 평소 직업적 개인 신용도가 탄탄하다. 개인의 신용도는 일할 때 드러나는 업무 역량이나 태도, 소통법 등을 통해 주변에서 그 사람을 보는 인식과 신뢰 정도다. 이런 부류의 사람은 주변에서 인정받으며 일해 왔기 때문에 여행이든 휴직이든 몇 년 자리를 비웠더라도 함께 일하자는 제안을 많이 받을 수 있다. 둘째, 자기 콘텐츠가 명확하다. 나 역시 자기 콘텐츠를 명확히 만들고자 노력했다. 여행을 떠나기 전에는 공연계에서 경력을 쌓다가, 장기 여행을 통해 축제 분야로 일의 스펙트럼을 넓히고 양쪽 분야의 장단점을 고루 파악하게 되면서 나의 콘텐츠가 명확해졌다(아직도 갈 길이 멀지만). 셋째, 직업적인 인맥을 갖추고 있다. 사회에 나와 다양한 분야의 사람들과 골고루 좋은 인맥을 쌓아 놓은 사람은 장기 여행 후에 설사 재직하던 분야로의 복귀가 만족스러운 조건으로 진행되지 않더라도 풍부한 인맥을 통해 다양한 분야의 구직 정보와 현황을 꾸준히 얻고 빈틈을 파고드는 힘이 좋기 마련이다. 형식적인 사회 인맥 말고, '나'라는 개인을 인정해 주는 탄탄한 인맥을 쌓아 둬야 한다.

　나 또한 장기 여행을 더 가치 있게 만들고자 노력했지만, 한 가지 놓쳤던 게 있다. 여행을 통해 활동 범위를 확장하고 적어도 축제라는 분야에 대해서는 그 누구보다 많은 정보와 경험을 갖게 됐지만 한국으로 돌아와 지금까지 꾸준히 활동하면서 '아차, 출발할 때 진작 알았다면 축제에 더해 이것까지 조사했을 텐데.' 하며 무릎을 치고 있는 분야가 바로 '도시재생'이다.

　도시재생이라는 이슈는 현재 대부분의 국내 지자체에서 해결하고자 골머리를 앓고 있는 대표적인 이슈다. 도시재생과 관련하여 앞으로도 어마어마한 정부 예산이 지속적으로 쓰일 예정이며, 이와 관련하여 다양한 분야(스토리텔링, 도시공학, 건축, 공연, 축제, 미술, 역사, 고전, 문화콘텐츠 등)의 전문가들이 의견을 내고 있는 국가적인 사안이다. 그만큼 앞으로 발전 가능성이 큰 분야이고, 현장에는 상세하고 현실적인 실천 정보를 제공하는 전문가가 아직 드물다. 귀국 후 해외의 축제 정보를 필요로 하는 지자체가 많다 보니 자연스레 나의 활동 영역이 급속도로 확장되었지만, 진작 도시재생에 관심을 두고 살아 있는 정보를 더 많이 수집해 올 수 있었다면 좋았을 거라는 아쉬움이 남는다. 지금도 이 분야에서 활동하는 게 늦지 않았으니, 문화기획에 관심 있는 후배들이라면 도시재생과 관련된 실용 분야로 파고들기를 권하고 싶다.

마지막으로 '어떻게 여행할 것인가'하는 여행 방법보다, 10년 후 자신의 직업적 비전을 어디에 둘 것인지를 먼저 염두에 두고 여행 방법을 정할 것을 권하고 싶다. 가장 중요한 것은 '긴 안목'이다. 자질구레한 여행 준비보다 좀 더 긴 안목으로 귀국했을 때를 솔직하게 내다보고 자신의 미래를 떠올려 보자. 그러면 낭만에만 머문 여행이 아니라, 삶의 동력이 되고 이왕이면 경력에도 도움이 될 수 있는 일거양득의 여행을 할 수 있을 것이다. 5년 후나 10년 후 자신의 미래를 평소에도 차분히 생각해 왔다면 여행을 앞두고 이런 고민을 하는 게 어렵지만은 않을 것이다. 이런 고민은 미래의 내 모습을 미리 가늠해 보는 의미 있는 기회가 될 수도 있다.

여기에 더해서 책이나 미디어 칼럼, 브런치(글쓰기 애플리케이션), 강의안, 유튜브 동영상 촬영, 컨설팅(숨고 등의 애플리케이션을 통하면 수월하게 접근할 수 있다)을 통해 내가 가진 정보를 공유하는 활동을 겸한다면 금상첨화다. 내게 있는 정보의 가치가 어느 정도인지, 나만의 정보와 경험이 다른 사람과 어떻게 다른지 넓게 공유하지 않으면 아무도 알 수 없으니까. 내가 처음 '공연 따라 세계여행'을 기획했을 때 동아일보와 인연이 되었던 것은 주변에 이미 다양한 분야에 종사하는 이른바 '콘텐츠를 찾고 활용하는 사람'이 포진되어 있었기 때문이다. 소문은 금방 퍼졌고, 다양한 추가 아이디어가 쏟아졌다.

요즘은 콘텐츠만 흥미롭다면 유튜브를 통해서도 얼마든지 공유할 수 있고, 브런치를 통해서도 역량 있는 신진 작가가 많이 발굴되고 있다. 글쓰기 플랫폼을 통해 출판사에서 연락을 받았다는 후일담은 이미 넘쳐난다. 《회색인간》의 저자 김동식 작가도 주물공장 노동자로 일하면서 인터넷 커뮤니티의 댓글을 통해 짧은 글을 쓰기 시작했다. 이후 3일에 한 번씩 짧은 단편을 올리기 시작했고 결국 출판사와 인연이 되어 책을 내고 인지도와 인기가 높아진 것이다. 많은 사람이 "저는 인맥도 없는데 미디어 칼럼 기고, 책 집필, 강연 등 그런 기회를 어떻게 만드나요?"라고 질문하지만, 요즘은 채널이 부족한 게 아니다. 어떤 채널에든 꾸준히 글을 써서 지속적으로 업로드하는 노력을 기울였는지 스스로 물어보자. 좋은 콘텐츠를 기획하면 기회는 따라온다. 자기 콘텐츠를 세상과 공유하며, 콘텐츠의 가치가 세상에 드러나기 위해서는 꾸준한 시간과 공을 들여야 한다.

✦ 차별화된 자기 훈련을 하다

일 잘한다고 소문난 문화기획자들의 자기 훈련법에
는 어떤 게 있을까? 많은 사람이 열심히 일하고 좋은 기
획과 아이디어를 내놓기 위해 노력하는 것은 마찬가지
인데, 잘나가는 문화기획자는 어딘지 모르게 깊이가 다
른 프로의 냄새가 난다.

많은 문화기획자를 만나 보니, 날고 기는 문화기획자
의 가장 큰 특징이라면 일과 놀이의 경계가 느슨하다는
점이다. 자기가 좋아하는 일을 하기 위해 현재의 업무
환경을 스스로 만든 사람들이기 때문에 일할 때나 쉴 때
나 본인에게 도움도 되고 흥미 있는 활동에 시간을 할애
한다. 여가도 그냥 쉬거나 놀기보다는 평소 관심이 있던
취미·놀이·학습 등의 활동을 찾아서 하는 경향이 강하
다. 이런 활동은 기획자 자신의 복잡한 머릿속을 정리하
거나 휴식·정보 습득·마인드 컨트롤 등 어떻게든 자기
컨디션과 능률을 높이는 게 포인트다.

일 잘하는 문화기획자는 숫자에 능하다는 점도 큰 특징이다. 이들과 업무 미팅을 하면 일을 숫자로 말하는 데 신뢰가 간다. 이들은 온갖 산업적 통계와 각종 연구 데이터를 활용하여 타당하게 논리를 펼치기 때문에 설득적이다. 설사 그 의견이나 주장으로 전체 회의가 결론 나지 않더라도 그들의 긍정적인 이미지를 만들어 줄 수 있다. 구체적으로 정량적 근거를 제시하며 자신의 의견을 피력했기 때문에 함께한 사람들은 그의 열정과 심도 있는 고민을 높게 평가하게 된다. 각 분야 산업 규모와 흐름 등 큰 맥락의 수치까지 꿰뚫고 있는 문화기획자라면, 일만 잘하는 것이 아니라 시장 전체의 큰 흐름을 볼 줄 아는 통찰력 있는 기획자이기에, 많은 사람이 그를 더욱 다양한 문화예술 모임과 자리에 초청해 그의 의견을 듣고 싶어 한다. 그냥 자기 생각이 아니라, 근거와 통찰력이 있는 견해이기 때문이다.

일 잘하는 문화기획자들의 또 다른 특징은 사업의 가치를 더욱 많은 사람에게 효과적으로 전달할 수 있다는 점이다. 스토리텔링에 능하다는 것이다. 사업의 성격과 결과물이 지금 사회에 왜 필요한지, 어떤 의미가 있을 수 있는지 가장 매력적인 단어로 표현할 줄 안다. 세상에 없던 이야기를 만드는 것은 '창작'이고, 이야기를 매력적으로 말하는 기술은 '텔링'이다. 탁월한 문화기획자는 자기가 맡은 사업에 어떤 의미가 있는지 가장 매력적으로 설명할 줄 아는 텔링의 귀재다.

'일잘러' 문화기획자에게는 자기만의 놀이터를 갖는 특징도 있다. 뭔가를 기획하고 구상하기 위한 감각, 좋은 영감을 유지하기 위한 자기만의 공간을 갖고 있는 것이다. 숲이나 캠핑 등 조용한 휴식처를 찾는 경우도 있고, 멀리 가는 것보다는 최소한의 에너지를 써서 자신에게 쉼을 주고 머리를 비워 낼 수 있도록 시간을 쓰는 사람도 있다. 그래서 경기도 인근에 자기만의 아지트나 공방, 작업실을 갖고 있는 문화기획자가 제법 많다. 직직거리는 LP 감상실에 가거나 뮤직 커뮤니티 활동에 매진하는 경우도 많다. 모두 그들의 '놀이터'다.

내게는 전시실이 놀이터다. 혼자 전시 관람하는 것을 즐긴다. 갤러리 벽면에 작은 핀 조명을 받으며 걸려 있는 그림을 보면 '이 작가는 무슨 이야기를 하고 싶어서 이 그림을 그렸을까? 왜 저 창문을 삐딱하게 그렸지? 큐레이터의 말로는 그림을 그리던 시기에 작가가 개인적으로 힘든 일을 겪었다던데, 힘든 일 겪었다고 정해진 듯 다들 삐딱하게 그린다는 건 이해가 안 되는데. 혹시 그냥 실수해서 덮으려 했던 건데 후대에 과잉 해석된 건 아닐까?' 하며 작가를 궁금해하고, 농담 나누듯 혼자가 아닌 혼자로 그림을 감상한다. 평소에도 공연, 영화, 축제, 전시 등을 수시로 보는 게 일이지만, 그중에서도 요즘 전시는 도심 속에서 여유롭게 즐길 수 있는 브랜드 전시(널리 알려진 세계적인 화가의 작품들을 특별전으로 기획하여 국내외로 소개하는 전시)가 많이 진행되는 게 참 좋다. 나는 이런 전시를 통해 아이디어와 영감을 받을 때가 많다. 전시 관람은 공연 관람처럼 정해진 시간에 맞추지 않는 경우가 많아서 좋고, 짬이 날 때 근처 갤러리를 찾으면 되니, 더없이 좋은 나만의 놀이터다.

자기만의 프로파일링 노하우도 잘나가는 문화기획자의 특징이다. 매일같이 쏟아지는 정보를 빈틈없이 완벽하게 처리할 수는 없기 때문에 자기만의 메모 방법이나 기록 노하우가 있는 게 일하는 데 유용하다. 그런데 메모하는 목적을 망각하고, 단순히 메모 그 자체에만 목을 매는 경우를 종종 목격한다. 미팅에서 상대를 살피지 않고 자기 메모장에만 머리를 박고 있는 사람은 미팅의 포인트를 못 잡는 경우가 많다. 메모의 목적을 인지하고 메모하자! 메모와 기록은 당장은 정보를 잊어버리지 않기 위해서, 궁극적으로는 누적된 기록을 통해 시간차에 따른 흐름을 읽어 내고, 메모한 정보가 필요할 때 다시 꺼내 가치 있게 활용하기 위함이다. 정보 저장 창고처럼 말이다. 당장 며칠 이내에 처리해야 할 업무 메모는 펑크 내지 않기 위해 적는 것이지만, 정말 똑똑한 기록은 먼 훗날에도 이와 유사한 사업을 만났을 때 쉽게 꺼내 보고 응용할 수 있는 아카이브의 가치를 만든다.

일 잘하는 문화기획자에게는 자기만의 아카이브 방식, 아이디어 창고 같은 프로파일링 노하우가 있다. 수행하는 업무를 사업별로 구분하는 단순한 카테고리가 아니라 먼 훗날까지 활용할 수 있는 자신만의 프로파일링 기준과 방식이 있는 것이다. 이런 프로파일링을 하며 머릿속의 중요한 포인트와 기준, 노하우도 더욱 견고해져서 체계적이고 빠른 비즈니스가 가능하게 된다.

프로파일링 노하우는 단순히 디지털 정보 처리에만 국한되지 않는다. 내게는 십수 년 간 좋은 아이디어를 수집해 놓은 책자가 있다. 이 책자는 한눈에 쏙 들어오게 하기 위해서 텍스트보다는 이미지 위주로 파일링해 놓았다. 문화콘텐츠, 이벤트, 각종 퍼포먼스에서 활용하면 좋을 센스가 돋보이는 아이디어를 오랫동안 수집해 왔다. 다소 낯선 주제의 회의더라도 사전에 이 아이디어 책자를 찬찬히 음미하듯 살펴보면 "우리 기업(혹은 기관)의 고민에 대해 성의껏 미리 검토하고 오셨다."라는 좋은 반응을 얻을 수 있고, 회의 내용을 구체화하여 좀 더 명확한 방향을 잡는 데 도움이 된다. 이처럼 기록은 재활용의 목적으로 행하는 것이다. 자기만의 기록을 영리하게 잘 활용하면 일회적인 고민보다 정보 활용 측면에서 깊이와 폭이 다를 수밖에 없다. 그러니 내일 까먹지 않기 위해 적는 단순 메모는 이제 그만두고 자기만의 프로파일링 방식과 지혜로운 정보 활용 방식을 고민해 볼 필요가 있다.

일잘러 문화기획자는 '사회 지능'이 높고, 세상을 읽는 것을 좋아한다. 시대 흐름을 잘 읽는 인사이트가 좋다는 의미다. 사회 지능은 다양한 경험과 뉴스를 통해 간접적으로 키울 수 있다. 나도 매일같이 습관적으로 뉴스를 보고 있다. 어차피 일하려면 세상 돌아가는 것을 알아야 하는데, 나의 개인 역량으로는 비용과 시간 면에서 모든 세상사를 일일이 챙기기 어려우니 뉴스를 통해 사회를 읽으려는 것이다. 뉴스는 매일매일 전 세계에서 일어나는 중요한 이슈를 일목요연하게 정리해 주는 기특한 정보 비서 같은 역할을 하는 것이다. 일을 더 잘하려니 세상 돌아가는 이야기를 알아야 최선의 판단을 할 수 있기 때문이다.

일의 스펙트럼이 넓을수록 다양한 분야의 사람을 만나기 때문에 상대를 잘 이해하는 데 뉴스에서 접한 정보가 활용되기도 한다. 요즘 기업들 형편이 어떤지, 우리 문화 분야의 흐름은 어떤지, 나라의 돈이 어떻게 어디로 흘러가는지 그 체계를 이해하여 활용할 수 있다. 특히 정치 분야 뉴스는 정부의 예산이 각 행정기관으로 흘러가는 과정을 보여 준다. 정부 예산을 현장에서 잘 활용한 사례와 활용하지 못한 사례를 정치 뉴스를 보면 알 수 있다. 그 사이사이에 나의 비즈니스와 이해관계자들의 입장이 고스란히 담겨 있기 때문이다.

정치는 문화기획자의 일과 직접적인 관련이 있는데, 공공지원사업의 공모가 매년 11월과 12월에 시작되고, 연말에 선정 과정을 거쳐서 연초인 3~4월에 그 지원금을 쓸 수 있는 시점이 온다. 그런데 연초까지 정치인들이 싸우고 예산이 통과되지 않았다면 예산 집행이 늦어져 공모에 선정되어도 3~4월에 정상적으로 지원금을 쓸 수 없는 것이다. 문화기획자의 1년 계획에 엄청난 차질이 생긴다. 그래서 투표도 잘해야 하고 뉴스도 똑바로 봐야 한다. 정치인들 싸우는 모습이 지겹다고 관심을 두지 않았다가는 일상에 치명적인 타격이 될 수 있다.

　마지막으로 일 잘하는 문화기획자에게는 장점을 찾는 습관이 있다. 상대의 머릿속을 들어갔다 나온 것처럼 그의 생각과 장점을 예리하게 짚어 내는 것이다. 상대가 일을 잘할 수 있도록 그의 장점을 끄집어내고 가능한 역할을 찾아 주기도 한다. 상황에 맞게 실력을 발휘할 수 있도록 가이드 해 주는 것이다. 예를 들면 큰 사업의 스텝이 모두 모인 회의실에서 "지난번에 현장에서 보니까 이름은 모르겠지만, 저 끝에 앉은 PD님이 현장 흐름을 잘 잡아내고 있었습니다. 덕분에 그쪽 파트만 별문제가 없었어요. 저런 분이 이 사업을 맡아야 현장에서 무리 없다고 생각합니다."라며 뜻밖의 제안을 하는 경우가 있다. 직위나 체계 상관없이 낮은 보직이라도 그 사람의 장점이 어떻게 두드러지고 활용될 수 있는지 근거 있게 말하는 외부 기획자의 발언이라 더욱 힘을 얻을 수 있다. 이처럼 일 잘하는 문화기획자는 사회적인 환경이 주는 고정된 시선이 아니라, 객관적이고 솔직한 시각에서 사람의 장점을 기가 막히게 끄집어내는 능력이 있다.

지금까지 이야기한 것처럼 일 잘하는 문화기획자는 아이디어 파일 관리, 글쓰기, 뉴스 보기처럼 스스로 단련하는 훈련법이 있다. 자기만의 훈련법으로 '안목'을 길러 두었다가, 일의 영역을 넓혀 가는 사람도 있다. 문화예술 행정직에 재직하다가 갤러리 문화기획자가 된 강언덕 대표가 그런 케이스다. 강 대표는 KBS디지털미술관, 인사동의 화랑을 거쳐 한국문화예술위원회에서 문화행정에 종사했었다. 그러다 결혼과 육아로 경력이 단절된 그에게 찾아온 기회를 단번에 잡을 수 있던 것은 평소 '안목'을 기르고자 노력했기 때문이다. 그는 그림에 관심이 많았고, 좋은 그림을 보는 것을 즐겼다. 가족과 함께 늘 미술 작품을 보기 위해 좋은 그림을 구입하며 '하우스갤러리' 전시 문화기획자의 삶이 시작되었다. 남편과 아이를 위해 그림을 구입해 집에 걸었을 뿐인데 뜻밖에 지인들의 반응이 뜨거웠다. 지인들에게 그림을 구입한 과정을 말해 주자, 자기들도 그림을 사고 싶다며 도움을 청한 것이다. 강 대표는 기쁜 마음에 평소 자주 살펴보던 작가들의 작품을 지인들에게 소개해 주기 시작했고, 이는 실제 구매까지 이어졌다.

　그렇게 집에서 미술관을 열면서 '하우스갤러리 2303'이 시작되었다. 그녀의 집에는 가족이 살고 있지만, 작품을 잘 감상할 수 있는 환경을 만들어야 하니 로고부터 작품 위치, 그림이 가장 돋보이도록 만드는 공간 디자인 까지 결혼 전에 문화행정을 하며 친해진 전문가들의 도움을 받았다. 무엇보다 이제 막 중학생이 된 아들이 있으니 가족에게 피해를 주지 않도록 운영 규칙도 세밀히 짜야 했다. 저녁과 주말, 아들 방학에는 갤러리를 진행하지 않고 철저한 예약제로 평일 오전과 오후에 각각 1회, 일주일에 총 10회만 진행한다. 하우스갤러리에 대한 홍보는 인스타그램만을 활용하여 작품과 작가에 대한 소개, 좋은 작품을 우선 선별하여 누구라도 작품에 눈이 가도록 노출 콘텐츠에 특별히 신경을 써서 알렸다. 대신 집 주소는 공개하지 않고, 예약이 확정된 사람에게만 시간과 집 주소를 알려 주는 방식으로 운영한다. '하우스 갤러리 2303'은 서울에 있는 그녀의 아파트 층과 호수다. 어디 있는 아파트인지 알 수 없으니, 예약하지 않은 사람은 찾아올 수 없다.

　강 대표의 하우스갤러리는 오직 나만을 위한 시간에 집을 열어 주고 볼거리를 성의껏 준비하여 제공한다는

면에서 관람객에게 즐거운 기대감을 준다. 방 3개짜리
의 30평대 아파트가 현실적인 모습으로 관람객에게 친
근함을 준다. 큐레이터 강언덕 대표는 관람객을 위해 차
를 준비하고 온 방문을 열어 성의껏 준비한 작품들을 내
보인다. 이와 같은 1:1 관람 방식이 기존의 대형 전시 관
람과 완전히 다른 느낌을 준다. 작품마다 깃든 색채와
구성 스토리, 그림을 그린 작가의 이야기, 이 작은 전시
를 준비하기 위해 고민했던 이야기 등 온전히 관객의 이
해 속도에 맞춰 차분히 그림을 만날 수 있다. 강 대표는
그림에 대한 애정을 담아, 아티스트를 발굴하고 소개하
며 아티스트와 관객을 이어 주는 역할을 하고 있다. 언
론에서도 '전시 보러 오세요. 우리 집으로!'라는 차별화
된 콘셉트로 주목했고, 방문했던 관람객을 통해 입소문
이 나면서 다음 연도 라인업까지 이미 확정된 상태다.
전시된 작품의 70%가 판매되는 등 반응이 폭발적이다.
강 대표는 하우스갤러리에 대해 '자신의 집으로 가져가
고 싶은 작품'을 소개하는 것이 원칙이라고 했다. 전시
회에 가야만 볼 수 있는 다소 어려운 그림이 아니라, 집
에서 늘 보며 위로나 즐거움을 받을 수 있는 그런 그림
을 소개하는 것이다.

　강 대표처럼 육아나 결혼은 누구에게나 있을 수 있는 일이고, 현실적으로 일할 수 없는 상황은 언제라도 올 수 있다. 강 대표는 '그럴 땐 잠시 일을 미룰 수 있고, 기회는 반드시 온다.'라고 생각할 것을 조언했다. 그러나 기회가 왔을 때 이를 알아볼 수 있는 '안목'이 없다면 아무것도 할 수 없을 것이다. 그렇다면 결국 꿈이 있는데 육아 때문에 못 한 것이 아니라, 꿈이 있다고 착각하며 시간을 흘려보내는 거다. 강 대표는 그러니 일을 쉴 때도 안목을 기르는 연습을 하라고 조언했다. 그가 경력이 단절된 시기를 흘려보냈다면 지금처럼 문화기획자로 활발히 활동하지는 못했을 것이다. 일이 멈추었다고 해도 자기 훈련을 멈춰서는 안 된다. 자기만의 훈련법을 찾아, 지속적으로 훈련하며 일의 공백기를 나의 일 영역을 넓힐 기회로 삼자. 좋은 기획자가 되는 길은 폭풍처럼 오는 것이 아니라, 꾸준한 자기 관리에서 시작되는 것이기 때문이다.

✦ 여전히 유리천장은 있다

사회생활을 하면 할수록 의도치 않게 마주치는 끈질긴 장애물이 있다. 나의 전문성을 알리기도 전에 툭툭 튀어나오는 '성별' 문제다. 어느 정도 확고하게 자리 잡고 활동하고 있는 문화기획자인 내가 이토록 비관적이고 시대착오적인 상황을 이야기하니, 실망스럽다고 생각하는 독자도 있을 수 있다. 한국 사회에서 여전히 그 사람의 실력보다 '여성성'이 먼저 드러나는 경우가 많다는 게 나 역시 안타깝다. 규모가 크고 중요한 심사나 회의 현장일수록 여전히 여성 전문가를 찾기 힘들고 중년 남자 전문가만 포진되어 있는 모습을 쉽게 만날 수 있다. 문화기획자로 전문성을 쌓는 과정에서 곧잘 내 심기를 건드는 것이 바로 여성이라는 '성 정체성'과 그에 따른 '차별'이다.

나는 부끄럽게도 과거에 이 문제를 통쾌하게 이겨 내지 못했다. 고작 택한 방법이라는 게 업무상 만나는 사

람들과 적당한 거리를 두며 가깝지도 멀지도 않게 외딴
섬처럼 홀로 지내는 것이었다. 거친 현실 속에서 물 위
에 뜬 작은 기름방울처럼 늘 외로웠던 기억이 난다. 사
람들과 웃으며 잘 지내고 동료와 친구도 많아 보였지만,
그 안에서 벌어지는 묘한 문제를 홀로 감내해야 했다.
묘하게 거슬리는 일이 생길 때마다 꼬박꼬박 문제를 제
기할 수도 없었고, 그런 상황은 너무 자주 찾아왔다. 여
수 엑스포 개최를 위한 문화예술 총감독단의 일원으로
현장을 시찰할 때도 그랬다.

　2012 여수 엑스포 개최를 위해 한창 공사 중이던 현
장을 조직위원장과 고위 간부들, 각 부처에서 파견 나와
근무하던 공무원들과 함께 시찰하는 일정이 있었다. 나
는 문화예술 총감독단의 일원이었고, 감독단 전원이 현
장을 시찰하는 중에 점심시간이 찾아왔다. 조직위에서
마련한 현지 식당으로 안내되었는데, 이전에도 이런 자
리에서 이상하게 여자를 가운데에 섞여 앉도록 하는 분
위기가 불편했던 나는 잔머리를 굴려 잠시 화장실에 다
녀오겠다고 핑계를 댔다. 경험도 넉살도 부족한 젊은 여
성 직장인이 이런 순간에 생각해 낸 핑계가 고작 이 정
도였다. 좀 한심하게 느껴지지만, 단체 회식 자리에서

불편하고 난처한 상황을 모면하고 싶은 여성 직장인의 몸부림이자 방어술이었다.

그런데 화장실을 다녀오니 30명이 넘는 많은 사람이 함께하는 식사 자리에서, 하필이면 60~70대의 고위급 중년 남성만 앉아 있는 가운데 자리 중에서도 백발의 조직위원장님 옆자리가 비어 있었다. 다른 모든 자리는 죄다 채워진 상태였다. "우리 유 위원님, 여기 상석에 앉으세요!" 하며 다른 남자 위원님이 나를 빈자리로 안내했다. 도대체 왜 이러는 걸까? 가만히 보면 최상급자인 당사자가 아니라 그 사람 바로 아래 간부들이 주로 이런 짓을 했다. 불쾌하고 난처했다. 싫으면 박차고 나오면 될 것이지 왜 비겁하게 가만히 있었냐고 따져 묻는다면, 하루걸러 이런 일이 일어나는데 그때마다 싸우고, 박차고 나왔으면 사회생활을 못 했을 거라고 답하겠다.

"저는 저쪽 자리가 편하고 좋은데요. ○○위원님, 이쪽 자리로 오시지요?"라고 술을 잘 마시고 넉살도 좋은 남자 위원에게 권해 보지만, 상황은 달라지지 않았다. '왜 이럴 때만 여성 위원을 찾는 걸까? 회사에서 평소에 이렇게 하지? 사회생활을 이렇게밖에 못 하나?'라고 속으로 욕하고 불편한 마음에 혼잣말을 하지만, 이 많은 사람 앞에서 이 정도로 불쾌감을 토로하고 자리를 박차고 나가면 일을 계속할 수 있었을까? 일반적인 사회 생활을 이어 갈 수 있었을까?

내가 있는 테이블에 함께 있던 총감독님들이 술을 자제하는 분위기였고, 평소 내가 술을 안 먹는다는 사실을 아는 박광수 총감독님이 "유 선생은 술을 못 마시니, 그냥 사이다로 해요."라고 말씀해 주셔서 여러 차례 사이다가 든 소주잔으로 건배할 수 있었다. 덕분에 분위기를 깨지 않았다는 위안은 얻었지만 유쾌할 리 없었다.

더 놀라운 일은 이튿날 터졌다. 여수공항에서 다 같이 비행기를 기다리는데, 어제 회식 자리에 있던 남자 위원이 술 한 방울 안 마셨던 내게 농담이라며 이렇게 말했다. "어제 보니, 유 선생, 어른들 모시고 술도 잘 마시고, 앞으로 잘 되겠어!"라고. 너무나 놀랍기도 하고 나이를 먹을 만큼 먹었는데도 저런 말을 하는 사람과 앞으로 어떻게 계속 일할 수 있을지 걱정이 앞섰다. 무엇보다 그들이 지어낸 말이 입에서 입으로 퍼져 나가 또 다른 내가 될까 봐 무서웠다. 그냥 자기 일이나 열심히 할 것이지, 없는 말까지 만들어 가면서 저렇게 피곤하게 살아서 무엇이 득이 될지 도무지 이해할 수 없었다.

이런 까닭에 나는 아직까지도 친밀한 사람이나 행정 스텝이 모인 자리에서 맥주를 아주 조금 마시는 것 외에 공식적으로 술을 마시지 않는다. 그리고 회의나 심사 등의 업무 미팅에서는 되도록 치마도 입지 않는다. 어릴 적에는 드라마에 나오는 멋진 커리어 우먼들처럼 때로는 화려하게 때로는 시크하게 근사한 옷을 입고 일하는 모습을 떠올리곤 했었다. 그러나 정작 사회에 나와 보니 '실력'보다 '여성'이 먼저 두드러지는 게 불편했다. 물론 치마를 입는다고 해서 전문성이 약해지는 건 아니지만, 그런 식으로라도 여성성을 눌러 가며 일했다. 내가 어느 분야에 어떤 전문성을 가졌는지 알려지기도 전에 여자로 먼저 기억되지 않고자 했던 나름의 고육책이었다. 누군가 자격지심이라고 하면 어쩔 수 없지만, 그렇게 '여성'을 지우고 '전문성'을 쌓으며 실무 역량을 키우는 데 집중했다.

말이 쉽지 전문성이라는 것이 하루아침에 완성되는 것도 아니고, 내가 가진 정보나 노하우 등을 공유하고 인정받는 과정이 필요했다. 그래서 두 번의 장기 여행에서 수집해 온 해외 문화 정보를 정리하여 책으로 출간하는 작업에 몰두했고, 박사 과정을 밟기 시작했다. 그 와

중에 생업을 위한 최소한의 경제 활동도 해야 했다. 낮에는 생업, 새벽에는 책 집필, 밤에는 박사 논문을 쓰며 전문가로서의 토대를 마련하는 데 몰입했다. 내가 좋은 배경과 학연, 지연을 가졌다면, 그리고 심지어 '남자'였다면 좀 달라졌을지도 모르겠다. 그러나 현실의 나는 특별히 잘난 것도 없고 남다른 배경도 없는 지극히 평범한 사람이었다. 특출난 배경이 있었더라도 이를 영악하게 써먹을 넉살도 없었다. 그 무렵부터 나는 스스로 다독이면서 욕심부리지 말고 노력한 만큼만 기대하면서 살자고, 일에만 집중하자고 다짐했다.

그렇게 문화기획자로서 홀로 서는 과정은 만만치 않았다. 그만큼 나는 여성 전문가로서 외로움을 느낄 때가 많았다. 어느 공기업 중간관리자인 여성 과장의 경험에서도 나와 비슷한 부분을 발견할 수 있었다. 그녀는 일 욕심이 많고, 자기 일을 좋아했기 때문에 상부에서 일을 지시하지 않아도 스스로 창의적으로 일을 만들어서 할 줄 아는 성실하고 능력 있는 사람이었다. 그런데 어느 날 만난 그녀는 심한 무력감에 빠져 있었다. 그는 공공 조직에서 '유리천장'이라 함은 개인이 열심히 하고 안 하고의 문제를 떠난, 완전히 다른 차원의 문제라고 토로했다. '더는 어쩔 수 없는 거구나!'라고 생각하게 되었다고 했다. 개인이 열심히 하여 성과를 내도 오래전부터 조직을 장악한 그룹은 남성으로 포진되어 있고 운 좋게 그 그룹에 들어가더라도 진작부터 조직 내의 라인이 짜여 있기 때문에 향후 인사 이동이 어떻게 될지 충분히 가늠할 수 있는 상황이라고 했다.

국내 최초의 여성 강력계 반장으로 알려진 박미옥 형사도 방송 인터뷰에서 "조직에서 여성 차별은 기본이고, 너무나 외롭다."라는 말을 강조했다. 그 말을 듣는 순간 어찌나 깊이 공감되고 위안이 되던지. 외롭던 내 마음을 알아주는 것 같았다. 나는 박 형사가 지나온 시간이 존경스러워 오래전부터 그녀에 관한 기사를 빠짐없이 찾아보고 있다. 지금 이 시대를 살고 있는 모든 여성이 조직 안팎에서 외롭게 분투노력하고 있다는 생각이 들어 남일 같지 않기 때문이다.

여자이기 때문에 뜻밖에 겪는 일도 있다. 큰 조직에서 개인 룸을 따로 쓰는 소위 '간부'급 사람을 만날 때는 유독 여자에게만 극도로 조심하는 미묘한 친절함을 느낀다. 조직에서 내게 전문가 의견을 구하거나, 자문 회의 참석 요청을 받아서 방문할 때 상대방이 개인 집무실을 쓴다면, 내가 집무실에 들어갈 때부터 나올 때까지 여성이라는 이유만으로 상대방이 끊임없이 남들의 눈을 의식하고 방문을 열어 조심하고 있다는 걸 보이는 식으로 부자연스럽게 행동할 때가 있다. 나를 그냥 편하게 대해 주면 좋겠는데, 왜 남자들과 달리 대할까? 혹자는 특별히 더 신경 써 주면 좋은 거지 무슨 상관이냐고 할 수도 있지만 겉으로 보기엔 친절함이지만 본질적으로 여성을 경계의 대상으로 보는 것이기 때문에 분명한 차별을 느끼고, 이와 같은 차별이 불편한 것이다. 진심 어린 친절이 아니라, 이후에 혹시나 미투 문제가 발생할 소지가 있는 존재로 조심하고 경계하는 것이다. 분명한 차별이고, 이러한 차별에 불편함을 느끼는 게 당연하다고 생각한다.

이런 생각을 다른 공공기관 직원과 공무원에게 토로하자, 그건 어디나 마찬가지란다. 특히 승진 줄에 있는 사람은 철저하게 조심하지 않을 수가 없는데, 승진에 줄줄이 물먹는 가장 큰 원인이 여자와 관련된 문제이기 때문이라고 한다(그럼 그 원인을 만들지 말 것이지!). 미투 운동(Me too movement) 이후로 이런 문제에 거론되기만 해도 승진에서 제외되기 때문에 어쩔 수 없다는 것이다. 여자들 입장에서야 억울할 수 있겠지만, 가끔은 이런 상황을 악용하는 사람도 있다고 하니 이해하는 수밖에 없다는 것이다. 다른 사람들과 똑같이 대해 줬으면 좋겠는데, 여자를 극도로 경계해야 하는 대상으로, 잠정적인 문제 유발자로 보는 시각이 나는 여전히 짜증 나고 불편하다.

사회적으로 알려진 바와 같이 아프리카나 이슬람 문화권, 라틴아메리카에는 여성에 대한 불평등 문화가 남아 있다. 그중 프랑스 크리스털 브랜드인 바카라의 최고 경영자로 스카우트된 남미 베네수엘라 출신의 매기 엔리케스는 자신이 그동안 쌓아 온 경력을 기반으로 끊임없이 도전하고 싶었지만, 여자·엄마·남미권 출신이기 때문에 더 큰 도전을 할 수 없던 순간이 많았다고 했다. 육아 문제로 경력이 단절된 적도 있었다. 그는 엔지니어에서 마케터로, 마케터에서 와인·음식 경영자로, 지금은 글로벌 럭셔리 브랜드의 최고경영자가 되기까지 겪은 어려움을 토로하며 여성들에게 "어떤 직장이든 지나치게 의존할 필요는 없습니다. 자녀에게도 엄마로서 너무 희생하거나 얽매일 필요가 없습니다. 하고 싶은 게 있으면 포기하는 것보다는 우선순위를 잘 정해서 하는 게 중요합니다."라고 전했다(조선일보, '크리스털 천장을 깬 여자'). 그녀의 이야기에서 여성성이 더 이상 극복의 대상이 아닐 수 있는 가능성을 보며, 나 역시 슬기롭게 나의 정체성(여성에만 한정되지 않는 한 존재로서의 정체성)을 드러내고자 한다.

여수 엑스포 감독단을 마치고 독립한 후에는 술을 마시는 자리를 거의 가지 않아서인지 모르겠지만, 그런 지저분한 일은 더 이상 겪지 않았다. 몇 해 전에 세계적인 '미투 운동'이 일어난 것을 계기로 한국 사회가 전반적으로 변화를 겪은 덕분이기도 하다. 지금은 문화계의 분위기, 나아가 사회의 분위기가 변하고 있는 걸 느낀다. 세상이 조금씩이나마 바뀌고 있어서 다행이다.

✦ 차이 나는 클래스가 있다

세상에는 다양한 사람이 있다. 일을 잘하는 사람, 못하는 사람, 가시적 성과를 잘 내는 사람, 성실한데 성과가 안 나는 사람, 강자를 대할 때와 힘없는 약자를 대할 때 태도가 달라지는 사람, 일 생각은 없고 그저 시간만 때우는 사람, 그것도 실력이라고 내부 정치로 '존버'하는 사람 등. 사회생활을 하다 보면 다양한 사람을 만나게 된다.

많은 유형 중에 기획적인 성격이 강한 업무를 하는 사람은 전반적으로 조직의 주요 부서에 포진되어 리더 역할을 하거나 중요한 업무를 맡고 있다. 사회 초년생 때는 몰라도 시간이 흐르고, 실무 경력이 쌓일수록 이런 현상은 두드러진다. 이유는 뻔하다. 조직이 고민하는 바를 인지하고 분석하고 연구하면서 문제 해결을 위해 어떤 그림을 그려야 하는지 머릿속에 항상 과제를 갖고 있는 사람을 조직이 원하기 때문이다.

기획 직무의 사람은 조직이 잘 되어야 회사 안의 개인이 성장할 수 있다는 상생의 원리를 잊지 않는다. 조직이 어찌 되든, 조직에 무슨 고민이 있든, 그냥 딱 혼나지 않을 정도로만 일하는 타입과는 정반대의 사람이다. 그런 사람은 업무 성과와 업무 태도, 눈빛, 보고서 내용 등에서 지속적으로 다른 사람과는 차이 나는 클래스를 보여 준다. 이런 좋은 기획자들은 점차 핵심 보직으로 모일 수밖에 없다. 왜? 기획은 원하는 바를 이루기 위해 실행 계획을 짜는 것, 즉 문제를 해결하는 것이고 조직은 수익 창출을 위해 산재한 문제를 하나씩 해결하며 발전하기 때문이다. 회사의 최상층부, 그러니까 전략 부서나 각 부서의 헤드에 이런 문제 해결사를 배치하는 건 너무나 당연한 일이다.

일 잘하는 기획자에게는 공통된 특징이 있다. 기획자의 DNA다. 지금까지 내가 만나본 많은 기획자는 호기심이 많고, 주변에 사람도 많고, 무엇보다 주변 사람들로부터 높은 신뢰를 받는다. 그리고 항상 바쁘다. 그를 필요로 하는 곳이 많기 때문이다. 공공기관이든 민간기업이든 어떤 사업을 진행할 때는 일을 잘 해 줄 사람을 찾기 마련인데, 일 잘하는 '기획자'에게 업무가 집중

되는 쏠림 현상이 나타나는 것은 당연하다. 그러니 주변 신용이 높아질수록 기획자의 몸값은 뛸 수밖에 없다.

주변에서 인정받는 기획자는 '사업 이해도'와 '추진력'이 탁월하다. 사업의 핵심과 실체를 간파하는 수준이 높다. 어떤 난관이 와도 상황을 파악하고 어떤 방식으로든 해결책을 찾아내 프로젝트가 순조롭게 흘러갈 수 있도록 길을 트는 능력을 갖추고 있다. 이른바 돌파구를 뚫고 가는 추진력이다. 비즈니스 미팅을 해 보면 실행은 커녕 사업의 성격을 제대로 이해하지 못하는 사람이 의외로 많다. 그러나 기획자는 다르다.

기획자는 사안의 근본적 원인이 뭔지, 왜 이 사업을 진행하게 되었는지, 지금까지 이 사업에서 이 문제가 왜 해결되지 않았는지, 혹 자신이 노력해도 해결할 수 없는 조직의 근본적인 문제인지, 조직의 환경적 한계를 파악하고 실행할 때의 유의점이 뭔지, 실제 실행했을 때의 제한점과 유의할 점은 무엇인지, 지금까지와는 다른 컨디션이 뭔지 등을 금세 파악하고 조직이 자기에게 기대하는 바와 자신이 수행해 줄 수 있는 업무 범위를 신속히 파악한다. 머릿속에 사업의 큰 그림을 순식간에 그린다. 사업 이해도는 어쩌면 세상의 모든 일에 기본이 되는 요건일 것이다. 사업 이해도가 일 잘하는 기획자의 필수 요건이자 좋은 성과를 내기 위한 핵심 요소임은 물론이다. 공공기관의 입찰 과정에서 첫 번째 심사 요건으로 들어가는 것도 바로 '사업 이해도' 혹은 '과업 이해도'다.

잘나가는 기획자의 또 다른 특징은 남다른 '실행력'이다. 실행력이 좋다는 건 사업 수행 과정 중 크고 작은 장애가 발생하더라도 신속히 문제를 해결해 사업이 예정대로 진행될 수 있도록 물꼬를 터 주는 역할을 잘 한다는 의미다. 좋은 기획자는 문제가 생기면 무작정 "뭐가 안 돼요."라며 하소연에 가까운 보고를 하지 않는다. "어떤 문제가 발생했는데, 이런저런 긴급 조치를 취했고 현재는 잘 돌아가고 있으니 걱정하지 않으셔도 됩니다. 다만 다음에 같은 문제가 재발할 가능성이 있으니 검토하고 별도로 대비해 두는 게 좋겠습니다."라며 정확하게 보고하고 재발 방지 방안을 제시한다.

나는 사회 초년생 시절, 일 잘하는 기획자들을 동경했고 그렇게 되고 싶은 마음에 그들의 일하는 방식을 살폈다. 그들도 처음부터 일을 잘하지는 않았을 테니까. 일 잘하는 기획자들은 도대체 어떤 점이 달라서 일을 잘하게 되었을까? 내가 찾은 그들의 비결은 두 가지였다.

첫째는 남다른 '관찰력'이다. 일뿐만 아니라 주변에서 일어나는 사소한 일이나 사회적 현상을 예사로 흘리지 않고 매사에 주의 깊게 관찰하고 숙고한다. 뭐든 다 경험해 보면 좋겠지만 누구에게나 물리적·시간적 한계가 있기 때문에 다 경험할 수 없다면 평소 주변에서 일어나는 수많은 일과 현상을 이해하려는 습관을 들여 보자. 자신도 모르게 스스로 좋은 기획자로 이끄는 훈련법이다.

서울남산국악당의 엄국천 공연기획실장은 뛰어난 관찰력을 바탕으로 일을 진행하는 공연계의 대표적인 문화기획자다. 그는 공연계에서 나보다 몇 년 선배로, 사회 초년생 시절에는 직접적 친분이 없었다. 그가 나의 지인들과 다양한 신뢰 관계를 맺고 있어 서로 존재만 알다가, 내가 세계여행을 다녀온 후에 문화 활동이 늘면서 엄 실장을 대할 기회가 생겼다. 엄 실장이 포항문화재단에 근무하던 때 '문화가 있는 달' 사업을 주관할 지자체에 대한 매칭 사업 공모가 진행되었다.

매칭 사업은 문화체육관광부에서 지자체에 5억~7억의 예산을 지원해 주면, 지자체가 자체 예산을 얹어서

약 10억 규모의 사업을 진행하는 것이었다. 해당 사업에 여러 지자체가 지원하여 6 대 1의 경쟁이 벌어졌는데, 나는 우연히 최종 심사 위원으로 참석하게 되었고, 엄 실장은 당시 포항문화재단의 문화사업 담당으로 최종 프레젠테이션을 직접 하러 온 거였다. 경쟁이 치열했는데, 다른 지자체 담당자는 다소 부실한 기획 내용을 발표했지만, "이 사업에 선정된다면 우리 지역 시청에서는 5억의 예산을 편성하기로 약속했습니다. 시장님 확인서도 가지고 왔습니다."라며 어필한 상황이었다.

그런데 포항은 선정되어도 시의 예산이 부족해 예산을 매칭할 수 있을지 확언할 수 없는 상황이었다. 상황만 놓고 보면 치명적인 단점이 있는 지역이 포항이었지만, 해당 지역 담당자이던 엄 실장은 매칭 사업에서 예산 매칭이 불명확하면 행사의 규모가 절반가량 줄어드는 셈이기 때문에 큰 마이너스가 됨에도 프레젠테이션을 열심히 준비한 것이다.

그는 바다를 낀 포항시의 가장 아름다운 공간을 먼저 소개하고, 그 공간에서 어린이와 가족 단위 시민이 A존(zone)부터 F 존까지 각기 다른 프로그램에 어떻게 참여할 수 있는지 세세하고 명확하게 구성한 바를 전략적으로 발표했다. 계절에 맞는 적절한 운영 전략과 시민이 심야 시간에도 즐길 수 있도록 흥미롭고 균형감 있는 프로그래밍을 제시했다. 프로그램마다 관객에 대한 안내 서비스와 스텝 운영 계획까지 촘촘하게 준비한 흔적이 곳곳에서 배어 나오는 발표였다. 이와 같은 기획은 그가 평소 지역과 지역 사회에 관심이 많았고, 그러한 관심을 바탕으로 섬세하게 관찰하여 문화공간을 구성하였기에 가능한 것이었다. 심사 위원들이 모여 치열하게 논의한 결과 포항이 최종 매칭 사업 지역으로 선정되었다.

당시 엄국천 실장과 나는 각자의 일로 바빴기 때문에 당장 일을 함께할 수 있는 여건이 아니었지만, 나는 내 강의를 듣는 학생들이나 후배들에게 '일을 배우고 싶다면, 이런 사람을 찾아가라!'라고 추천하고 싶을 만큼 그에게 좋은 인상을 받았다.

일 잘하는 기획자의 두 번째 비결은 '좋은 선배'다. 사회생활하면서 '일을 잘하는 방법'을 지혜롭게 가르쳐 줄 좋은 선배를 만나는 것이다. 이는 일정 부분 운에 달려 있지만, 돈보다는 사람을 좇아서 좋은 선배를 찾아나서는 노력이 필요하다. 첫 취업부터 연봉이나 조직과 집과 회사의 거리, 지역적 조건 등만 따질 게 아니라, 일 잘하는 선배가 많을 것 같은 회사를 찾는 게 이후의 커리어를 관리하는 데 유리하다. 규모가 작더라도 경영 콘셉트나 콘텐츠가 명확하고 밖으로 드러나는 활동이 예사롭지 않은 조직이 있다. 그 안에는 분명 꿈과 목표가 분명한 스마트한 선배가 많을 수밖에 없다. 그렇게 눈이 반짝이는 사람이 모여 있는 곳으로 가야 한다.

이미 조직에 속해 있다면 직속 상사만 바라보는 것은 근시안적이다. 대부분의 조직은 6개월~1년 단위로 부서 이동을 하기 마련이고 동료와 상사는 앞으로도 줄기차게 바뀔 것이다. 지금 팀의 상사에게 덜 집중하라는 의미가 아니라, 조직 내 전체 업무가 돌아가는 구조를 이해하고 큰 관점에서 일을 잘하는 인물을 유심히 살피라는 의미다. 시간을 두고 자신이 관심 있는 부서와 직무 담당자가 어떻게 일하는지 잘 관찰하고 그들에게 천천히 다가가면 된다. 사회 초년생일수록 돈을 따르지 말고 사람을 따라야 성장할 수 있다. 능력을 키우면 연봉은 자연스럽게 따라온다.

이처럼 높은 연봉보다 일 잘하는 선배를 만나는 일이 더 중요함을 강조하는 이유는 단 하나, 좋은 기획자가 되는 지름길이기 때문이다. 어떤 형태의 문화사업이든 이해하고 접근하는 방법은 무엇인지, 문제를 해결하기 위해 어떻게 콘텐츠를 구성하고 활용할지, 어떤 아티스트를 참여시킬지, 평소에 무엇을 보고 배우며 자기 시간을 쓰는지, 어떻게 운영할지, 결국 이 모든 활동이 무엇을 위해 필요한 것인지, 마지막까지 핵심 메시지를 잃지 않는 능력 등은 좋은 선배를 만나야 배울 수 있다. 일잘하는 선배 기획자와 일하는 것은 따지고 보면 세상에서 가장 경제적인 활동이다. 가장 빠른 시일 내에 자신의 능력을 성장시킬 수 있고 미래의 수입으로도 연결되는 지름길이니까.

이따금 존경하는 인물이나 닮고 싶은 인물에게 다가가기 위해 강연을 찾아가거나 따로 연락하고 이메일을 보내는 등 친해지기 위해 노력하기도 하지만, 연락해 주는 사람은 드물다. 마음이 없어서가 아니라, 물리적으로 할애할 시간이 부족하기 때문이다. 나는 유명인은 아니지만, 청년 진로 특강과 같은 강연을 하면 따로 연락해 오는 수강생이 제법 있다. 초반에는 최대한 답변해 주려고 노력하여 밤을 새우며 답장을 해 준 기억이 난다. 그러나 청년의 고민이라는 게 이메일 몇 줄로 해결될 고민이었으면 나한테까지 왔겠는가? 대부분 정답이 없는 인

생에 대한 고민이나 예산을 어떻게 받아야 하는지 등 밤
새 써도 답이 안 나오는 포괄적인 질문이었다.

시간이 흐를수록 나도 생업에 바빠 언제부턴가는 질
문하는 이메일에 응답해 줄 여유를 갖지 못했다. 그러니
좋은 선배를 찾아가라고 해서 무작정 이메일을 보내고
친해지려는 것보다는 그 사람의 활동에 참여하고 업무
적으로 만날 수 있는 합리적인 기회를 만드는 게 적절하
다. 아직 어린 청년이라면 그런 선배가 많은 회사에 취
업하길 권한다. 젊을 땐 연봉이 문제가 아니다. 나이 들
도록 실력을 갖추지 못하는 것이 더 암담할 일이다. 경
쟁력이 없다는 거니까.

닮고 싶은 사람을 조금씩 배우고 따라가다 보면 언
젠가 그런 사람이 되어 있을 것이다. 문화기획자를 꿈꾸
는 사람에게 따르고 닮을 만한 점이 많은 문화기획자로
김영신 PD가 대표적이다. 그는 극장 매니저에서 문화
공간 기획자가 되었는데, 요즘 기업에서 큰 관심을 두고
있는 분야가 문화공간이다. 낡고 오래된 공간, 기능성이
현저히 떨어진 전국의 빈 공간, 새로운 도시가 발달하면
서 자연스레 쇠퇴한 원도심 등 도시재생 사업의 핵심이
바로 문화공간 기획이다. 문화공간 기획자는 다양한 분

야의 식견을 갖춰야 하고, 공간의 새로운 쓸모와 생명
력을 창조해 내야 하기 때문에 장르 개방성이 큰 직무
다. 이 분야의 대표적인 인물인 김 PD는 인터파크 문화
사업총괄본부장이었다. 그는 문화기획자로서 독립하는
과정에 있다. 퇴사했지만, 일정 기간 임시로 회사 일을
대행해 주고 있다. 회사원과 독립 기획자의 딱 중간쯤에
위치하는 것이다.

　김 PD는 대학에서 연극 연출을 전공하고 극단 미추
의 신입 단원으로 공연계에 입문했다. 2002년부터는 한
국문화예술위원회의 극장 매니저로 본격적인 문화행정
업무를 시작했다. 극장 매니저로 입사한 이유는 공연장
에 취업하면 좋아하는 공연을 공짜로 실컷 볼 수 있을
것 같아서였다. 당시는 국내의 공연장 서비스 체계가 정
립되지 않은 상황이라 공연장 안팎으로 서비스 문제가
많이 발생했는데, 호기심이 많고 억척스러운 그가 그 일
을 맡게 된 것이다. 김 PD는 해외 극장 운영 사례를 수
집하고, 국내외 극장 운영의 문제점을 파악하여 필요한
규정과 매뉴얼을 만들고, 급기야는 전국하우스매니저
협회를 만들었다.

　그는 전문 하우스매니저를 양성하는 교육 시스템을

만들고 관련 교재도 다섯 권이나 집필했다. 안정적인 공연장 운영과 서비스 문제는 문화계 전반에 꼭 필요한 역할이기 때문에 공연장 하우스매니저 육성 사업은 지금까지도 문화체육관광부와 꾸준히 진행되고 있다. 이 사업은 전국 네트워크를 활용해 100여 곳의 전국 공연장에 청년 하우스매니저를 취업시키는 성과를 이뤄 냈다. 이는 김영신 PD의 열정 덕분일 텐데, 이런 적극성과 차별화된 실력을 필요로 하는 곳이 어딜까? 새롭게 건설되는 대기업 계열 문화공간이다.

그녀는 한남동 블루스퀘어 오픈 준비에 맞춰 2011년 운영 대행을 맡아 인터파크에 입사하여 문화사업총괄본부장으로 전국의 문화공간 운영 사업을 책임져 왔다. 이후에 10여 년간 블루스퀘어 운영총괄부장으로 일했다. '삼성동 코엑스 SM타운 위탁운영 총괄', '플랫폼창동61 운영총괄', '통영 리스타트플랫폼 운영총괄', '스타벅스 경동1969 리노베이션 컨설턴트', '부평 미군캠프마켓 문화공간 조성 자문 위원', 'KT&G 상상마당 부산 운영총괄' 등은 그동안 그녀가 맡아 온 사업의 포지션이다. 몇 해 전부터는 서울시 주요 정책사업인 '노들섬' 운영을 책임지고 있다.

　김영신 PD는 자신의 가장 큰 장점으로 '포기가 빠른 것'을 꼽는다. 살다 보면 자기 능력으로 안 되는 것이 참 많은데, 이를 쉽게 포기하지 못하고 끙끙대며 스트레스를 자초하는 경우가 많다. 그는 안 되는 일에 매달려 에너지 낭비를 하지 않는다. 더불어 그는 이제 나이와 경력이 어느 정도 쌓인 만큼 '성장보다 성숙이 더 중요한 시기'라고 강조한다. 예전에는 좋아하는 일과 다양한 일을 경험하기 바빴다면, 이제 40대가 되어 자기가 하는 일에 대한 질적 성숙을 고민해야 할 때인 것 같아서 사직서를 내고 독립을 생각하게 되었다는 것이다. 그는 독립에 대해 "요즘은 뭘 해도 최저 임금은 받을 수 있는 세상이다. 무려 200만 원이다. 사직서를 못 낼 이유가 없다."라고 했다.

　김영신 PD처럼 일 잘하고 배울 점 많은 문화기획자에게는 남들과는 차이 나는 장점이 있다. 이런 점을 예비 문화기획자도 지니고 있을 수 있다. 스스로 깨닫고 실천한다면 좋겠지만, 그게 당장 어렵다면 클래스가 다른 문화기획자의 행보를 좇아 그의 장점을 배우고 익히는 데 노력해 보자. 어느새 차이 나는 클래스의 문화기획자가 되어 있을 것이다.

✦ 라인이 정말 필요할까?

오래전의 일이지만 한국 사회의 풍토병 같았던 인맥 (학연·지연 등)으로 얽히고설킨 분위기가 생소하던 적이 있다. 순수하고 좋은 것만 보고 자란 아이처럼 그때는 잠시 그랬던 것 같다.

직장을 그만두고 장기 여행을 마치고 돌아와서 여수 엑스포 조직위원회에서 다양한 사람을 접하면서 초반 엔 종잡을 수 없는 묘한 일들을 겪어야 했다. 엑스포와 같은 국가적 이벤트에는 몇 년 동안 많은 예산이 투입되고 욕심낼 만한 직책들이 많이 만들어지니 안팎으로 사람들의 관심이 집중된다. 게다가 나처럼 '빽'도 없고 심지어 어리고 여성인 전문가는 흔치 않았다. 조직위원회 구성원도 각 부처에서 파견되어 왔지만, 알고 보면 원래의 조직에서 올 수밖에 없는 공무원이 많았고, 문화예술 관계자도 이런저런 라인으로 얽힌 경우가 다반사였다.

당시 나는 다른 감독들에 비해 나이도 경력도 낮아서

'감독'이라는 직책을 주기에는 무리가 있다고 하여 상근 자문 위원으로 영입되었다. 당시 감독단 구성에도 온갖 관심이 쏟아졌다. 그럴 수밖에 없는 것이 1천억 원이 넘는 예산이 쓰이고, 경력에 도움 될 만한 직위들이 만들어졌고, 크고 작은 사업에 관여할 수 있는 기회였기 때문이다. 나는 이런 소위 사회생활과는 거리를 두고, 여행만하다 갓 돌아온 터라 그런 감이 없어서 정신적으로 더욱 힘들었던 기억이 난다.

지금 생각하면 회의 내용이 충분히 정비되지도 않은 상황에서 장관급에 해당되는 조직위원장과 고위급 관계자가 모이는 대규모 회의가 자주 진행되었다. 형식과 절차는 많았지만, 내실이 부족하던 상황이었다. 그런 무게감 있는 자리에서 감독단의 맨 끄트머리에 조용히 앉아 있던 나는 튈 수밖에 없었다. 사람들은 시도 때도 없이 나를 찾아와 과하다 싶을 정도로 말을 걸고, 어색하게 관찰했다. 이상하다 싶었는데 한두 달쯤 지나니 이유를 알 것 같았다. 그들은 내가 누구의 라인인지, 어떻게 조직위에 들어오게 된 것인지가 궁금한 거였다. 더 정확하게 보자면 내가 얼마나 높은 라인을 타고 왔는지가 궁금한 것이었다.

　나의 경우는 일면식도 없던 한국예술종합학교의 박광수 영화감독이 청년 전문가를 수소문하던 중에 최근 해외 축제를 조사하고 갓 돌아온 청년이 있다는 소식을 듣고 내게 연락하며 조직위원회에 함께하게 된 거였다. 조직위원회에는 알게 모르게 서로 연결된 사람이 많았다. 마치 정치판의 여당과 야당처럼 뭔가 그룹이 나뉘어 있었다. 내게 겉으로는 친절했지만, 실은 나의 라인 출처와 뒷배가 누구인지를 확인하는 과정이 이어졌는데, 시간이 흘러 내가 우연히 흘러들어온 힘없는 막내 위원이라는 걸 알게 되자 믿기 힘든 자기 과시성 발언과 조언이 이어졌다. "여긴 어떻게 오게 된 거야?", "라인 없으면 지금부터 입장 정리를 잘해야 해.", "여기서는 누구누구 조심해야 돼!", "대통령이 나를 자주 찾아!" 등.

　아무리 그래도 어떻게 대통령까지 들먹거리며 수준 낮은 자기 과시를 할 수가 있는지 지금도 이해되질 않는다. 하지만 당시로는 다들 나보다 경력도 까마득하게 많고 연세도 많은 사람뿐이었기에 어디서부터 어디까지를 새겨들어야 하는 건지 분간할 수 없었다. 뒤늦게 돌아보니 그때 내게 그런 이상한 조언을 해 줬던 사람들이야말로 하수 중의 최하수였다. 진짜 고수라면 어찌 그런

싸구려 멘트를 날릴 수 있겠는가. 안타깝게도 그렇게 타인의 힘을 빌려 보직을 차지하고 전전하는 사람은 그때나 지금이나 우리 사회 곳곳에 있다.

그때도 지금도 나는 '라인'이 없다. 라인이 없다는 것은 자랑거리도 아니고, 라인이라고 다 나쁜 것도 아니다. 건강한 네트워크가 아니라, 당당하지 못한 과정을 거쳐 자기 욕심을 채우는 게 적절하지 못한 거다. 내가 여수 엑스포가 끝난 후에 대학원에서 박사 과정을 밟고 회사를 차려 어렵게 독립하는 과정을 지켜본 지인들은 곧잘 이런 질문을 했다. "너는 왜 잘나가는 송승환 감독님에게 줄을 안 서니? 자주 찾아가서 밥도 사 드리고 예쁜 짓을 해야지!" 물론 회사를 그만두고 난 뒤에도 송 대표님과는 가끔 인사를 주고받는 좋은 관계지만, 줄을 서기에는 내 능력도 부족하고, 송 대표님의 주변에는 나보다 먼저 챙겨 줘야 하는 선배도 수두룩했다. 자주 찾아가 대표님이 듣기 좋은 말도 해 드리고 어른들이 좋아할 만한 대화를 넉살 좋게 푸는 것도 영 자신이 없었다. 그렇게 나는 라인 없이 홀로 활동하는 독립적인 문화기획자가 되기로 마음먹었다.

긴 여행을 마치고 오랜만에 한국의 조직 문화를 접하

며 당황하기도 했지만, 지금의 난 건강한 나만의 '찐' 네트워크를 가지고 있다. 빽? 라인? 정치인 선거 캠프에 들어가 얼굴도장 찍고 권력에 의지하는 것처럼 줄을 서는 것만이 살길일까? 아니라고 믿고 싶다. 문제가 발생했을 때 전화 세 번 이상 돌려 보면 해결책을 찾을 수 있고, 문제를 해결할 좋은 인력이 주변에 있다면 그것으로 충분하다고 생각한다.

남들이 말하는 빽을 눈치껏 모시지 못하는 성격이지만, 빽 없이도 혼자 일어서 보겠다는 기개로 여기까지 왔고 지금은 나에게 걸맞은 인맥 부자가 되었다. 늘 자신감 넘치는 듯한 나의 이미지는 아마도 그런 건강한 인맥에서 비롯된 게 아닐까? 지금 이 순간에도 많은 청년이 회사 내 라인 혹은 그 언저리에서 "이게 무슨 상황이지?" 하며 당황하고 기꺼이 줄을 서거나, 나처럼 학습 과정을 거치고 있을 것이다. 라인이라고 다 나쁜 것은 아니지만, 그 라인은 언젠가 끊어질 수도 있음을 명심하고 가능하다면 실력으로 건강하게 자신의 길을 개척해 보자. 당장은 쉽고 빨라서 달콤할 수 있지만, 영원한 줄은 없다.

라인(학연·지연·혈연·정치 성향 등)은 그렇다 치고,

사회생활하는 데 술, 담배, 골프 안 하는 건 어떨까? 나는 술도 거의 못 마시고 담배도 안 피우고 골프도 안 치는데, 이 험난한 세상에서 과연 괜찮을까? 곧 독립을 생각하고 있는 청년이라면 이런 사교 수단들이 꼭 필요한 건지 경험자의 의견이 궁금할 것이다.

한 직장인 커뮤니티에서 한 누리꾼이 "사내 정치라는 거, 안 해도 괜찮은가요?"라고 묻자, 솔직하고 적나라한 댓글이 달렸다. "회사 내 정치 심하죠! 경험상 작은 회사일수록 더 심한 것 같습니다. 가끔 비겁하게 자기는 정치 따위는 하지 않겠다고 떠들고 다니는 사람이 있는데, 대부분 눈치가 좀 없는 경우죠. 나중에 승진에서 밀려 놓고 왜 밀렸는지 모르더라고요. 사내 정치질의 시작은 친목질인데 적당히만 하면 친목질이 나쁜 건 아니죠." 너무나 적나라하고 현실적인 댓글이라 웃음이 나면서도 무시할 수만은 없었다.

결론부터 말하자면 술, 담배, 골프, 사내 정치는 안 해도 괜찮다. 다만 사람들과 친해지는 데는 술친구, 담배 친구, 주말에 골프 치러 함께 몰려다니는 사람들보다 오래 걸리는 한계는 있다. 술자리도 하고 중간에 담배도 피워 가며 돈독한 공감대도 쌓고 주말에는 소수의 정예

멤버들만 특별한 우정을 쌓을 수 있는 골프도 치면 급속
도로 친해지고 유대 관계가 생기는 것은 사실이다. 이와
관련해 내게도 잊지 못할 경험이 있다. 나를 아껴 주고
업계 정보를 전해 주던 선배가 사업하는 데 골프는 필
수라며 좋은 비즈니스 기회를 많이 만들어 줄 테니 얼른
골프 연습을 시작하라고 했다. 그러면서 이렇게 말했다.

"네 머리 내가 올려 줄게. 얼른 골프 시작해!"
"네? 네?"
"내가 네 머리 올려 준다고! 골프 안 치고 한국에서
어떻게 사업하려고 해! 사업하는 사람들이 골프 치는
이유가 다 있는 거야!"

나는 순간적으로 선배의 빰을 칠 뻔했다. 도대체 이
게 무슨 말일까? 자식도 있는 50대 남자 선배가 내 머리
를 올려 준다니. 너무 놀라 당황하고 얼굴이 붉어졌지
만, 가만히 앞뒤 맥락을 보니 데뷔시켜 준다는 의미였던
것 같은데, 그래도 그렇지 어떻게 저런 저급한 비유를
쓸 수 있는지 진정되질 않았다. 그토록 모욕적이고 낯
뜨거운 말을 대놓고 들었다는 게 너무나 당황스러워 그

뒤로 며칠 동안 뇌리에서 그 말이 떠나질 않았다. 혹시 나 하는 마음에 인터넷으로 검색해 보니 나랑 비슷한 경험을 한 사람이 제법 있었다. 녹색 창에 '골프 머리 올리기'를 검색하면 '골프 머리 올리기 뜻'부터 먼저 나오고 '머리 올리기 선물', '머리 올리기 비용', '머리 올리기 준비물' 등 유사한 검색 기록이 나란히 뜬다. 뜻을 찾아보니 '혼례를 치르다.', '어린 기생이 정식 기생이 되어 머리를 쪽지다.'라는 데서 시작되어 골프 전문 용어처럼 쓰인다는 것이다.

한 마디로 첫 라운딩 나간다는 것을 굳이 성차별적 표현을 사용하여 이야기하는 거다. 모욕적인 말이자 어이없는 경험이었지만, 이처럼 잘못된 표현을 쓰면서까지 "요즘 술은 안 마셔도 골프는 꼭 쳐."라고 권하는 사람이 많다. 그만큼 사업을 하고 큰 결정을 내리고 중요한 정보를 나누는 자리가 곧 골프 회동이라는 의미다. 비즈니스에서 간단한 놀이나 공통된 행위가 자연스럽게 신뢰를 쌓는 과정에 이토록 유용하게 작용한다는 뜻이다.

담배 친구는 또 어떤가? 이탈리아인 방송인이 어느 방송에서 했던 이야기를 빌리자면, "회사에서 옆 사람들이 담배 피우러 나가면, 안 피워도 같이 따라 나가야 한다."라고 한다. 특히 남자들은 여자보다 흡연자가 많기 때문에 몰려다니기 쉽고, 그런 자리에서 중요한 정보가 많이 오간다는 것이다. 그는 회식 중간에 담배 피우는 사람들이 우르르 나가고 나면 혼자 있는 게 더 민망하다고 털어놓았다.

　골프나 술자리가 불편하고 강요된 사교만이 아니라, 이미 대중적 취미나 사교의 일환인 시점에 나만 그런 걸 즐기지 않으니 여러모로 사회적 교류의 틀이 제한적이라는 맹점은 분명히 있는 것 같다. 시대가 바뀌고 분위기가 좋아졌다고 해도 그 불편한 사교 문화가 전혀 없다면 거짓말이다. 그럼에도 사회적 분위기가 예전보다 많이 개선되고 있고, 이런 현실을 지혜롭게 잘 극복한 사람도 많다. 나는 함께한 파트너사(사업을 발주해 준 발주 기관의 실무자 또는 간부)와 회의나 식사를 할 일이 가끔 있는데, 외부 기획사에게 식사 비용 부담을 주거나 실례되는 발언을 하는 경우는 거의 사라진 것 같다. 그뿐만 아니라 요즘 젊은 층으로 갈수록 공과 사를 철저하게 구분하기를 원하기 때문에 개인적인 친교보다는 건조하되 예의를 갖춰 정해진 비즈니스만 실행하고 깔끔하게 헤어지는 경우가 더 많다. "언제 술 한잔하자!"라는 이야기는 못 들어 본 지 오래다.

이렇듯 예전보다 개선되었다고 하지만, 술도 잘 마시고 노래도 잘하고 담배도 피우고 골프까지 잘 치면 두루두루 빨리 친해지기 쉬운 것은 사실이다. 그래도 방법이 없지는 않다. 술, 담배, 골프 잘하는 사람들의 빠른 소통을 무엇으로 극복할 것인지 생각해 봐야 한다. 그런 관점에서 다음의 두 가지를 염두에 두면 좋을 것이다.

첫째로는 술, 담배, 골프처럼 매력적인 자신만의 비즈니스 장점을 찾자. 나와 친한 문화기획자 중에는 '타로 카드'를 활용한 인생 상담을 흥미롭게 잘 풀어 줘 주변 사람에게 인기가 많은 사람이 있다. 자기는 타로 전문가가 아니라서 운세가 맞지 않을 수도 있다고 말하지만, 여럿이 모인 자리에서 운세가 조금씩 틀리는 건 문제가 되지 않는다. 틀린 건지 맞는 건지 알 수 없으니 말이다. 그 결과 업무상 상관없는 자리에서까지 사람들의 시선은 그 기획자에게 몰려 있곤 한다. 친해지고 싶은 존재가 된 것이다.

둘째로는 일을 함께한다고 해서 모두와 친해지려는 스트레스를 버려야 한다. 이건 동료와도 마찬가지고 클라이언트와도 마찬가지다. 옛날 같으면 나에게 일을 주고 앞으로도 여러 가지 사업을 함께 도모할 수 있는 사람들이니 자주 만나 술도 먹고 친해져야 한다는 압박이 많았지만, 요즘은 안팎으로 분위기가 많이 달라졌다. 그런 스트레스를 끊어 내지 못하고 방치하는 게 현명하지 못한 것이다. 쿨하게 약속된 일만 정확하게 하고 여유가 되면 서로 고마움을 표시하는 가벼운 점심 식사 정도면 적절하다.

실력을 어느 정도 갖췄다면 굳이 지인 찬스나 부모 찬스 등의 라인은 활용하지 않는 것을 권한다. 지인이 나의 독립 소식을 듣고 적절한 일을 맡겨 준다면 정말 고마운 일이지만, 안 되는 일을 무리해서 그냥 아는 사람이니까 챙겨 받게 되는 것은 되도록 자제하는 게 좋다. 지인은 그 일을 내게 주기 위해서 조직 내에서 어떤 논의를 했을까? 논의고 뭐고 아래 실무자들 의견 무시하고 자기 아는 사람 챙겨 주느라 직위를 이용해 분위기를 그렇게 만들었을 가능성이 크다. 입장을 바꿔 내가 상사의 지시에 따라 잘 모르는 사람과 계약해야 하는 실무자라면 어떨까? 업무적으로 곤란하고, 심정적으로 무력감을 느낄 것이다. 독립 후에 하지 말아야 할 일 중의 하나가 인맥을 이용해 무리하게 일을 따내는 것이다. 우리에게 일을 주려고 하는 지인은 직위가 높은 만큼 곧 은퇴하게 될 것이고, 나의 실질적 능력을 소리 없이 지켜보는 것은 그보다 경력과 직급이 낮은 실무자들임을 반드시 명심하자. 내가 지인 찬스를 쓰려고 한다면 다른 사람들은 더 큰 지인 찬스를 쓰려고 할 것이다.

내가 세계여행을 마치고 한국으로 돌아와 돈도 떨어진 상태에서 어렵사리 박사 과정을 밟은 이유도, 사업체를 꾸리고도 당장 영리 활동을 하지 않고 차분히 전문가가 되기 위한 과정을 밟아온 것도 결국 이런 이유에서다. 독립한 문화기획자가 되어 황량한 시장에 홀로 서 있는 자신이 버겁게도 느껴졌지만, 다른 사람에게 잘 보이지 않아도 스스로 반듯이 서면 상황이 바뀔 거라는 확신이 있었다. 지난한 과정을 거쳤지만, 올곧게 설수록 미래는 더 확실하게 다가온다는 걸 요즘 들어 더 강하게 체감하고 있다.

줄 서지 않아도 된다. 조금 천천히 가면 된다. 탄탄한 실력과 자신감, 좋은 태도만 갖췄다면 과감하게 도전해도 괜찮다. 나도 그랬고 앞선 많은 경험자들이 그랬다. 나와 보니 세상은 더 살 만하다고, 라인이 없어도 일거리는 꾸준히 생겨나고 나에게 맞는 일들이 찾아온다고 입을 모은다. 술, 담배, 골프 안 해도 문화기획자로 활동하는 데 크게 문제 되지 않는다. 이 시대를 살아가는 건실한 청년이라면 영업용 골프가 아니라, 자신을 위한 인생 퍼팅을 선택해야 한다. 다행스럽게도 아직 세상에는 진짜를 알아보는 눈이 있다.

✦ 네트워크의 힘을 믿다

문화계 비즈니스는 대략 70%가 인적 네트워크를 통해서 이루어진다. 공모사업이 아니라면 거의 대부분 네트워크의 힘이 작용한다. 아니, 앞에서는 라인에 줄서지 말라더니 네트워크가 이토록 중요하면 어쩌라는 것인지 헷갈릴지도 모르겠다. 여기서 이야기하는 네트워크는 서로 좋은 정보를 주고받는 네트워크, 함께 일할 각 분야 인재를 연결하는 건강한 네트워크, 기관이 스스로 문제를 해결하기 어려울 때 시급히 일을 해결해 줄 신뢰를 기반으로 한 네트워크를 의미한다. 실력과 자격을 갖추지 못하고 정당한 방법으로 기회를 확보하지 못하는, 소위 빽이나 라인으로 통칭되는 지질한 인맥 활용과는 다른 것이다.

나의 커리어 성장에 네트워크가 어떻게 유기적으로 좋은 영향을 끼쳐 왔는지 살펴보자. 여행을 마친 후부터 몇 해 전까지는 '세계축제연구소'라는 개인사업자를 만들어서 사실상 프리랜서처럼 활동해 왔다. 강의와 방송, 출판, 컨설팅 등 축제와 문화 정책 사업 관련 심의 및 자문, 평가와 같은 일을 주로 진행했다. 몇 해 전까지 세금계산서를 발행하는 정식 사업 용역은 일부러 수행하지 않았다.

마케터 출신의 촉이었을까? 장기 여행으로 가진 돈을 다 썼고 박사 과정 학비에 생활비도 해결해야 했기 때문에 솔직히 목돈을 만드는 일이 급했지만, 당장 돈을 위해 노골적인 수익 사업을 하면 안 될 것 같았다. 먼저 남들이 인정하는 '전문가'로 자리 잡는 게 길게 봤을 때는 더 오래 문화계에서 살아남는 방법이라고 판단했다.

국내에서 전문가를 규정하는 방법은 협소하다. 현장 경험이 20~30년씩 된 경력자라도 일에 들인 시간보다는 주변 평판이 더 중시된다. 특히 수익을 목적으로 하는 민간 영리사업자면 더욱 전문가보다는 상업적 목적의 사업가로 보는 경향이 크다. 따라서 오랜 경력을 가진 현장 전문가 중에는 이에 대해 불만이 있는 경우가 많다.

반면 대학교수들은 현장 경험도 없고, 전공도 연관

성이 없음에도 해당 사업과 학과명만 엇비슷하면 전문가로 공공기관의 사업 입찰 심의 위원이나 평가 위원으로 쉽게 초청받는다. 현장에서 실무를 한 경력자를 전공조차 상관없는 대학교수가 심사하는 건 오래된 일이지만, 여전히 자주 간과되는 문제다.

무작정 현장에서 오래 근무했다고 해서 다 전문성을 인정받는 것도 아니다. 이름 모를 축제나 행사를 많이 기획했다며 명함 뒷면에 이력서처럼 넣어 다니는 사람들도 있는데 오히려 부정적이고 올드한 이미지를 줄 때가 많다. 정말 성과가 좋았던 일이라면 이미 알려졌을 일이다. 그리고 현장 경험도 많고 나름대로 노하우가 있는 전문가인데, 사람들이 필요로 하는 내용을 체계적이고 알기 쉽게 전달하는 능력이 부족한 사람도 안타깝지만 전문가로 인정받기 어렵다.

본인의 지식과 노하우를 설득력 있게 전달하지 못하고 우왕좌왕해서 도무지 무슨 이야기인지 알 수 없게 하는 사람이 종종 있다. 기업이든 공공기관이든 가장 기피하는 사례고 어떤 프로젝트를 수행할 때도 이런 분들은 절대적으로 함께하기 어려운 사람으로 꼽힌다. 아무리 현장 능력이 좋아도 사업 수행에 있어서는 커뮤니케이션, 전달력이 중요한 스킬이니까.

　그러나 현장 전문가가 상업적 활동을 많이 한다고 해서 전문가 그룹에 잘 섞이지 못하는 현상은 분명 개선되어야 한다. 진짜 고수들은 학교가 아니라, 문화 현장 곳곳에서 활동하고 있다. 일정 부분 공정성이 유지될 수 있다면 문화 현장의 숨은 고수들을 골고루 발탁해 다양한 국가사업에 투입하고 그들의 능력을 펼칠 수 있도록 기회가 주어져야 할 것이다.

　어쨌든 앞선 이유들로 30대 중반의 나는 전문가로 인정받을 상황이 아니었다. 그래서 서둘러 활동을 시작하고 정보를 공유하기 위해 부지런히 작업해야 했지만, 나는 돈이 필요하다고 해서 전략 없이 수익 활동을 시작했다가는 그저 평범한 'ㅇㅇ기획사의 실무자'에 그칠 것 같다고 생각했다. 시간이 흘러도 내 정체성은 그 정도에 멈출 가능성이 크다고 생각했다. 영리사업자로 일하다가, 전문가로 이미지 변신을 시도하는 것이 쉽지 않을 거라는 데 확신이 들었다. 당시 내 주변에는 문화계의 나름 큰 기획사, 대형 광고대행사에서 나처럼 독립한 분이 제법 많았는데, 자리 잡기가 쉽지 않아 보였다.

　전문가로 입지를 굳히는 과정에는 꾸준한 인내가 필요했고 오랫동안 공을 들여야 했다. 돈은 굶어 죽지 않을 만큼만 벌면서 서두르지 않으려고 노력했고, 특히 전문성을 입증하기 위해 책 집필과 출간을 서둘렀다(책은 어떤 매체보다도 신뢰도 높은 매체니까). 다행히 그간 출간해 온 책들이 좋은 반응을 얻어서 인세도 들어오고(심지어 내 책을 베껴 또 다른 책을 내는 사업자가 생겨 저작권 손해배상까지 받았다), 경제적으로 어려운 시기가 오래가지는 않았다. 세금계산서를 발행하는 실질적 사업을 시작한 것은 6년째인데, 일거리도 점점 늘어나고 전문 분야가 확고해지는 것과 동시에 확장된 요즘은 하루하루 일이 여유롭고 재미있다.

　여성기업 인증서를 확보해 놓았기 때문에 5천만 원까지는 바로 수의계약(경쟁이나 입찰을 거치지 않고 계약 상대자를 임의로 선택하여 체결하는 계약)을 체결하고 있다. 네트워크가 중요하다고는 인식하고 있었지만, 나 또한 지난 6년간 수행했던 일들을 차분히 되돌아보니 사실상 문화계는 인맥 비즈니스가 어마어마하게 작용한다는 사실을 다시 한번 체감하고 있다. 그만큼 외부에서 나를 바라보는 시선과 평판이 '일거리'를 끌어오는 원동력이란 의미다.

더불어 실무자와 전문가 네트워크를 구별해 잘 꾸려놓는 것도 필요하다. 시간이 흘러 업무량이 혼자 해결할 범위를 넘어서면 그때부터는 능력 있는 지인들의 도움이 절실한 시점이기 때문이다. 비로소 건강한 네트워크의 힘이 발휘되는 시기이기도 하다. 특히 인맥을 넘어 전문성이 높은 전문가 네트워크가 촘촘하게 발달되어 있을수록 사업 수행력과 완성도는 높아지기 마련이다. 사업을 의뢰한 기업이나 기관 입장에서도 내게 사업을 의뢰하면 나 외의 전문가들의 의견까지 보태진다는 것만으로도 나를 깊이 신뢰할 수 있다. 물론 지나친 욕심을 버리고, 파트너들도 서운하지 않게 배려하는 것을 게을리해서는 안 된다.

공연과 축제 분야에서 20년 이상 활동해 온 나는 이런 측면에서 장점이 있었다. 나이를 먹으면서 지인들도 각자의 자리에서 실력을 쌓게 되고 이제는 이곳저곳에서 수시로 자문 요청을 받는 전문가 그룹에 이름을 올리게 됐다. 그래서 HR, 재무, 문화기획, 컨설팅, 마케팅, 축제, CS, 영화, 방송미디어, 언론, 사진, 교육, 국제 교류, 유통, IT 등 다양한 분야의 전문가들이 수시로 자문해 주니 행여 내가 스스로 해결하지 못하는 일이 생겨도 크게 당황할 필요가 없게 되었다.

내 주변의 전문가들은 큰 조직에 속해 있는 사람도 많고 나처럼 독립하여 자기 회사를 경영하는 사람도 제법 많다. 분야는 다르지만, 독립에 대한 공통된 고민거리도 많고 새로운 사업을 만났을 땐 전문가로서 끄집어내는 예리함이 발휘돼 시너지도 크다.

그렇다면 어떻게 '일거리'가 마음먹은 대로 순조롭게 잘 들어올까? 개인의 능력과 인맥, 평판 등이 나의 일거리가 되어 돌아오는 과정을 대략 설명하면 다음과 같다. 현재 내가 하는 일들을 크게 구분하면 컨설팅 및 문화사업 대행 50%(회사 수익), 전문가로서 수시로 들어오는 공공기관 심의 및 자문 활동 35%(개인 수익), 강연과 출판 및 미디어 활동이 15%(개인 수익) 정도다. 성수기와 비수기도 차이가 있기 때문에 조금씩 변동이 있긴 하지만, 대략 이런 비중으로 일이 들어오고 있다.

개인적 활동 이외에 연구 용역이나 문화사업, 예를 들면 예술교육사업, 축제와 같은 문화콘텐츠 컨설팅 사업, 전문가 그룹을 기반으로 한 평가사업 등을 주로 수행하는데 일 년에 평균 4~6건 정도 진행하고 있다.

여기서 포인트는 지난 몇 년간 내가 수행했던 사업의 60%가 주변 지인들의 추천으로 의뢰받은 것이라는 점이다. 40%도 나와 직접 안면이 있거나 신뢰 관계를 유지하고 있는 공공기관에서 직접 연락해서 의뢰받은 경우다. 지인 추천보다 더 고마운 게 함께 일했던 사람들이 다시 나를 찾아주는 일이다.

그런 면에서 세상의 '작은 사장'들은 더없이 중요한 매개자다. 특히 이제 막 독립을 준비하는 예비 기획자라면 업무 관련 의뢰를 많이 받아야 하는데, 이럴 땐 큰 기업이 아니라, 다양한 프로젝트를 다수 운영하는 작은 회사의 사장들이 연락해 줄 가능성이 크다. 작은 사장들은 단발성 사업도 연간 사업도 골고루 수행 및 운영하기 때문에 그 안에서 예비 기획자들에게 부탁할 만한 작은 비즈니스가 많을 수밖에 없다. 좀 큰 회사에서는 사업 규모가 큰 만큼 일일이 개인을 상대하기 어렵다. 개인보다는 여러 프로젝트를 통째로 책임져 줄 또 다른 회사로 의뢰할 확률이 더욱 높다. 그러니 초보 기획자일수록 주변의 작은 사장들과 교류하며 친분을 쌓는 것이 더 유리한 생존 전략이 될 수 있다.

네트워크의 중요성을 실감하는 건 나뿐만이 아니

다. 현재 전문가로 활동하고 있는 문화계 동료들에게 "왜 문화계는 유독 네트워크를 통한 비즈니스가 이토록 활발할까?"라고 질문해 봤다. 돌아오는 답변은 하나같이 비슷한 논리다. "사람을 찾는 입장에서 가장 중요한 것은 책임감 있게 잘해 줄 사람을 찾는 것인데, 처음 만나는 사람보다는 주변에서 경험치를 기반으로 추천해 주는 사람이 조금이라도 더 믿을 수 있기 때문이다."라는 거다.

민간 문화기획사와 공공 문화기관에서 경력 및 신입 직원을 채용할 때도 마찬가지다. 기업과 기관의 면접자 채용 심사를 할 정도라면 이미 15~30년 이상 문화계에 종사한 면접관일 가능성이 크다. 면접자가 제출한 이력서의 이전 근무 경력을 보면 대부분 익히 아는 회사이고, 평소에 그 회사의 업무 수행 능력, 회사의 체계, 신뢰도, 업무 숙련도 등을 통해 무엇을 배우고 익혔을지 대략 짐작할 수 있고 조금만 질문해 봐도 면접자의 정보를 어렵지 않게 얻을 수 있다. 그러니 특정 회사에서 항상 트러블을 만들고 개인보다는 주변 사람을 탓하며 매사에 문제를 만들어 이직을 반복하던 사람은 이미 소문이 돌아 "A 회사에서 그 난리를 쳐 놓고 이번에 B 회사에 운 좋게 들어가더니 석 달 만에 그만두고 며칠 전 C 회사 면접에 또 왔대!"와 같은 소문도 금방 들려올 정도다. 앞서 이직을 잘 활용하라는 사례와는 상반된 예시이니 오해는 금물이다. 그만큼 문화계에서 자기 이름을 걸고 도전하려는 기획자라면 네트워크와 주변 평판, 신뢰도는 독립 후에 생존을 결정지을 중요한 요소다.

그렇다면 일에 도움이 되는 건강한 네트워크는 어떻게 만들 수 있을까? 밑도 끝도 없이 사람을 많이 만나는 것도 쉬운 일이 아니고, 누구에게나 좋아하는 척 거짓으로 행동할 수도 없는 일인데 말이다. 나 또한 네트워크 전문가는 아니지만, 20여 년간 문화계의 구성원으로서 몇 가지 핵심적인 요소를 중요하게 여긴다.

첫째, 많은 사람이 호감을 가질 만하고 기억할 만한 장점이 있는 사람은 굳이 친분을 맺으려 노력하지 않아도 상대가 그 사람을 궁금해하며 바로 명함첩에 저장해 두었다가 나중에 반드시 전화해 온다. 디자인, 마케팅, 기획, 정보력, 커뮤니케이션 능력, 긍정적인 태도, 웃는 얼굴, 분위기 메이커 등 기억할 만한 확실한 특징과 장점을 가지는 게 중요하다. 경험과 장점이 부족한 사회 초년생이라도 소통 능력이 좋은 것과 같이 두드러지는 강점이 있다면 네트워크는 자연스럽게 늘어난다.

둘째는 태도가 좋은 사람이다. 사람을 만났을 때 유난히 태도가 공손하고 상대방을 존중하는 말투와 태도를 지닌 사람은 인성과 품격이 남달라 보이기 때문에 기본적으로 호감을 얻을 확률이 높아서, 많은 사람과 두루두루 잘 지내는 특성이 있다.

셋째는 만남을 인연으로 이어 가는 노하우다. 많든 적든 새로운 사람을 만나며 사회생활을 하게 되는데 첫 만남도 좋았지만 헤어진 다음에도 문자나 메시지를 통해 성의껏 고마움을 표시하고 예의를 갖춰 상대방을 존중하고 배려하는 태도를 일관되게 보이는 사람은 그 인연이 오래갈 확률이 높다. 내가 가장 배우고 싶은 사람이 이런 부지런하면서도 배려심이 많은 사람이다. 예를 들어 처음 만날 때부터 "아, 말씀 많이 들었습니다. 저는 어디에서 일하는 누구입니다. 이렇게 뵙게 되니 정말 반갑네요."라며 반기는 눈빛으로 인사하면 기분까지 좋아지는데, 심지어 그게 끝이 아닌 경우다. 좋은 인상을 받고 헤어진 후에 잊을 만한 시점에 문자 등의 가벼우면서도 친근한 연락을 해 온다. "어제 만났던 누구입니다. 정말 반가웠는데, 좋은 말씀까지 듣게 되니 저희 일에도 큰 도움이 될 것 같습니다. 다음에 꼭 다시 뵙고 차 한잔 함께하면 좋겠습니다. 또 연락드리겠습니다." 하고 말이다. 이런 네트워크 관리의 고수가 제법 많다. 나도 이런 사람들처럼 되고 싶다고 생각하지만, 생각보다 부지런해야 하고 진심이 아니라면 따라 하기 쉽지 않은 일이다.

네트워크의 힘과 관련해 문화계에 대표적인 인물이 떠오른다. HR & PR 전문가이자 (사)한국공연관광협회의 사무국장직을 맡고 있는 김성량 대표다. 김 대표는 공연계에 인맥도 정보도 많아서, 내가 세계여행을 위해 자금 마련으로 고민하던 시기에 한국문화예술위원회에 AYAF라는 새로운 청년 인재 육성 제도가 생겼다며 공고문이 뜨자마자 연락해 주었다. "이런 좋은 제도가 처음 생겼으니, 얼른 지원해 봐라! 처음 생기는 제도니까 네가 한 것처럼 일반적이지 않고 특이한 기획이 선정될 가능성이 더 높을 수도 있다!"라며 바쁜 와중에도 나에게 직접 전화를 걸어 소식을 알려 준 것이다. 그때의 나는 공모 시기를 놓치기도 했고, 지원사업이 대부분 공연 창작에만 치우쳐 있어 가능성이 작다고 생각하고 정보 사이트를 잘 보지 않았었다. 그런데 그가 마침 청년을 위한 새로운 제도가 생겼다며 소식을 곧바로 알려 주어 큰 도움이 되었다. 김 대표는 요즘도 좋은 정보가 보이면 지인들에게 조금이라도 도움이 되고 싶어 손수 연락해 주고 지인들을 적절한 사업에 소개해 주는 메신저 역할을 하고 있다. 그때나 지금이나 '기회'를 가져다주는 시작은 결국 '사람'이다.

반대로 요즘 나는 친해지고 싶은 사람을 만났음에도 기회를 놓칠 때가 자주 있다. 예를 들면 이런 식이다. 어떤 회의에 참석했다가 건너편에 있는 전문가가 토론하는 내용도 좋고 인성까지 좋아 보여 호감을 갖게 되어서, 회의가 끝나고 인사를 나누고 보니 "저 기억 못 하시겠어요? 우리 페친(페이스북 친구)이잖아요!" 하는 거다. 이전에 이미 좋은 느낌으로 서로 만난 적이 있는데, 그걸 까맣게 잊고 있던 것이다. 이 두 번째 만남 후에 고마움을 문자로 남기고 인연을 이어 갔다면 분명 소중하고 건강한 나의 인맥이 되었을 사람인데, 나는 그런 기회를 수시로 놓치고 있다. 그럴 때마다 속으로는 '내가 미쳤지. 미쳤어. 왜 맨날 이런 실수를 하지?' 하면서 자책한다. 나뿐만 아니라 대다수 사람이 그럴 것 같다. 그만큼 좋은 네트워크를 만들고 이어 가는 것은 어렵고 긴 시간과 정성과 공을 들여야 가능한 일이다.

가장 중요한 네 번째는 신뢰다. "저 사람은 확실한 사람이야. 믿어도 돼!"라고 할 만큼 매사에 신의 있게 행동하고 일로써 책임질 줄 아는 사람이다. 신뢰를 받는다는 것은 중요하지만, 신뢰를 쌓는 과정은 쉽지 않다. 그런데 이 어려운 일을 해내는 사람이 있다. 신뢰를 얻는다는 것은 잠시 착한 척, 일 잘하는 척, 정직한 척 연기한다고 되는 게 아니다. 매사 상대를 배려하고 약속을 지킬 줄 알고 책임질 줄 알며 혹여 문제가 생겨도 겸허하게 받아들이고 스스로 해결할 줄 아는 사람으로 오랫동안 주변에 기억되어야만 얻을 수 있는 것이다.

그렇다면 일할 때 매사에 이기적이고 잔머리를 굴리는 사람은 어떨까? 옆 동료보다 내가 조금이라도 일을 더 할까 봐, 그런 것에만 신경을 곤두세우는 사람을 최악의 사례라고 생각한다. 말하지 않을 뿐 그걸 눈치 못 채는 사람은 없을 텐데, 버젓이 그런 잔머리를 굴리는 사람이 있다. 일을 수행하면서 문제라도 생기면, 자신의 책임으로 돌아오지 않게 하려고 사사건건 잔머리만 굴리는 사람은 믿을 수 없다고 생각한다. 책임질 리도 없지만, 심지어 쪼잔하기까지 한 이런 타입은 정말이지 함께 일하고 싶지 않다.

말만 번지르르하게 하면서 실제 함께 일을 해 보면 아무런 해결책을 제시하지 못하고 알맹이 없이 입으로만 떠드는 사람도 비즈니스에서는 신뢰할 수 없는 사례다.

문화계에 처음 입문하는 사회 초년생이라고 해서 건강한 네트워크나 인맥이 남의 일이라고 생각하면 곤란하다. 좋은 인맥은 가장 가까운 데서 시작하는 법이기 때문이다. 자신이 계약직이든 인턴이든 정규직이든 상관없이, 함께 일하는 주변 동료와 선배들에게 좋은 인상을 남기는 것이 당장 높은 월급과 처우를 제공받는 것보다 훨씬 더 중요하다.

주변 선배들에게 좋은 태도와 신의, 서류 작성 능력, 외국어 능력, 통통 튀는 아이디어, 정확한 시간 개념 등 뭐가 되었든 자신의 장점을 잘 부각시키고 진심으로 다가가면 그 선배들이 나를 알아보고 다음 일거리나 다음 정규직 정보를 가져다주는 고마운 메신저가 되어 줄 것이다. 좋은 인맥은 벼락처럼 쏟아지는 게 아니라, 하나씩 쌓아 가는 것이다.

✦ 혼란한 세상에서 중심을 잡다

필드에서 생존하는 데 소위 '빽'을 쓰는 사람이 어디 한둘이겠는가? 그 안에서 살아남는 것이 진정한 홀로서기다. 지저분한 세상사는 일단 듣고, 소화할 것은 소화하고, 흘릴 것은 흘리면서 더 단단해져야 한다. 가끔은 "뭘, 저렇게까지 해야 하나? 저렇게 안 하면 일이 없어?"라고 말하고 싶을 수도 있지만 솔직히 포지셔닝이 잘못되면 초반에는 진짜 일이 없기도 하고, 부양해야 할 가족이 있는 사람의 경우는 조금이라도 더 많은 일, 큰 사업을 수주하기 위해 부조리의 늪에 스스로 손을 담그는 경우가 발생하기도 한다.

얼마 전, 어느 지자체에서 주요 직책을 맡을 전문가를 선정해야 할 일이 있었다. 당연히 공정한 공개 모집 절차에 따라 선정되어야 할 일이었다. 지자체는 심의를 할 전문 위원들을 조용히 섭외해 스케줄을 잡는 작업에 들어가는데, 마침 내가 명단에 포함되었다. 그런데 우연히 비슷한 시기에 지인에게 밥을 먹자는 연락이 왔다. 평소에는 그냥 인사할 정도일 뿐, 크게 친분이 있는 것도 아니었지만, 중간 지인까지 연결하여 여러 차례 자리를 마련하자고 제안하니 함께 식사하는 자리가 마련되었다. 그리고 밥을 먹는 중에 내가 심의하는 사업에 상대가 지원자였음을 알게 되었다.

다행인지 불행인지 나는 개인적인 일정으로 해당 사업을 심의하러 갈 수 없게 되어, 미리 담당 공무원과 상의를 한 터라 부담 없이 면접에 잘 응하시라고 진심으로 응원해 줄 수 있었다. 여기서 가장 큰 문제는 뭘까? 뭔가를 부탁하려고 이리저리 뛰어다니는 이 사람이 문제일까? 이 사람이 나만 관리하고 있을까? 온갖 생각이 들었지만, 사실 이 정도는 귀여운 수준이다. 그리고 누구라도 좋은 기회를 잡고 싶을 때 아는 사람이 역할을 해 줄 수 있는 위치에 있다면 말 한마디라도 건네고 싶은 마음이 생기기 마련이다. 정말 나쁜 것은 심의 위원 명단을 남몰래 누설한 해당 공무원이다.

언젠가 문화계의 한 고위 인사가 재미있는 경험담을 들려줬다. 규모가 커서 감사 때마다 주목받는 공기업의 부사장을 만났는데, 이미 '누구누구의 선거 캠프 사람이 왔다더라.'라는 소문이 파다하게 난 인물이었다. 그런데도 진짜 어떤 사람인지는 알 수 없으니, 소문만 듣고 그 사람을 '부정한 사람' 대하듯 할 수는 없는 노릇이다. 두 사람은 처음 인사를 나누는 자리에서 반갑게 명함을 나누고 자리에 앉았는데, 뒤이어 친근한 마음이 들었는지 이렇게 귓속말을 했다고 한다. "안녕하세요? 저 낙하산이에요. 낙하산!" 지인은 귀를 의심했지만, 주변에서 낙하산을 한두 번 본 게 아니어서 농담처럼 웃고 넘겼다고 한다. 이런 기본도 안 된 낙하산들이 지금도 여전히 차고 넘친다.

낙하산이라도 실력만 좋다면 정식 채용 과정에서 서로 입을 맞추지 않아도 어차피 선정되었을 가능성이 크기 때문에 그 정도는 넘어가 줄 수 있다고 생각한다. 지휘권을 가진 사람이 일을 잘 수행하기 위해서 중요하다고 생각하는 직책에 자신과 운영 철학을 같이 하는 인재를 등용하는 것은 일정 부분 타당한 논리이기도 하다.

하지만 전문성과는 하등 상관없는 엉뚱한 사람들이 문화계로 와서는 주요 직책을 차지하고 질서를 어지럽히는 꼴을 볼 때는 정말이지 한숨이 나오고, 내가 왜 이렇게 열심히 일하는 건지 자괴감이 들 때가 많다. 누가 봐도 전혀 상관없는 사람이 버젓이 자리를 차지한 것도 모자라 부끄러움도 모른 채 "저 낙하산이에요!"라고 말 하는데, 생각보다 그런 방식으로 연명하는 사람이 꽤 많은 사회란 말이다. 여전히!

한번은 문화계에서 오래 활동해 온 신문기자와 일 잘하기로 소문난 문화기획사 대표 그리고 나, 셋이 식사를 함께할 일이 있었다. 서로 호감 있던 사람들이라 분위기는 화기애애했고 발전적인 아이디어와 즐거운 수다가 넘쳐났다. 그러다 기획사 대표가 어떤 전문위원회를 꾸릴 일이 있다며 우리에게 함께 참여해 줄 것을 제안했는데, 같이 참여할 위원 중에 전문성도 없고 현재의 직위에 가게 된 과정도 지저분한 뒷말이 무성했던 인물이 끼어 있었다. 명단이 좀 이상하다고 생각했지만, 생각이 다를 수 있는 문제라서 조심스럽게 질문했다. "대표님은 이분의 어떤 점을 높게 사시는 건가요?"

그러자 기획사 대표는 바로 내가 한 질문의 의도를 눈치챘다는 듯 솔직하게 대답했다. "사실은 얼마 전에 어느 기관에 지원사업을 신청했는데, A씨가 심사 위원으로 들어온 거예요. 심사가 끝나자마자 집으로 돌아오는 길에 A씨에게 바로 전화가 왔더라고요. 저희 선정되었다고요. 발표는 내일인데 미리 알려 준다고요. 너무 좋아서 고맙다고 인사했더니, 고마우면 B씨를 우리가 진행하는 사업에 전문 위원으로 넣어 달라고 하더라고 요! 그래서 어쩔 수 없이······." 평소에도 그런 식으로 경력 만들기를 하고 있다는 얘기를 여러 차례 들어왔기 때문에 기자와 나는 대표의 말을 듣자마자 웃음을 터트렸다. 그리고 동시에 외쳤다. "아니, 왜 그러고 살아?"

A씨는 평소에도 매우 정치적인 사람이라 늘 '다음에 갈 자리'를 여기저기 찾아다니는 타입이었고, B씨 역시도 업계에서 줄곧 이런 평을 들으며 살아온 사람이다. 조금만 더 노력하면 될 것을 군이 누군가에게 기생해서 생존하려는 사람이 나는 제일 밑바닥이라고 생각한다. 후배들이 가장 닮지 말았으면 하는 사례가 이런 타입이다. A씨와 B씨는 요즘도 서로 밀어 주고 당겨 주면서 사이좋게 다닌다고 한다.

더한 꼴불견은 따로 있다. 그런 정황을 다 알면서도 본인들도 필요할 때 혹은 짜고 쳐야 할 일이 생기면 서로 이용해야 하니까 불러 주고 덮어 주는 사람들이다. 이런 문제들이 잘 고쳐지지 않는 이유가 여기에 있다. 알 거 아는 사람끼리, 서로 필요할 때 이용해야 하니까 상생하는 것이다.

이런 사소한 부조리에 큰 예산이 붙으면 어떤 일이 벌어질까? 말 그대로 9시 뉴스에서나 볼 법한 그런 놀라운 이야기들을 은밀한 자리에서 듣게 될 때가 제법 있다. 적게는 수십억에서 백억 단위의 큰 사업인 경우에는 정황상 치열한 경쟁이 있었을 텐데, 사업 내용을 보면 별 특징이 없어 "어떻게 선정됐지?" 하며 의구심을 품을 때가 있는데, 관계자와 편한 자리에서 조용히 이야기를 나누다 보면 뜻밖의 솔직한 이야기를 들을 때가 있다. 고위급 인사가 압력을 넣었다거나, 관계된 특정인이 고위급과 친분이 있다거나, 처음부터 얘기가 다 되었던 사안이라는 그런 부조리한 사례는 수두룩하다.

크고 작은 사업들에서 나와 함께 활동하는 전문가들이 업체와 부적절하게 결탁하는 경우도 종종 있다. 그런 사례가 있다는 걸 처음부터 알고 뛰어들었고 힘없는 신진 전문가였기 때문에 다행히 활동 초반에는 스트레스받을 일이 없었지만, 이후에 업무 활동량이 많아지고 인지도가 쌓이니 예상대로 비슷한 시도들이 들어오기 시작했다. 예를 들면 지자체에서 시행하는 10억 이상의 큰 사업을 심사하는 데 친분 있는 동료 전문가가 특정 이미지가 들어 있는 사진을 보내 주며 "이런 이미지가 들어간 업체를 뽑아 달라."라고 부탁하는 것이다.

공공 입찰에서는 오로지 내용만으로 심사하기 위해 회사명조차 비밀로 하는 블라인드 방식을 채택하기 때문에 특정 페이지 사진을 보내 그 회사를 알아볼 수 있도록 알려 주는 것이다. 그 동료 심사 위원과 업체가 어떤 조건으로 결탁하였는지는 알 수 없지만, 평소에도 그런 조짐이 종종 보였기 때문에 지금도 최소한의 예의만 갖춰 가며 거리를 두고 있다. 서로 감정이 상하고 불편해지는 게 싫어서 적당히 어렵다는 표시를 몇 번 건넸는데, 이제야 감을 잡았는지 요즘은 연락이 뜸해서 고맙다. 이와 같은 일들은 사회에서 가장 귀여운 수준을 나열한 것이다. 너무 흔하고 비일비재해서 딱히 고발할 정도도 아닌 흔한 일들이라 더욱 참혹하다. 일부 인맥 좋은 사람들이 실력에 비해서 유난히 잘되는 경우도 이런 배경을 배제하기 어렵다. 유치하지만, 고위 공직자와의 친분을 과시하려는 사람이 많은 것도 이런 보이지 않는 힘이 작동하기 때문이라고 생각한다. 통하니까 행하는 것이고, 통하니까 사라지지 않는 것이다.

얼마 전, 갓 대학을 졸업한 조카가 뜬금없이 문화계

로 취업하고 싶다고 했다. 어릴 때부터 이모가 여행 다니는 걸 자주 봐서 문화계는 죄다 여행만 다니는 줄 오해한 건 아닐까 하는 염려가 들었지만, 해 보고 싶다고 하니 열심히 해 보라고 일단 응원해 줬다.

문화재단들은 NCS(National Competency Standards)라는 국가직무능력 표준 시험이라는 걸 봐야 하는데 난이도가 들쭉날쭉해 엉뚱한 사람이 붙기도 하고, 붙어야 할 사람들이 떨어지기도 하는 요상한 시험이다. 어쨌든 그렇게 조카는 취업 준비에 들어갔고 그런 줄만 알고 있었다. 마침 나는 어느 지역 문화재단에서 직원 채용 최종 면접 심사에 와 달라는 연락이 와 바람도 쐴 겸 출장을 준비하고 있었다. 그런데 시험 준비를 하던 조카가 해당 문화재단에 3차 최종 면접시험에 가야 한다고 했다. "살다 보니 이런 일이 생기는구나!" 하며 놀랐지만, 조카에게는 아무 말 하지 않았다. 어떻게 됐을까? 다행히 나는 아직 건강한 분별력을 갖고 있기에 해당 문화재단에 전화를 걸어 좋은 말로 핑계를 댔다. "우리 학생이 거기 최종 면접에 가는 모양입니다. 아무래도 다른 위원님이 들어가시는 게 좋을 것 같네요."라며 취소했다. 조카는 아쉽게 낙방했다.

✦

2

문화기획자의

독립을 목표하다

문화기획자의 궁극적 목표는 무엇일까? 아침부터 저녁까지 회사에 묶여 있지 않고 비교적 자유로운 직업을 가지면 족할까? 핵심은 개인 브랜드의 완성과 지속성에 있다. 시간이 흘러도 사회적으로 소구될 수 있는 나만의 재능을 완성하고 널리 기억시키는 것. 그래서 어떤 상황이 펼쳐졌을 때, 사람들이 문제의 해결사로 특정 문화기획자를 떠올릴 수 있도록 만드는 과정이 본질이다. 그런 면에서 나는 목표 지점을 향해 열심히 달리고 있는 트랙 위의 선수라고 생각한다. 조금 더 보태자면 성장 속도에 탄성이 붙어 질주하는 선수다. 그러나 남은 코스를 좀 더 재미있고 품격 있게 완주하기 위해 속도보다는 행복감이 주는 여유와 조금 느린 성장을 택할 것이다.

✦ 창업이 아닌 창직이다

　기획자가 좋든 싫든 기업이란 조직은 개인을 영원히 보호해 주지 않는다. 평생직장의 개념은 찾아볼 수도 없게 되었고 한 직장에 오래 근무하더라도 매우 특별한 경우이거나 이직의 때를 놓쳐 슬쩍 후회하는 선배들인 경우가 대부분이다.

　대표적인 문화계 기업이던 CJ ENM은 코로나19가 유행하기 시작할 때부터 구조 조정 소식이 솔솔 냄새를 풍겨 오더니 2023년에는 속내를 드러내기 시작했다. 일방적으로 권고사직 통보를 받았다며 인터넷 게시글에 억울함을 호소하는 예비 퇴직자가 줄을 이었고, 회사는 '퇴사를 압박하지 않았고 구조 조정도 아니다.'라고 일축했다. 하지만 역시 비슷한 목소리를 내는 CJ 출신 퇴직자가 넘쳐나고 검색해 보면 관련 기사가 쏟아진다. 이미 전년도부터 팀장을 갑자기 팀원으로 강등시키는 등 사실상 나가라는 의미로 해석될 만한 인사 이동이 지속되어 왔다고 한다. 조직 개편의 옷을 입은 영리한 구조 조정이랄까? 권고사직 압박을 받은 직원들이 급한 마음에 여기저기 취업 알선 사이트와 헤드헌팅 업체에 이력서를 제출하다 보니 CJ 출신 이력서가 너무 많아 경쟁력이 없다는 이야기가 안타깝다.

예고 없이 권고사직을 당한다면 누구라도 당황스럽지 않겠는가? 누구에게나 항상 여유로운 상황만 있는 것은 아닐 것이다. 재직자가 실직의 위기를 맞을 수 있는 것처럼, 기업도 경영 위기를 언제든 만날 수 있기 때문이다. 기업의 위기 앞에서는 재직자 누구라도 이런 준비되지 않은 퇴사를 맞이할 수 있다. 모든 사람이 CJ에 근무하던 나의 지인처럼 조직으로부터 예고 없는 퇴사를 권고받을 수 있는 불안한 시대에 살고 있는 것이다. 조직이 구성원에게 평생 안정적인 직장을 보장해 주는 것이 아니라는 거다.

그뿐만 아니라 내가 하고 싶은 일을 하도록 조직에서 전적으로 지원해 주는 것이 아니라면 업무 자립성과 자유를 위해서도 유예 기간을 갖고 조직으로부터 자립을 준비하는 것은 중요하고 필요한 과정이다. 자립이 곧 경쟁력이니까. 그런 이유로 몇 해 전부터 새롭게 주목되는 게 '창직'이다. 전국의 공공기관에서 청년의 취업과 진로를 돕기 위해 개설했던 창업 아카데미도 요즘은 살짝 업그레이드해 '창직 아카데미'라고 할 정도다.

'창업'은 말 그대로 기존의 사업들을 본보기로 도전해 보라는 의미고, '창직'은 기존의 사업들 외에 새로운 직종을 직접 발굴하는 것을 의미한다. 예를 들면 매일 애완견 산책과 교육을 대신 시켜 주는 애완견 산책 서비스나 반려동물 행동 상담원, 혹은 AI가 사람의 지시와 의도를 잘 이해하고 옳게 수행할 수 있도록 도와 주는 프롬프트 엔지니어 같은 일이다. 엄밀히 따져 보자면 일정 기간 직장 생활을 하며 경력을 쌓은 후에 자유로운 문화기획자로 독립하는 것은 일종의 경력직 창업이라고 할 수 있다.

그 도전의 시작으로 무엇부터 하면 좋을까? '나의 객관화'와 '전문성의 객관화'가 최우선이 되어야 할 것이다. 다시 말하면 '문화기획자로서의 객관적 능력치'랄까? 스스로 알고 있던 내가 아니라, 남들이 생각하는 나의 모습을 제대로, 객관적으로 인지하는 과정이다. 자기 성향이나 장단점 등이 외부에서는 스스로 생각하던 것과 달리 받아들여질 수 있으니 뭔가를 시도하는 단계에서 한 번쯤 냉철하게 외부적 시각으로 재진단하는 게 필요하다. 주변 사람들이 생각하는 내 모습이 실제 나의 모습과 다를지라도 어떤 면에서는 그게 진리다. 그것이 그동안 내가 그들에게 보여 준 나의 모습이니까. 자신의 직무 장단점을 외부의 시각에서 진단받아야 한다.

자신의 '자립 가능성'에 대한 시뮬레이션을 돌려 보기도 전에 사직서를 섣불리 날려서는 안 되는 이유가 여기에 있다. 문화계 창업 경험자 68%가 이전 직장에서 하던 일과 연관성이 있는 창업을 했다고 답한 조사 결과만 봐도 경솔하게 사직서를 내서는 안 되며, 창업하더라도 지금 하고 있는 일과 연관된 창업을 할 가능성이 매우 높다는 사실을 명심해야 한다.

내 경우, 처음부터 창업하겠다는 목표가 있던 것은 아니다. 세계여행의 연장선상에서 다시 똑같은 일을 하면 발전이 없겠다고 생각했고 무엇보다 여행에서 모은 온갖 정보를 어찌 쓸 것인가에 대한 고민에서 독립을 생각하게 된 것이다. 사회 초년생으로 난타 제작사에 입사하며 문화계에 발을 들이고 일 년간의 일본 연수와 한 번의 이직, 해외 시장 조사를 위한 두 번의 장기 여행을 거친 후에 한국으로 돌아왔을 때 내 나이는 이미 30대

중반이었다. 다행히 해외의 공연과 축제 등 문화 정보를 조사하러 장기 여행을 한다는 입소문이 나고 책을 통해 기사가 노출되었던 터라 귀국 후 일자리에 대한 제안은 조금씩 들어오는 상황이었다. 특히 국내에서는 드물게 문화예술 예산에만 1천억이 넘는 금액이 투입되었던 2012 여수세계박람회를 앞두고 있던 터라 사업을 수주해야 하는 대형 기획사에서도 조용한 제안들이 왔었다.

장기 여행에서 돌아와 백수가 될까 봐 두려웠지만, 귀국 후 펼쳐지는 상황을 보니 다행히 백수가 되는 걱정은 할 필요가 없었다. 오히려 대형 기획사들이 여수세계박람회 같은 큰 국가사업들을 수주해야 하는 상황이었기 때문에 공연계의 경험이 있는 인력이 많이 필요한 상황이었다. 마침 '공연계 출신 중에 최근 해외 콘텐츠 시장 정보를 조사한 사람이 있다더라.'라는 소문 때문인지 내게 스카우트 제의가 있었다. 여수세계박람회 조직위원회와 인연이 된 것도 결국 같은 맥락이었다. 경력도 짧았던 내게 총감독단으로 참여할 수 있는 기회가 왔으니까. 그렇다고 그게 단지 시기적으로 운이 좋아서였을까? 결국 그 사람의 '직무적 장점'이 무엇이냐의 문제였다. '자기 콘텐츠'를 가지고 있는지 혹은 아닌지의 문제

말이다.

당시 나의 고민도 비슷한 맥락이었다. 대형 기획사에서 높은 월급을 주겠다는데 왜 고민이 없었을까? 순간적으로 우쭐하는 마음도 들었지만, 그간 대형 기획사에서 40대 초반이면 은퇴 라인에 서야 했던 선배들을 찾아가서 이런저런 고민을 털어놓고 조언을 받으니 고액 연봉이래 봐야 10년 후의 상황이 눈에 보이는 듯했다. 대형 기획사로 들어가면 연봉이야 다소 높아지겠지만 그간 수집한 모든 정보를 사업 입찰 수주하는 데 쪽쪽 빨리다가 다 소진해 버리고 그렇게 몇 년 지내다 보면 어쩌면 조기 퇴직을 고민해야 하는 상황이 될 게 눈에 선했다.

국내 최고의 광고대행사에 다녔던 나의 지인은 어쩐지 승진이 빠르다 싶더니 40대 초반부터 퇴사를 준비해야 했다. 이름만 대면 알 만한 대형 기획사에 다니던 지인도 소위 '성골'이거나 상위 1%가 아니면 대부분 승진 라인이 끊겨 50살을 못 넘기고 자리가 위태로워진다고 했다. 심지어 요즘은 그 위태로운 나이가 10년쯤 더 당겨진 것 같다.

무엇보다 회사까지 그만두고 30대를 다 바쳐 어렵게

수집해 온 해외 시장 정보를 특정 회사의 수익 창출에만 쓴다는 게 과연 최선인지가 고민이었다. 뭔가 더 의미 있게 쓸 수는 없을지 망설여졌다. 그동안 벌었던 돈도 여행에 다 써 버린 상황이라 당장 대학원 학비 내기에도 벅찼지만, 그냥 넘기기에는 뭔가 가슴 저 깊은 곳을 찌르는 것 같았고 씁쓸했다. '기껏 연봉 조금 더 받으려고 세계여행씩이나 했니? 그 돈과 시간을 들인 거였니? 그런 거였어?'라고 내 가슴이 머리를 한 대 쥐어박는 느낌이었다.

그렇게 선택한 것이 '세계축제연구소'였다. 내게 작지만 무한한 자유를 줬던, 내가 만든 나의 첫 회사였다. 직장인에서 독립하게 된 것이다. 그리고 자연스럽게 2012 여수세계박람회 조직위원회와 계약이 이루어졌다. 직원도 없는 1인 기업. 통장에 돈도 없는 문화예술 소상공인이었지만, 그때처럼 마음이 부자였던 적이 없던 것 같다. 입국한 지 얼마 안 돼 한국 상황을 파악하고 적응할 시간도 필요했고 난타 마케팅팀에 재직할 때부터 세계여행, 유럽 일주 여행에 이르기까지 오랫동안 수집해 왔던 약 90개국, 1만 2천여 개의 해외 공연 및 축제 정보만 정리하고 활용하기에도 벅찼지만, 그런 상황에 이미 부자가 된 기분이었다. 창업 후에 달라진 점은 그 뿐이 아니었다. 공연이라는 특정 장르에만 머물러 있던 내가 모든 장르를 아우르는 '축제', '문화행사'라는 새로운 시장을 본격적으로 여는 계기가 되었다. 창업 준비 과정에서 꾸준히 책을 쓰고 박사 과정을 밟으며 조금씩 활동 범위를 넓히는 동안, 어차피 축제 분야에는 다양한 전문가가 필요한데 나와 같은 특이한 경력자는 없었으니 자연스럽게 이런저런 새로운 기회들이 꾸준히 찾아왔다.

　마침 우리나라에서도 문화콘텐츠를 더 큰 시장, 더 많은 관객과 만나게 하는 접점에 '축제'의 역할이 중요하게 대두되고 있었다. 그런데 축제 분야의 전문가가 많지 않아서 콘텐츠보다는 경영학적으로 접근하는 관광학과 교수들이 축제 전문가 역할을 대신하고 있었다. 콘텐츠 전문가와 관광 경영 전문가가 구분이 안 되었던 상황이다. 축제 기획과 감독 역할은 대부분 공연계 연출진이 겸하고 있었는데 공연 기획과는 다른 축제의 특성을 이해하지 못해 그 결과물이 아쉬울 때가 많았다. 결과적으로 글로벌 시장에서 한국의 축제는 딱히 주목할 만한 성과나 존재감이 약한 상황이었기 때문에 나처럼 해외 정보를 많이 보유한 신진 전문가에게는 기회의 장이었다. 게다가 정책적으로 여성 전문 인력의 참여를 확대하는 분위기가 확산되고 있어서 앞으로도 나의 활동 범위는 더욱 늘어날 거라고 확신할 수 있었다.

그렇게 나는 직장에서 벗어나 문화기획자로 독립하여 사실상 프리랜서인 1인 기업, '자유로운 기획자의 길'을 걷게 되었다. 독립 이후는 어땠냐고? 눈물 없이는 들을 수 없는 이야기가 많을 거라고 생각하겠지? 그런데 아니었다. 준비한 만큼 보람과 희열, 자유가 주어졌고, 그에 비해 어려움은 작았다. 물론 골치 아프고 익숙하지 않은 업무를 해야 할 때는 '그냥 직장 생활이나 할걸, 괜히 독립했나?' 하는 생각이 들 때도 제법 있었지만, 한 번 더 생각해도 결론은 늘 같다. 생존할 수 있다면 과감히 '독립'하는 것이다.

✦ 셀프 메타 인지가 필요하다

　주변에서 보는 '나'에 주목해야 한다. 자기 객관화를 강조하는 '메타 인지(Meta cognition)'는 자신의 학습 및 사고 과정을 스스로 인지하여 자가 통제할 수 있는 능력이다. 한마디로 내 머릿속의 생각이 옳은 것인지 객관적으로 검토하고 조절할 수 있는 능력이다.

　특히 자기 주관을 가지고 연기하는 배우들이 수많은 오디션과 낙방을 통해 느끼는 무기력감, 그저 아무것도 아닌 자신을 반복적으로 경험하거나 수없이 새로운 배역을 경험하면서 객관적인 시각에서 자신을 알게 되더라는 말을 곧잘 한다. 자기 객관화를 경험하는 것이다.

　홀로서기를 준비하는 사람에게 가장 절실하게 필요한 훈련 과정이 '메타 인지'다. 대부분 사람이 객관(客觀)화의 반대 개념인 주관(主觀)화된 사고로 지금까지 사회생활을 해 왔다면, 이제부터 홀로서기를 준비하는 사람은 그 반대로 해야 한다. 내가 알던 나, 내가 지켜 왔던 신념 위에서 걸어 왔던 나를 잠시 접어 두고, 밖에서 보는 외부적 시각에서의 나는 과연 어떤 사람이었는지 되돌아봐야 한다. 냉정하고 엄중하게 진짜 나를 알아 가는 과정이 곧 독립을 앞둔 기획자에게는 필수적인 자기 점검 단계다.

직장인들의 고민을 털어놓는 커뮤니티인 블라인드의 게시글을 보면 '자기 객관화'가 얼마나 중요한지 뼈저리게 느끼게 된다. 한번은 사회생활 노하우를 공유하는 온라인 커뮤니티에 사회 초년생이 출근한 지 얼마 안 되었는데 퇴사하게 된 경위를 조목조목 밝히면서 결국 퇴사하는 날 회사에 경찰까지 부르게 된 사연을 올린 적이 있다.

그런데 회사에서 동료와 상사에게 어떻게 행동하고 말했는지 모두 알 길은 없으나, 사회 경험이 많은 누리꾼들은 하나같이 "글쓴이는 자기 객관화가 전혀 안 되어 있다. 주변 사람들이 왜 함께 일하지 않으려고 하는지 등 객관적 문제는 전혀 언급하지 않고 본인 위주의 변명과 사유만 늘어놓고 있다."라며 따갑게 일침했다.

심지어 끊임없이 이어지는 댓글 중 우연히 그 회사의 내부 사정을 아는 사람이 글쓴이에 대해 "회사 사람들이 이 글을 보면 얼마나 어이없을지 기가 막히다."라며 익명이지만, 자기들끼리 서로 알아보는 웃지 못할 상황이 며칠째 이어졌다. 진실은 알 수 없지만 블라인드의 여론은 퇴사한 날 경찰까지 부른 사회 초년생의 판정패로 기울었다.

홀로서기를 준비하는 과정에서 그동안 '나'라는 캐릭터는 어떤 특성을 가졌는지, 장점은 뭔지, 고쳐야 할 단점은 무엇인지를 객관적으로 자신을 돌아보는 시간을 가져 보면 좋다. 성격을 고치라는 게 아니다.

회사가 아닌 나 '개인'으로 세상과 만나기 위해서는 세상에서 보는 나의 장점이나 능력이 어떤 부분에서 두드러지는지를 잘 알아야 그것이 곧 독립의 토대가 되기 때문이다. 사람들이 함께 일하자며 손을 내미는 것은 '겉으로 보이는 나'이다.

회사 내에서도 알고 보면 각자 캐릭터가 있다. 조직 내에도 이끄는 사람, 따르는 사람, 비켜 줘야 하는 사람이 있다. 공연을 만들든, 광고를 만들든 '일'이라는 것은 개인 혼자 할 수 없다. 할 수 있다면 그만큼 중요도가 낮고 규모가 작은 일이라는 의미다. 일반적으로 비즈니스가 시작되면 보통 팀으로 움직이게 되는데 팀 안에서 팀을 이끌어갈 리더가 가장 중요한 역할을 맡는다. 더불어 리더를 중심으로 실행 계획이 짜이면 공동의 목표를 향해 함께 일을 실행할 사람, 즉 따르는 사람도 반드시 필요하다.

적지 않은 사람이 이 지점에서 착각하는 경향이 있다. 바로 이끄는 리더만 중요하고 따르는 사람은 지극히 수동적이고 상대적으로 덜 중요한 것처럼 여기는 것이다.

특히 기업에서 특정 팀에 소속되어 조직의 위계와 지시에 의해서만 일해 왔던 사람이 스스로 그렇게 인식하는 경우가 많다. 시키는 일만 하면 된다는 식이다. 팀원으로서 리더를 따르기만 했거나, 상부의 지시대로만 움직였던 수동형 인간이라면 문화기획자로서의 독립은 일단 보류하는 게 적절하다.

좋은 비즈니스란 규모와 상관없이 모든 팀원이 함께 기획하고 실행하여 긍정적인 결과를 원활하게 이루는 것을 의미한다. 혹여 "우리 팀장님은 혼자 잘나서 계획도 혼자 다 짜고 일방적으로 지시하는 타입인데, 뭐?"라고 생각하는 사람이 있다면 한 번쯤 자신에게 먼저 되물을 필요가 있다. '팀장님이 처음부터 그랬는가?' '팀장님이 총괄 계획을 세우는 데 나는 팀원으로서 좋은 아이디어를 먼저 제공한 적이 있는가?' 대부분 리더는 새내기 팀원부터 시작하여 리더가 되었기 때문에 팀원의 입장을 모르지 않고, 처음부터 독단이나 독선으로 무장한 채 리더가 되는 사람은 없다.

평소 많은 회의를 진행해 본 경험을 바탕으로 딱히 아이디어를 내놓는 팀원이 없다거나, 팀원들이 평소 회의에 들어올 때 별 고민을 안 하고 참여한다는 확신이 들면 그 뒤부터는 팀원, 즉 따르는 자에 대한 기대치가 낮아지게 된다.

반면 수시로 벌어지는 회의라도 사전에 안건을 체크하고, 팀장님이 뭘 궁금해하는지, 어떤 부분을 힘들어하는지, 어떤 아이디어를 필요로 하는지 성실하게 고민하고 도움이 될 만한 정보를 검색하여 전하는 성의를 보이는 팀원이라면, 리더 입장에서 어떻게 그를 신뢰하지 않을 수 있을까? 그만큼 이끄는 리더에게 반드시 필요한 존재가 따르는 팀원이다.

비켜 줘야 하는 사람이 문제다. 비켜 줘야 하는데

자리만 지키고 관망하며 자신의 위치를 빼앗길까 봐 수싸움만 하고 있는 사람이 있다. 일하다 보면 생각보다 이런 부류의 사람을 곧잘 만나게 되는데, 얄밉긴 하지만 어찌 보면 어떤 식으로든 조직 내에서 생존하려는 필사적인 몸부림이 아닐까 하는 생각도 든다. 사실 비켜 줘야 하는 사람이 무조건 사내 정치에 목맨 사람이거나 나쁜 사람을 일컫는 것만도 아니다.

은퇴를 코앞에 둔 선배들이 조금 더 현업을 하고 싶은 마음에 정년을 꽉 채우다 보면 본의 아니게 후배들에게는 승진 기회를 지연시키는, 누군가는 승진의 기회가 아예 사라지는 안타까운 사례도 흔히 발견된다.

아쉽지만 누구를 원망할 수 없는 일이다. 다만 기업과 조직이 달성하고자 하는 프로젝트나 사업을 수행하는 데 있어 아무 역할 없이 비용과 시간, 절차를 갉아먹고 방해하는 구성원이라면 비켜 줘야 하는 사람이 맞다.

예를 들어 대학이나 기업에서 시행하는 청년 공모 사업, 회사에서의 팀 프로젝트에 참여해 보면 '제 몫을 좀 하던가, 아니면 눈치껏 빠져 줬으면' 하는 사람을 금세 발견할 수 있다.

팀 프로젝트는 성과 도출, 사회성 발달, 공동체의 협력 체계 훈련, 원활한 커뮤니케이션 능력 등 다양한 측면에서 도움이 되기 때문에 대학이나 직장에서 많이 쓰는 수행 방법인데 특히 대학에서 팀 프로젝트로 과제를 줘 보면 진행 후반부부터 참다못한 학생들이 개인적으로 찾아와 팀에 피해를 주거나 분위기를 망치는 친구를 제지해 달라고 하소연하는 경우가 상당하다.

이른바 '뺀질이'들이다. 특히 자신이 제역할을 하지 않고 있으면서 잘못을 자각하지 못하는 사람도 있고, 알면서도 슬쩍 묻어가고 싶은 욕심에 동료들과 마주침을 회피하는 잔머리파도 많다.

사람들에게는 아무리 옆 사람이 미워도 윗사람에게 고자질하는 당사자가 되고 싶지는 않은 심리가 있기 때문에 그 심리를 이용해 슬쩍 넘어가려는 것이다. 얼마나 얄미운 처사인가! 양심껏 비켜 줘야 할 사람들이다.

그렇다면 나는 과연 어떤 유형의 사람일까? 만일 능동적으로 눈치껏 잘 따르는 자(팀원)부터 통찰력을 갖춘 이끄는 자(리더)까지 두루 경험해 본 사람이라면

이미 자신이 좋은 기획자의 자질을 익혔다고 평가할
수 있을 것이다. 차분히 자신을 돌아보자. 주변에서 보
는 나는 어떤 사람인가?

✦ 이직과 독립의 갈림길에 서다

　회사에서 평생 똑같은 일만 하고 싶은 사람이 몇이나 될까? 성인이 되어 스스로 직업을 갖고 생계를 책임지고 독립할 때가 되었으니 당시 여건에 맞춰 직업을 찾고 어렵고 싫은 부분이 있더라도 피고용인으로서 적절히 참고 수긍해 가며 살아가는 게 일반적인 직장 생활 아니던가? 하지만 최근에는 직장 생활에 관한 기본적인 생각이 세대간에 확연하게 차이가 나고, 특히 젊은 직장인의 생각이 매우 도전적이고 실천적으로 변화하고 있다.

　이화여대 경영학과 강혜련 교수의 요즘 젊은 층의 '역할 이동' 현상에 대한 분석이 흥미롭다('직장 옮길수록 성공하는 시대' 칼럼, 중앙일보, 2022.6.16. 인용). '역할 이동', 그러니까 요즘 젊은 층이 처음 취직한 후에 이직하는 데 평균 3년이 안 걸리고, 연봉과 복지 수준이 상대적으로 높은 대기업에 취업한 청년도 회사를 계속 다니는 비율이 30% 남짓으로 직장에 대한 개념과 기호가 예전과는 극명하게 변했다. 개인 성향을 최우선적으로 고려하게 되었다는 것이다.

그뿐만이 아니다. 매켄지 그룹에서 미국과 유럽의 근로자를 10년간 추적해 연구한 인적 자본 보고서에 따르면 다음과 같은 세 가지 눈에 띄는 특징이 드러난다. 첫째는 개인이 벌어들이는 평생 수입의 3분의 2는 인적자본 가치(개인의 스킬, 경험, 재능을 기반으로 경제적 가치를 창출하는 것)를 기반으로 하고, 이 경제적 가치의 40~60%는 업무 경험에서 나왔다는 것이다. 이직하더라도 전 직장에서 경험했던 일이 실질적 독립의 근간이 되었다는 경험자들의 조사 결과와 정확히 맞아떨어지는 이야기다. 둘째는 2년에서 4년에 한 번씩 이직을 통해 새로운 업무와 기술을 습득하고 업무 경험을 쌓은 사람이 결국 최상위 소득계층으로 성장했다는 것이다. 이 연구 결과야말로 내가 긴가민가 고민했던 바를 한 번에 명확하게 정리해 준 해법과도 같았다. 요즘은 직장을 옮길수록 성공한다는 게 우리 시대의 생존법에 반드시 필요한 가이드라는 생각이 든다. 그저 머물러 있으면 안정이 아니라, 오히려 위기가 찾아올 것이 명백한 시대다. 이 연구에서 다루는 세 번째 특징은 더 흥미롭다. 이직을 통해 직업 여건을 개선한 사람의 80%가 성장의 동력이 되었던 '다양한 직무적인 경험'을 이직 과정을 통해 골고루 쌓을 수 있었다고 한다.

　나 또한 지자체 문화기관에서 채용 심사를 할 때 이전 직장 경력이나 퇴사 사유, 이직 사유 등에 중점을 두어 질문하는 편이다. 심사 위원이 퇴사 사유 등을 물어보면 면접자들은 혹시라도 자신에게 문제가 있어서 회사를 그만뒀다고 생각할까 봐 침착하게 답변하지 못하는 경우가 곧잘 있는데 당황할 필요 없다. 요즘은 심사 위원들도 예전과 상황이 많이 달라졌다는 것을 알기 때문에 덮어놓고 그런 식으로 판단하지는 않는다. 혹시 앞으로 그런 질문을 받게 되면 당당하게 자신의 퇴직과 이직 사유를 솔직히 밝히는 편이 좋다. 한번은 어느 대기업 임원과 식사하는데 최근 입사했다는 팀장급 직원을 함께 데려왔다. 그 임원은 경력직으로 입사한 팀장을 아끼는 마음에 농담처럼 이런 이야기를 꺼냈다. "내가 이 친구 들어올 때 면접을 봤는데, 예전 직장도 나쁘지 않은데 왜 굳이 우리 회사로 오려는 거냐고 물었더니 그 답변이 하도 솔직해서 마음에 들었다."라고 하며 호탕하게 웃었다. 경력직 사원의 이직 사유는 다음과 같았다. "을질이 지겨워서요. 회사는 나쁘지 않았는데, 이제는 '을' 그만하고 싶어서

요.” 일반 신입 채용이 아니고, 여유가 좀 있는 경력직 채용인데다 서로 어느 정도 연륜과 경험이 쌓인 경험자의 면접이니 이런 노골적이고 솔직한 답변이 오히려 합격에 긍정적으로 작용했던 것 같지만, 어쨌든 요즘은 합리적이고 납득할 만한 이직 사유만 있다면 잦은 직장 변동은 문제가 아니다.

그렇다면 독립한 문화기획자처럼 자유롭게 살고 싶다면 당장 무엇부터 해야 할까? 일단 중요하게 기억해야 할 것은 절대로 서두르지 말아야 한다는 점이다. 여기저기서 자립에 성공했다는 사람들이 독립을 부추긴다고 해서 섣불리 회사에서 이직 심리를 드러내고 행동한다면 그 사람은 이직이고 뭐고 일단 자신의 진득하지 못한 행동부터 반성해야 한다. 사직서는 마지막에 소리 없이 쓰는 카드다.

그다음 할 일은 활동하고 싶은 분야를 정하는 것이다. 희망 분야는 평소 자신의 취미, 여가와 연관될 수도 있고 현재 직업과 관련성이 높으면 금상첨화다. 이와 관련하여 각종 실태 조사 연구 결과, 해당 분야에서 현재 종사하는 사람들과의 교류, 인력을 찾고 있는 업체와 구인 구직의 추이, 평균 수입과 나의 진출 가능성 등 가능한 한 해당 분야의 모든 정보를 차분히 조사하며 접근하는 게 중요하다. 분야를 정하고 시장 조사를 마쳤다면 다음은 자신을 점검할 차례다. 독립의 주체인 '나'는 프리랜서나 1인 기업으로 독립해 스스로 수익을 낼 수 있을 정도의 준비가 된 사람인지를 냉정하게 살펴봐야 한다. 단순히 이력서를 다시 써 보는 것만으로는 부족하다. 독립에 있어, 자신의 가능성과 장점을 조목조목 뜯어보면 미처 깨닫지 못했던 나의 장점과 전략 없이 흘려보냈던 시간이 그제 야 조금씩 보이기 시작할 것이다.

안정적인 직장 생활을 하다 보면 자기 프로필, 즉 이력서를 써 볼 일이 없어 소홀해지기 마련이기 때문이다. 그런데 성공한 사람들의 자기계발서를 보면 의외의 공통점이 발견되는데 바로 정기적인 자기 프로필 관리다. 대기업의 CEO, 임원, 유명 셀러브리티 등 아쉬울 것 없는 저명인사들이 프로필을 쓸 일이 얼마나 될까? 그럼에도 이미 경제적으로도 사회적으로도 탄탄한 입지를 자랑하는 소위 성공한 사람 중에 적지 않은 사람이 자기 자신을 위해 주기적으로 이력서를 써 본다는 것이다. 누구에게 보여주거나 제출하기 위한 이력서가 아니라, '과연 나는 여전히 성장하고 있는가?', '그사이 나는 게으르게 시간을 쓰지 않았나?' 하는 것을 스스로 반추해 보기 위해서다. 내가 지나 온 시간의 거울이 바로 이력서다. 난타에 다니던 시기, 넘치는 에너지로 수많은 자기계발서를 읽으면서 나도 그들처럼 열심히 살아야겠다는 생각에 '6개월에 한 번씩 이력서 써 보기'를 따라 해 본 적이 있었는데 효과가 있었다. '회사에 다닌다고 같은 일만 반복하다 보니 이력서 내용이 계속 같은 칸에 멈춰 있구나. 이러면 안 되겠구나!' 하는 걸 이력서를 써 보면서 깨달을 수 있었다. 그러고 보니 첫 직장이 광화문 교보문고 근처에 위치했던 덕분에 수시로 찾아가 새로 나온 자기계발서를 닥치는 대로 읽던 것이 결국 '6개월에 한 번씩 이력서 써 보기'를 따라 하는 것으로 연결되었고, 오늘날 자유로운 기획자가 된 나를 만든 시작이었다는 생각이 든다. 이력서를 써 보면 가장 많이 한 업무, 그러니까 크든 작든 자신만의 대표 분야가 대략 그려지고 나의 시간, 즉 '전문성의 맥락'이 보인다. 따라서 이력서를 잘 정리해야 이를 토대로 자신의 미래 직업도 유추해 보고 이직 시점이나 퇴사 시점도 더욱 현명하게 정할 수 있게 된다. 다음과 같이 개인의 독립 가능 지수를 살펴보기 위한 자가 진단표를 참고해 보자.

자유로운 문화기획자가 되기 위한 자가 진단표

구분	질문 항목	예시	응답
1	독립 후에 1~2년간 수입 없이 버틸 수 있는 최소한의 비용이 있는가?	O	
2	자본이 필요한 일인가? 있다면 대비 상태는?	×	
3	주변인으로부터 특정 업무나 콘텐츠에 대해 전문성을 인정받고 있는가?	O	
4	주변인으로부터 '무엇을 잘하는 사람'으로 인정받는 분야가 있는가?	O	
5	새로운 사업을 만났을 때 '사업 이해도'가 빠르고 정확한 편인가?	O	
6	새로운 사업을 만나면 예산 산출, 실행 계획, 인력 구성이 며칠 이내 가능한가? (사업 이해와 실행력 모두 해당)	O	
7	나의 프레젠테이션 능력은 어느 정도인가?	△	
8	많은 사람 앞에 나서야 할 일이 생겨도 부담 없이 실행 가능한가?	O	
9	나의 인적 네트워크는 비즈니스와 연관성이 높은가?	△	
10	나의 인적 네트워크는 다양한가? (다양한 직업군과 산업군 내 네트워크)	O	
11	나의 클라이언트는 누구고, 어디에 있는지 머릿속에 있는가? (있다면 잠재 클라이언트 리스트를 엑셀 표로 작성해 보지)	O	
12	한동안 일이 없어도 흔들리지 않을 나만의 '멘탈 유지법'이 있는가?	O	
13	기획안, 서류 작성 능력은 충분한가? (형식적 서류가 아니라, 내실 있게 내용을 잘 채워서 작성하는 능력)	△	
14	동종업계 다른 사람보다 차별화된 나만의 장점이 있는가?	△	
15	잦은 트러블, 분노 조절 능력 부족, 아이디어 부족, 서류 작성 능력 부족, 좁은 인맥, 영업력 부족, 쉽게 당황하는 성격, 순발력 부족, 낮은 사업 이해도 등 개인의 단점을 잘 인지하고 있고, 개선되고 있는가?	△	

15가지 항목 중 2번을 제외한 14개 항목 중 ○ 표가 8개 이상 나온다면 준수하고, 11개 이상(80%) 나온다면 지금 당장 독립해도 사업의 독자적 수행과 수주가 유력한 사람이라고 볼 수 있다. 또한 ○가 8개(60%) 미만인데 △가 4~5에 이른다면 아직 자신감을 가지기에는 단련해야 할 부분이 많은 거라고 생각하면 되겠다. 장점인 ○은 보통 수준인데, 특징이라고 할 수 없는 △가 많다면 독립하기에는 차별성이 많이 부족한 것이다.

2번 항목의 경우, 무자본으로 가능한 업종이면 X가 오히려 좋은 것이다. 예를 들어 나의 경우도 축제를 포함한 국내외 문화콘텐츠 정보와 이해도, 나의 개인 브랜드와 전문성 등을 기반으로 한 지식서비스업으로 독립하였기 때문에 자본이나 사무실이 딱히 필요 없었다. 그러다 여성기업 인증서를 받는 과정에서 서류상 필요해 사무실을 얻었다.

3번과 4번 항목의 경우, 나이가 젊을수록 아직은 전문가로 인정받기가 현실적으로 어렵기 때문에 4번에 해당하는 질문만 만족하더라도 충분히 가능성이 있다고 볼 수 있다. 독립을 위해 사실상 가장 중요한 질문은 '사업 이해도'에 관한 것이다. 공공기관이나 기업에서 A라는 사람에게 자신들이 원하는 사업을 제시해도 A가 이 사업의 핵심 가치가 무엇이며 원하는 기대 성과가 무엇인지 그에 상응하는 예산이 타당하게 잡혔는지 전혀 감을 못 잡는다거나 당장 사업의 특성에 맞는 참여 인력을 구성할 능력이 없다면 사업을 수주할 수 없고 받아서도 안 된다. 따라서 독립을 염두에 두는 사람이라면 사업의 내용과 특성을 빨리 간파하는 능력이 중요하다.

실행 과정을 묻는 질문들도 중요하다. 이는 사업을 끌어 가는 커뮤니케이션 능력인데 기본적으로 나 홀로 사업을 진행하다 보면 사업을 수주하기 위한 프레젠테이션 이외에도 진행 상황을 스텝들과 공유하기 위해서 사업 내용을 쉽게 정리하고 남들에게 설명해야 할 상황이 수시로 발생한다. 대학교수처럼 강단 앞에 서서 발표해야 할 일도 생기고, 일반적인 회의를 하더라도 사업을 가장 잘 알고 있는 내가 여러 사람을 상대로 프레젠테이션해야 하는 상황은 빈번하게 일어난다. 그러니 독립한다는 것은 슬쩍 넘어갈 수 있는 게 아니다. 일과 맞짱을 떠야 하는 것이다.

평소 일을 수행하는 과정에서 이상하게 트러블이 자주 발생하거나 혹은 사내에서 서류 작성 문제로 상사로부터 자주 질책당하거나 부족한 점이 많다고 생각된다면 대신 해결해 줄 대안이 있지 않는 한, 당장 독립은 어렵다고 봐야 한다. 서류작성을 잘한다고 인정받는 사람들은 단순히 편집을 잘하거나 형식을 잘 갖추었기 때문이 아니다. 보고서의 목적에 맞게 타당하고 흥미로운 내용을 짜임새 있게 잘 구성한 내용의 보고서를 잘 만든다는 의미다. 그저 편집과 형식만 갖춘 내용 없는 보고서가 아니다. 공공기관에서는 형식이 중요하긴 하지만, 필드에 있는 사람은 자유로운 양식으로 하되 내용을 잘 채울 수 있는 능력이 관건이다.

그렇다면 예비 문화기획자를 위해 자가 진단표까지 만든 나 자신은 그렇게 완벽했을까? 아니다. 일본 연수도 다녀오고 몇 차례 장기 여행을 하고 오니 이미 30대 중반이 되었고, 여행을 시작할 때 넘쳐흐르던 에너지도 슬쩍 내려앉는 느낌이었다. 30대 후반에 내가 할 수 있는 일을 잘 선별해야 하는 시점이 된 것이다. 아무리 좋은 정보를 수집해 일을 열심히 하려고 해도 역시 시점을 잘 고려하는 게 중요하다는 것을 이때 깨달았다.

처음 독립했을 때 나는 욕심이 많았기 때문에 공연과 축제 외에도 각기 다른 내용의 책을 내기 위한 별도의 프로젝트를 세 개나 더 갖고 있었고 너무 힘들어 그 중 두 가지는 중간에 포기하고 말았다. 그뿐만 아니라, 해외에서 여행 경비로 돈을 다 쓰고 온 뒤라 당장 번듯한 사무실을 얻는 것도 무리였고 새로운 직원을 두고 조직을 꾸리는 것은 더욱 어림없는 상황이었다. 오로지 나의 경험과 지식을 기반으로 한 기획력이 사업의 원천이었는데 이를 문화계 사람들이 골고루 인지할 때까지 버티며 꾸준히 연마하는 시간이 필요한 상황이었다. 사무실도 없는 갓 돌아온 여행자의 지식서비스 사업이 문화기획자로서 나의 첫걸음이었다.

당시의 나는 남들이 하지 않는 특별한 해외 시장 조사 프로젝트를 수행했고 책이나 인터뷰 등으로 비교적 주변 지인들 사이에 입소문이 났던 터라 예를 들면 차별화된 해외 콘텐츠 정보, 최근 해외 축제 정보, 관련 경험, 직무 연관성 등이 장점으로 활용될 수 있었고 자리를 오래 비웠으니 주변 평판도 나쁠 일이 없었다. "난타 출신 중에 해외 시장 조사하겠다고 세계여행 하는 애가 있대. 좋겠네. 애가 겁도 없나 봐!" 하는 정도랄까.

남들이 인정해 줘야 비로소 빛이 나는 '전문성'은 그때부터 차근차근 쌓으면 될 일이었다. 예를 들어 나는 일의 포인트를 잘 짚어 내는 것이 장점이었으나, 독립한 초반의 몇 년간은 오랜 경력을 가진 50~60대 전문가 사이에서 속으로만 "내 생각엔 그게 아닌 것 같은데, 이상하네."라고 생각하면서 그들의 기에 눌려 제대로 설명하거나 반론을 제기하지 못하던 때가 많았다. 하지만 그 역시 경험이 쌓여 가면서 지금은 어디에서나 당당하고 논리적으로 내 의견을 제시할 수 있을 만큼 자신감이 붙었다고 생각한다.

어떤 회의에 가더라도 회의 관련 내용을 사전에 숙지하려고 노력하고 다양한 사례를 들어서 합리적이고 설득력 있는 의견을 제시하는 내실 있는 전문가가 되고자 노력했다. 이렇게 하다 보니 원래 내가 직접 수행하는 작은 사업들 이외에 부수적인 수입이 적지 않다. 예를 들면 전국의 공공기관에서 자문 회의, 집행 위원, 전문 위원, 평가 위원, 연구 위원, 입찰 심사, 컨설팅 등 전문가의 의견을 골고루 들어야 하는 온갖 회의에 참석하게 되는데 적을 땐 월 150만 원에서 많을 때는 300만 원정도의 금액이 자문, 컨설팅, 심의비 명목으로 지속적으로 들어오고 있다. 강연료나 포럼 발제비, 사업 수익, 책 저작료 등은 별도다. 당연히 처음부터 그랬던 것은 아니다. 차분히 개인의 전문성을 기반으로 브랜드를 쌓으면서 이렇게 할 수 있었다는 것이다. 그렇게 한 걸음 한 걸음 밟아가며 나의 생존 가능성을 확신할 수 있었다.

문화기획자로서 독립을 염두에 두고 있다면 단기적으로는 1~3년간 버틸 수 있는 금전적, 정신적 근육을 키우고, 장기적으로는 전문성을 쌓기 위한 노력을 공고히 해야 한다. 그렇게 차근차근 자기 브랜드를 탄탄하게 쌓아야 향후 30년이 평탄하다. 계획한 대로 잘 준비한다면 주변 친구들이나 지인들이 50세 전후에 조기 은퇴할 때 문화기획자는 나이 들어서까지 왕성하게 활동하며 쏠쏠한 수익을 낼 수 있으니 기대해도 좋다. 그 짜릿함은 그저 운이 좋아 찾아오는 것이 아니라, 오로지 자신의 노력으로 쌓은 은행 이자와 같은 것이다. 열심히 산 인생 후반부의 열매다. 그러니 이직을 선택할지, 독립을 선택할지는 당장의 여건만 보지 말고 길게 볼 일이다.

✦ 개인의 이름으로 살다

직장 생활을 하다가 갑자기 프리랜서가 되면 어떤 일이 벌어질까? 직장 생활 할 때와는 뭐가 달라질까? 장르 불문하고 프리랜서처럼 독립한 사람은 시간에 구애받지 않고 하고 싶은 일을 하며 언제 어디서든 마음대로 움직일 수 있는 장점이 직장 생활과 가장 큰 차이로 보인다. 하지만 사실 가장 큰 차이는 조직이라는 사회적 신분증이 없다는 점이다.

독립을 준비하라면서 신분증을 잃어버린 느낌이라니 앞뒤가 안 맞는 것처럼 보이지만, 그만큼 독립 후에는 이전에 미처 겪어 보지 못했던 큰 차이점을 느끼게 되며 개인이 극복해야 할 사회적 장벽이 만만치 않다는 것이다. 조직은 좋든 싫든 어디에서나 나를 받쳐 주는 든든한 배경이다. 조직 안에서는 내가 일을 잘하는 사람이든 못하는 사람이든, 금세 권고사직을 당할 위기에 처해 있어도 밖에서는 알 턱이 없다. 한마디로 회사라는 조직은 개인을 안아 주고 덮어 주는 사회적 신분증인 셈이다. 어딜 가더라도 사람을 만나 교류하게 되면 상호 신분을 밝히고 신뢰를 바탕으로 비즈니스를 이어 가게 되는데, 그때마다 개인인 '나'보다는 '나의 조직'이 더 중요하게 작용한다. 조직은 언제나 나를 보호해 주는 거대한 나무와 같고 그 나무 아래서 비가 올 때나 눈이 올 때나 일정한 안락함을 제공받는다.

문제는 그 나무의 그늘에서 나왔을 때다. 회사 브랜드 없이 오롯이 '나' 개인으로 세상을 만났을 때 대부분의 사람은 적잖이 당황한다. '나'라는 개인 브랜드를 아는 사람이 세상에 아무도 없다는 것이 문제. 예를 들어 A 기업의 마케팅팀에 재직 중이던 나는 알고 보면 팀에서 별 역할이 없고 능력치가 애매한 사람이었을지라도 세상 사람들은 이를 알 턱이 없으니 "A 회사 다녀요!" 하고 넘어가면 될 일이다. 하지만 독립한 개인은 자신의 소속 여부부터 일하는 분야, 현재 하는 일, 이전의 경력, 전문 영역까지 설명해야 상호 인사가 끝난다.

회사원이 아닌 개인의 이름으로 살기 위해 독립하면 가장 먼저 이런 인사법부터 스트레스와 장벽으로 다가온다. 회사 생활할 때는 회사 명함으로 대충 넘어가면

됐는데, 독립 후에는 이런 번거로운 인사법이 정말 피곤하고 자주 자괴감을 안겨 준다. 만나는 사람마다 일일이 '나'를 소개하는 일은 정말로 불편하고 외로운 일이다. 나를 보호해 주던 큰 나무, 안락한 집이 없어지니, 회사 다닐 때는 아무것도 아니었던 사소한 일조차 '개인'으로 세상에 나오면 어느 것 하나 빠짐없이 모든 단계를 나 홀로 증명하고 밟아 나가야 한다.

회사를 그만두고 진짜 험한 세상을 마주했다고 생각하게 만드는 최고의 순간은 역시 '금융' 문제를 만났을 때다. 독립하고 나면 이사 문제, 창업 문제로 갑자기 목돈이 필요해지고 난생처음 진지하게 은행 문을 두드리게 되는데, 은행 창구에서 진정한 독립의 외로움과 헐벗음을 뼈저리게 느끼게 된다. 지금 생각해 보면 회사에 다닐 때는 설사 대출받을 일이 있어도 다니던 회사의 총무과에 문의해 대출 안내를 받고 회사의 주거래 은행에 가서 신분증만 제출하면 되었다. 회사 거래 실적과 고정 급여를 받는다는 안정성 때문에 대출도 어렵지 않게 빨리 이루어졌을 뿐만 아니라, 대출 가능 금액도 높은 편이었다.

그러나 조직이 대변해 주지 않는 개인의 존재는 금융

권에서 어찌나 나약하고 초라하기만 한지, 연간 수익이 어느 정도 되는지, 직종이 뭔지, 퇴사한 지 얼마 안 되었다면 향후 수익은 어디에서 기대할 수 있는지, 대출 상태는 어느 정도인지, 연체 경력은 없는지 등 하나부터 열까지 모든 서류를 증빙해야 하기 때문에 그제야 "세상에 나 혼자구나!"라고 뼈저리게 느끼게 된다.

내가 박사 과정을 밟게 된 것도 독립 문화기획자의 삶을 선택했기 때문이었다. '나'라는 개인이 어떤 전문성을 가졌는지, 유명인도 아닌 나를 세상 사람들이 알 턱이 없으니 나의 전문성과 주요 분야를 효과적이고 신뢰감 있게 드러낼 수 있는 어떤 사회적 장치나 타이틀이 필요했기 때문이다. 당연히 겸사겸사 그동안 내가 궁금했던 연구 주제를 선정하여 체계적으로 정리하는 좋은 기회가 됐지만 말이다. 만약 예전처럼 다시 회사 생활을 선택했다면 ○○기업 팀장이나 과장으로 나를 대변할 수 있었을 텐데, 그렇게 해 줄 조직이 없기 때문에 어쩌면 진짜 나를 처음부터 쌓아 가는 아주 멀고 험난한 인내의 길을 걸어야 했다.

요즘 "개나 소나 널린 게 박사다."라는 우스갯소리가 있다. 나도 어렵게 박사 논문을 썼음에도 이렇게 폄훼하는 것이 탐탁지는 않지만 요즘 박사가 그 정도로 많은 것은 부정할 수 없는 사실이고 이런 현상도 결국 같은 맥락에서 해석될 수 있다. 나처럼 개인의 전문성을 공공연하게 인정받을 수 있는 최소한의 장치이기 때문이고 혹은 직장 내에서 고위급 승진을 위한 과정이자 조만간 자신에게도 들이닥칠 조기 은퇴를 대비하는 방법이기 때문이다. 주변에서 누군가 박사 과정 진학과 학위를 따는 것을 고민하는 경우 거의 승진, 퇴사, 은퇴 후를 준비하고 있다고 보면 된다.

나의 전문성을 증명하기 위해서는 퇴사 전에 관련 분야 경력도 만들어 놓고, 이를 증빙할 이력서도 잘 써 두는 게 중요하다. 잘 준비할수록 독립 후 효과를 보는 것은 관련 분야 경력을 잘 쌓아 놓는 일이다. 직장 생활 중인데 어떻게 경력을 더 쌓을 수 있냐고 묻는다면, 생각을 더 다양한 시각에서 해 볼 필요가 있다고 답할 것이다. 6개월에 한 번씩 자기 이력서를 쓰는 사람들은 그 기간마다 이직했기 때문이 아니라, 자신이 수행한 사업과 성과들을 잘 정리한 프로필을 갖추려고 노력하는 것이다. 한 회사를 오래 다녔다는 것만으로 달랑 한 줄 부서 이름과 직위만 적시한 성의 없는 프로필도 제법 많은데,

개인 브랜딩이 주목받는 시대에 이런 수준의 프로필은 어디에서도 환영받기 어렵다.

프로필을 정리할 때도 최대한 내 프로필을 받아볼 사람이 필요로 하는 주제에 맞게 명료하고 짧게 작성하는 것이 오히려 좋다. 분량만 많고 직무 연관성이 떨어지는 프로필은 결코 환영받기 어렵다. 따라서 프로필은 직무 연관성에 초점을 맞추고, 가능하다면 딱 2~3개로 자신을 대변할 수 있는 상징적 경력으로 작성하면 더욱 좋다. 지금까지 했던 일을 죄다 적어 넣는 3~4페이지의 이력서는 아무도 보지 않을 테니 명심해야 한다. 그만큼 특징이 없다는 의미로 해석될 수 있기 때문이다. '좋은 경력'에는 업무 수행 이력만 해당되는 것이 아니다. 예를 들어 현재 유통 회사의 직원으로 있더라도 개인적으로 관심 갖는 예술 분야가 있다면 주말이나 특정 요일, 온라인을 활용해서라도 해당 분야에 참여하여 경험을 쌓을 방법은 많다. 요즘 청년 중에서는 그렇게 간단한 역할이라도 경력을 쌓기 위해 노력하는 사람이 많고 그런 과정을 통해 몇 년 후에는 당당하게 정직원으로 취업하는 경우도 적지 않다.

요즘 일본에서는 후루사토 부업이라는 이색 활동이

주목을 받고 있는데 특히 N잡러들에게 인기가 높다. 후루사토는 고향이라는 의미다. 수도권이나 대도시에서 자신의 일을 하는 직장인들이 주말 혹은 인터넷을 통해 자신의 고향에 도움이 되는 역할을 조금씩 제공해 성과를 내는 것이다. 지역 사회에서는 좋은 인재들이 도시로 빠져나가 뭐든 실행이 어려운 측면이 있고, 도시의 근로자들 입장에서는 어느 정도 전문성이 쌓였을 때 여유 시간을 활용해 고향에 도움을 줄 수 있어 참가자들에게는 만족도가 상당히 높은 것으로 알려져 있다. 미팅 시간이나 장소 등은 본래 비즈니스에 지장이 없도록 상호 조율한다. 그렇게 해서 지역 특산품의 브랜딩, 해외 진출 등 다양한 분야에서 좋은 성과가 나고 있어 전국적으로 화제를 모은 성공 사례들도 눈에 띈다. 만약 국내에서 이런 의미 있는 시도로 좋은 성과를 냈다는 소문이 업계에 퍼지면 어떤 일이 벌어질까? 그 문화기획자는 독립과 동시에 사방에서 러브콜을 받을 정도로 수요가 급증할 것이다.

그러니 의지만 있다면 직장 생활 중이라는 것은 문제 되지 않는다. 방법은 찾으면 된다. 실제로 현장에서 누군가 새로운 인물을 타인에게 소개할 때 경력이 전혀 관리되지 않은 사람은 매력적으로 소개하기가 어렵다. "이분은 전에 어떤 회사에서 근무하시던 분이세요!" 정도가 최선이다. 그러나 일도 잘하고 그 분야에서 좋은 성과를 내고 경력을 잘 준비한 사람을 소개할 때는 "이분은 얼마 전까지 어느 기업에서 팀장으로 근무하던 분이신데요. ○○분야에 대해서는 경험도 많고, 지난번 그 사업에도 참여한 적이 있어서 앞으로도 서로 도움이 많이 되실 거예요!" 하며 중간 매개자 입장에서도 할 말이 많아질 수밖에 없다.

특히 요즘은 프리랜서 중개 플랫폼도 다양하게 발달되어 있어서 흔적 없이, 회사 몰래 자신의 재능을 시험해 볼 방법도 어렵지 않게 만들 수 있다. 숨고, 크몽, 위쿱, 파이버, 업워크 등 국내외에서 인기 많은 프리랜서 플랫폼에서 단기 프로젝트를 해 보는 것도 좋고, 가능한 분야라면 국내보다 해외 사이트도 경험해 보길 권한다. 많진 않지만 이런 단기 업무만으로 충분한 수익을 거두는 사람도 있고 그러다 보면 위에서 언급한 준비 과정을 자연스럽게 뛰어넘어 부담 없는 자립을 이룰 수 있다.

이처럼 조직에서 나와 개인의 이름으로 산다는 게 초반에는 낯설고 힘들지만, 나조차 몰랐던 사회인으로서의 내 모습을 체감할 기회가 되기도 한다. 가장 재미있고 희열을 느꼈던 순간은 지인으로부터 뜻밖의 연락을 받을 때다. "프리 선언했다며? 이제 뭐 할 거야? ○○에서 사람 찾는데 딱 너더라고. 괜찮을 것 같은데 생각 없어?" 사회에서 근로자로서 나를 지켜봤던 지인들이 인식했던 '나'를 뒤늦게 거울 보듯 느끼는 순간이다. '사람들은 나를 이런 사람으로 보고 있었구나!' 하면서 다시금 직장 생활 당시의 나의 말과 행동을 하나씩 돌아보는 반성과 보람의 시간을 가질 수 있다.

✦   5단계로 접근하다

현재의 직무 환경에 만족하지 않는다면, 나에게 맞는 새로운 직업과 하고 싶은 일을 할 수 있는 곳으로 나를 데려가야만 한다. 지금 하는 일에 크게 불만이 없더라도, 10년 후 혹은 20년 후에도 똑같은 직장에서 똑같은 일을 하면서 살고 싶지 않다면, 지금부터 두 번째 인생을 고민해야 한다. 이직이든 독립이든 시도해야 한다. 이 책의 전반부에서 다뤘던 모든 내용을 종합적으로 정리하자면 크게 5단계로 구분할 수 있다. 도전해 보고 싶긴 한데, 자주 길을 잃고 무엇을 해야 할지 모를 때 '자유로운 기획자가 되기 위한 5단계 접근법'을 기준으로 자신의 위치를 파악하고 하나씩 밟아 보자.

가장 먼저 해야 할 것은 1단계 자가 진단이다. 자기 의지와 상태를 명확히 알아야 한다. 평범한 직장인에서 그림작가 유튜버로 성공한 이연 작가처럼 일하는 환경이나 방식을 바꿔서 좀 더 자기 삶의 만족도를 높여 볼 수 있다. 현재의 직장 생활이 만족스럽지 않거나 자신의 꿈, 원래부터 하고 싶던 일과 많이 떨어져 있다면 이 또한 도전할 만한 가치가 있다. 지금까지는 사회 흐름대로, 남들 살아가는 대로 대략 튀지 않고 무난하게 흘러왔더라도, 이제는 진정 나를 위한 삶의 방향키를 잡을 때임을 직시하고, 자기가 진심으로 원하는 삶이 어떤 것인지 되돌아봐야 한다. 한마디로 밖을 보지 말고, 자기 안을 봐야 한다. 스스로 끊임없는 질문을 통해서 정확한 자기 의사를 알아야 한다. 10년 후에도, 20년 후에도 지금과 같은 생활에 만족하며 행복할지, 독립을 감행할 만큼 나는 준비가 되었는지 말이다. 이처럼 1단계는 자기 자신과의 대화다.

2단계는 뛰어들고 싶은 분야의 상황을 객관적이고 정밀하게 들여다보는 과정이다. 이른바 시장 분석을 통해 타이밍을 결정하는 것이다. 내가 아무리 원한다 한들 뛰어들고자 하는 시장이 위태로운 상황이거나 나와 비슷한 서비스를 제공하는 1인 기업이나 프리랜서가 너무 많아서 포화 상태라면 그 안에서 나의 경쟁력이 유지될 수 있을지 냉정하게 짚어 봐야 한다. 예를 들면 코로나19로 인한 팬데믹 당시에 공공기관 정규직 외에는 많은 사람이 힘든 시기를 겪어야 했다. 특히 축제 관계자들의 피해가 컸는데, 나는 애초에 현장 일이 자신 없어서 축제 분야의 학술 연구와 교육사업, 컨설팅, 문화정책사업 비중이 큰 사업을 주로 맡았기 때문에 다행히 큰 피해는 면할 수 있었다. 코로나로 인해 축제가 취소되었지만, 대신 축제 현장 이외에서 할 수 있는 관련 사업이 대폭 늘어난 것이다. 내가 좋아하는 분야 내에서도 다양한 사업군이 있을 수 있고, 그 안에서 한 가지 종목이 아닌 여러 종목을 후보군으로 두었기 때문에 코로나19 위기를 잘 극복할 수 있었다. 따라서 목표 시장을 잘 이해하고 살아남기 위해서는 시야를 넓혀 시장을 골고루 이해하는 것이 중요하다.

1단계 자가 진단과 2단계 타깃 시장 분석이 끝났다면 3단계에 들어선다. 3단계는 구체적인 수익 모델을 정하는 과정이다. 이연 작가처럼 그림 그리기가 될 수도 있고, 김도균 작가처럼 성공하는 PPT 작성법에 대한 시장을 공략할 수도 있다. 중요한 것은 시장에서의 수요와 공급의 실태를 꼼꼼하게 체크하는 것이다. 대부분의 문화기획자는 1인 기획자나 프리랜서 형태로 독립하기 때문에, 유사한 서비스를 제공하는 큰 기업들의 최근 현황을 면밀하게 살펴본 후에, 이와는 별도로 형성되어 있는 1인 문화기획자 시장을 면밀하게 살펴보는 게 도움이 된다. 외주가 필요한 기업으로서는 덩치가 큰 사업일수록 이를 잘 수행할 수 있는 조직력을 중시하기 때문에 그런 회사만을 찾을 것 같지만 그렇지 않은 경우도 빈번하다. 작은 사업일 땐 신뢰할 수 있는 프리랜서 작가를 많이 찾고, 한번 인연을 맺으면 오래가는 게 특징이다. 의사 결정이 빠르고 순발력 있게 움직일 수 있기 때문이다. 따라서 관심 있는 분야의 1인 기업들과 프리랜서들의 활동 현황을 자세히 살펴보는 게 중요하다. 프리랜서나 1인 기업으로 수행할 수 있는 작은 단위의 사업을 넘어, 3,000~5,000만 원 이상의 중급 단위 사업을 수주할 가능성과 나의 잠재 클라이언트 명단을 만들어 보는 것도 중요하다. 이런 과정을 거치다 보면 '아하, 지금 일하는 사람들과도 다 연관되는구나!' 하는 생각이 번쩍 들 것이다.

4단계는 구슬이 서 말이라도 꿰어야 보배가 되는 것처럼 실행하는 과정이다. 자기 의지를 확인하고, 자기 사업 수행 능력을 솔직히 진단하고, 수익 창출이 가능한 수익 모델도 점검하는 과정을 거쳐서 실질적인 퇴사일을 결정하여 비로소 시장에 뛰어드는 것이다.

자신의 비즈니스를 테스트해 보고 확인하는 중요한 실험 기간이라고 보는 게 적절하다. 그 3년 동안 자신이 생각했던 일 외에 예상치 못한 일이 들어오기도 하니 가능하다면 다양한 일을 골고루 경험해 보길 권한다. 수익 모델이 꼭 한 가지일 필요는 없으니까. 몇 년간 여러 경험을 쌓다 보면 애초에 자신이 계획했던 수익 모델보다 차선책이던 수익 모델이 더 비전 있을 수도 있고, 의외의 수익을 가져다주기도 한다. 시제품들이 출시 전에 반드시 테스트 기간을 거치고, 사회 제도도 공식 시행 전에 시범 기간을 거치는 이유가 이런 확실한 검증과 결정을 위해서다. 퇴사일 전후 3년간, 서두르지 않고 천천히 준비하면 못 할 것이 없다.

3년간의 테스트 기간을 거치면 맨 처음 독립을 고민하고 퇴사를 결정하던 시기에 수립했던 나의 계획이 생각보다 비현실적이었다는 사실을 확인하게 된다. 최대한 사실 근거를 바탕으로 시장을 조사했음에도 실제 겪는 시장은 준비한 자료와 확연한 차이를 드러낼 때가 많다. 그렇다고 지난 준비 과정이 불필요했던 건 아니다. 지금의 판단이 어느 부분에서 일치하고 불일치하는지,

앞으로 어느 부분을 심도 있게 들여다봐야 하는지 빈틈을 찾는 데, 이 모든 점검은 거쳐야 하기 때문이다.

5단계는 잠시 멈추고 숨을 가다듬는 균형 잡기의 과정이다. 3년 정도 테스트 기간을 거쳤다면, 많은 사업을 직접 실행하고 겪어 온 다음이기 때문에 이제는 비로소 자신이 진짜 잘할 수 있는 종목, 적절한 수익을 창출하면서 내 삶의 질을 유지할 수 있는 최적의 수익 모델을 최종 결정하는 지점에 이르게 된다. 내게 있는 스킬을 시장에서 얼마나 필요로 하는지, 내가 지닌 스킬이 얼마나 많은지, 나는 그 안에서 어느 정도의 경쟁력이 있는지, 상위 1%까지는 아니더라도 상위 25%에는 드는지, 그렇지 않다면 앞으로 주요 수익 모델을 다른 방향으로 틀어야 하는지 등. 직접 경험하고 익힌 것보다 더 정확한 판단 근거가 어디 있겠는가? 잠시 숨을 고르고, 앞으로 내가 원하는 행복한 삶과 일을 병행하기 위해 어떤 서비스를 수익 모델로 삼고 일하며 살 것인지를 결정하는 일만 남았다. 이것이 바로 숨을 고르고 균형을 잡는 '자유로운 기획자가 되기 위한 5단계 접근법'의 마지막 단계다.

✦ 나만의 콘텐츠에 몰두하다

나만의 콘텐츠라는 건 뭘까? 특정 분야 하면 탁 하고 떠오르는 사람은 어쩌다 그렇게 확고한 이미지를 만들게 되었을까? 일찍이 재능을 발견하고 어릴 적부터 인생을 바치기라도 한 걸까? 아직 나만의 콘텐츠가 없다면, 이를 보유한 사람이 부럽기도 하고 이걸 언제 만들어 낼 수 있을지 까마득하게 느껴질 수도 있다. 자기만의 고유한 콘텐츠를 찾는다는 게 쉬운 일도 아니니까.

나만의 전문 분야를 만들기 위해 예전에는 "한 우물만 파라."라는 말을 진리처럼 알고 있었는데, 요즘에는 N잡러가 일반화되니 "한 우물만 파지 마라!", "한 우물만 파다, 물 안 나오면 답도 없다!"라는 말이 더 적절해졌다. '문화기획자, 칼럼니스트, 컨설턴트, 교수, 여행작가'라는 다섯 개의 일을 병행하는 나는 "N잡러 시대에 맞게 다양한 능력을 적절히 갖춰서 만일의 사태를 대비하되, 확실한 전문 분야가 있으면 훨씬 더 유리하니 우물의 위치를 잘 선정하여 파 보라."라고 권하고 싶다.

한 우물을 깊게 팔 능력이 있는 사람이라면 남들이 따라갈 수 없을 만큼 우물을 깊게 팔 것이며, 그렇지 않을 거라면 현실성 있는 판단을 해야 한다. 한 분야에서 남들이 알아줄 만큼 성과를 낸다는 것이 말처럼 쉽지 않기 때문이다. 우물의 숫자보다 '깊이'의 문제다.

자기만의 콘텐츠를 보유하여 특정 분야에 입지를 명확히 한 사람이라고 혼돈의 과정 없이 자기만의 콘텐츠를 찾았다고 생각하면 오산이다. 나는 유명한 사람은 아니지만, 전문가로 활동하는 수준까지는 왔기 때문에 헷갈리고 혼란스러울 때마다 자주 쓰는 방법을 갖고 있다. '내가 지금 잘하고 있는 게 맞나? 이 길이 맞을까?' 하며 내 우물이 어디인지 헷갈릴 때 주로 이런 방법을 쓴다. 이른바 '나만의 콘텐츠 찾기'다. 이 과정을 거치면 '후회할지라도 나는 최선의 방법을 택했다.'라고 확신할 수 있다. 과거의 나처럼 '마케팅에도 조금 소질이 있는 것 같고, 글도 좀 쓰는 것 같은데 도대체 내가 진짜 잘하는 게 뭐지?' 하며 헷갈리는 사람이라면, 하나씩 하나씩 종목을 삭제해 가며 최종적으로 '몰입'하고 '집중'할 콘텐츠를 가려내 명쾌한 답을 얻을 수 있다.

자신의 '일'에 대한 성격을 3가지로 구분하는 단계가 필요하다. 먼저 내가 잘하는 일과 내가 좋아하는 일을 두 가지로 분리해 보자. 요리하기를 좋아한다고 해서 내가 만든 음식이 무조건 맛있지는 않다. 좋아하는 일이긴 하지만, 잘하는 일은 아닌 것이다. 여기서는 냉정함이 관건이다. 헷갈릴수록 메모하면서 정리하는 게 좋고, 그래도 헷갈리면 주변 지인들에게 물어보는 것이 더 빠르다. 지인들은 내가 무엇을 좋아하는지는 모르더라도 최소한 내가 무엇을 못하는지는 경험적으로 정확하게 알고 있다. "너 요리는 정말 아닌 것 같아!"라고 말이다.

그렇게 분리해 보면 양쪽 모두에 속하는 몇 가지 공통 분모가 나올 것이다. 예를 들면 마케팅, 미술, 전시기획, 미디어아트 이런 식으로 말이다. 다음 과정이 매우 중요하다. 평소 사람들이 나에게 잘한다고 칭찬해 주던 분야와 앞서 도출된 공통 분모를 다시 겹쳐서 살펴보자. '남들이 내게 잘한다고 인정해 주는 일' 중에 '내가 좋아하고 잘하는 일'에 포함되는 종목을 다시 걸러내는 것이다. 이 여과 작업을 통해 자신의 주 종목을 거의 진단할 수 있다.

이 과정을 거쳤다면 일의 종류가 두세 가지로 추려졌

을 것이다. 마케팅, 미술기획, 전시기획 등과 같이 대략
주 종목 후보가 추려졌다면 그다음에는 실제 실험 기간
을 갖는다. 자신의 적성에도 맞고 미래 비전도 있는 분
야인지를 확인하는 과정이 남았다. 직업으로 삼을 수도
있고 아르바이트나 주말 부업으로 생각하며 조금씩 시
도하고 겪어 보는 과정이 필요하다. 실제 일을 경험해
보면 '재미있을 줄 알았는데, 직접 해 보니 너무 힘들기
도 하고 나이 먹어서까지 할 것 같지는 않은걸! 이건 안
되겠다.'라는 생각이 들 수도 있고 '이 분야에 왜 사람이
없는지 일해 보니 알겠네. 그런데 조금 힘들기는 하지만
제대로만 하면 안정적으로 오래오래 할 수 있겠어. 재미
도 있고 희소성도 있어.' 하며 내 적성은 물론 시장의 전
망과 분위기까지 살펴볼 수 있다.

　이렇게 조금씩이라도 실제 업무를 직간접적으로 경
험하다 보면 지금 당장만이 아니라 오랫동안 몰입하고
직업화할 수 있는 분야인지, 시장의 수요가 충분한지,
위기 요소가 얼마나 자주 올지, 적당한 수입 구조를 창
출할 수 있는지 등을 종합적으로 살펴볼 수 있게 된다.
시간이 지나도 항상 즐겁고 보람 있게 즐길 수 있는 일
인지는 1차 과정에서 거듭 확인했으니, 실제 경험을 통

해 직업화의 비전과 가능성도 골고루 테스트해 보는 것이다.

나의 경우는 어릴 적 꿈이던 대통령, 간호사, 태권도선수, 소방관 등은 성장 과정에서 완전히 사라지고 사회 초년 시절의 꿈 몇 가지가 살아남아 있었다. 마케터, 컨설턴트, 교수, 기자 등이다. 마케터, 컨설턴트, 교수는 이룬 셈이고 기자는 칼럼 등을 통해 유사한 활동을 오랫동안 하고 있으니 대략 이룬 셈이다. 꿈이라는 것이 꼭 하나만 꼽을 필요는 없는 것 같다. 현재의 문화기획 일도 원 없이 하고 나면 50대 후반쯤 홀홀 털어 버릴 참이다. 그리고 멋진 동화작가가 되고 싶다. 몸에 주머니가 달린 캥거루와 인간 세계를 뒤섞은 이솝우화 같은 동물 스토리를 만들어 그림책을 내는 것이 꿈이다. 어른이 봐도 재미있는 캥거루 이야기를 가지고 구연동화 할머니 대회에 나가 인기상도 타고 상금도 받고 싶다. '캥거루만 그리는 할머니 동화작가'가 되는 것이다. 책도 잘 팔려서 돈도 벌고, 웃는 일만 가득한 노년의 동화작가가 되는 게 나의 또 다른 꿈이다.

어떤 분야에 몰두하고 그 분야를 나의 것으로 만드는 작업은 자기 자신을 아는 것부터 시작해야 한다. 이

번 기회에 나를 들여다보는 심정으로 자신과의 대화를 시도해 보자. 그렇게 나의 장점을 해부하고, 교차 비교하다 보면 몇 개의 주요 장르가 추려질 것이고 꾸준히 실험하다 보면 영원히 시들지 않는 나의 콘텐츠, 나만의 비즈니스 수익 모델에 접근할 수 있다.

이렇게까지 노력해도 도전할 주 종목을 찾지 못한다면 그건 아마도 그냥 회사 생활을 계속하라는 하늘의 계시가 아닐까?

✦ 플랜 B를 만든다

문화기획자의 홀로서기는 무서우리만치 외롭다. 누구나 사직서를 내고 독립적으로 필드에 나와 자유롭게 일할 수 있는 환경이 되었다고 착각할 수 있지만, 착시 현상이다. 문화기획자의 홀로서기는 단기간에 뚝딱 완성되는 단순한 문제가 아니기 때문이다. 탄탄한 자기 조직을 구성하기 전까지는 머릿속이 쉴 틈도 없고, 일에 대한 수익도 사업이 끝난 다음에 회수되기 때문에 버틸 자본금이 있어야 상대적으로 일을 수월하게 지탱할 수 있다. 예술적 소양과 재능으로만 살아가는 예술인이나 신진 문화기획자는 그만큼 자리 잡기가 버거울 수 있다. 하긴 조직에서 나와 고유한 색을 부여하는 일인데 쉽다면 그게 오히려 이상한 일이다.

홀로서기가 무서운 것은 '혹시나 일이 없으면 어쩌지?' 하며 잠시 찾아오는 두려움 때문이 아니다. 어떤 문제가 발생해도 나를 대신해서 나서거나 책임져 줄 사람

217

이 없고, 모든 상황과 책임을 오로지 혼자 감당해야 하는 것때문이다. 밑바닥까지 떨어지고 힘든 시기가 몰아쳐도 지인들이 도와주는 데는 한계가 있다. 근본적인 문제는 오직 자신만이 해결할 수 있고, 그렇지 않다면 폐업의 위기에 직면한다. 그런 이유로 나의 지인 중에도 사업을 그럭저럭 무난하게 잘 이끄는가 싶다가도 어느 순간 사업을 접었다며 뒤늦게 폐업 소식을 알려오는 사람이 적지 않다. 그들이 부족해서가 아니다. 독립의 근간인 인적 자원이 문화기획자 개인에게 몰려 있기 때문에 기획자 스스로에게 문제가 생기면 그 자체로 위기가 되는 것이다. 폐업한 문화기획자의 경험담을 간과해서는 안 되는 이유다.

무엇보다 음악, 미술, 응용예술, 축제, 아프리카 민속 춤 등 따라 하기 어려운 자신만의 장르적 특징을 가진 문화기획자일수록 그 업무를 대체하거나 대신해 줄 실무자를 찾기도 어렵다. 따라서 독립한 문화기획자가 몸이 아프거나 개인 사정이 생기면 그 즉시 위기 상황으로 직행하게 된다. 대체 불가능하기 때문에 모면할 길이 없다. 조금씩 돕고 협업할지언정 해당 문화기획자의 사업을 온전히 도와줄 수는 없는 것이다.

그러니 홀로 필드에 나와 활동하는 기획자라면 다음 플랜 그리고 그다음 플랜까지 대비하는 습관을 가져야 한다. 갑작스럽게 다가올 위기를 항상 대비해야 한다는 것이다. 내가 축제 전문가로 자리 잡는 동안 SNS 마케팅 자격증과 안전 자격증을 취득한 것도 그런 이유에서다. 특히 안전 자격증은 밑도 끝도 없이 새로운 분야에 도전하겠다는 의미가 아니라, 만일의 사태를 위한 여러 대비책 중 하나였다.

축제와 문화행사에서 일어날 수 있는 사건·사고와 관련하여 '안전'이 이슈화되면서, 축제 조직 위원회와 큰 규모의 문화사업에서 '안전'이 필수 요소가 되었다. 심지어 각 지자체와 대부분의 도시 문화사업에서는 안전 대책 비용이 전체 사업비의 최소 5%에서 10%까지 필수 항목으로 규정될 만큼 중요한 비중을 차지하게 되었다. 그러니 문화사업 관계자와 관련자인 각 전문가에게도 안전에 대한 이해가 필요한 것이다.

'안전사고'는 다양한 형태로 발생할 수 있기 때문에 화재 전문가, 전기 기사 등 몇 개 분야 전문가가 동원된다고 해서 해결될 일이 아니다. 요즘 해외에서는 대형 콘서트나 행사 등에서 총격 사건이나 테러 등이 빈번히 일어나고 있다. 그런데 국내에서는 소방 안전, 무대 시설, 위생 시설 등의 기본적인 안전 점검만 시행하고 있는 상황이다. 나는 문화사업 관계자로서 의문이 들었다. '총기 난사, 화학 테러 등 요즘 사건·사고 유형이 얼마나 많은데, 소방 안전 전문가가 전체를 커버하는 게 가능한 것인가? 저분들만 믿고 있어도 해결되는 게 맞을까?' 이와 같은 생각에 직접 관련 자격증 공부를 해 본 거였다. 모든 안전 문제를 커버할 수 있는 사람은 없으니, 일단 이해도라도 높일 수 있도록 기본적인 안전 지식이나 익혀 두자는 심산으로 자격증을 취득했다.

비즈니스 측면에서 플랜 B를 세우는 것도 독립 문화기획자가 갖춰야 할 중요한 과정이다. 나는 문화기획자로 활동하던 초기, 공연 분야와 축제(관광) 시장을 동시 공략해 두 가지 장점을 고루 갖춰야 나의 경쟁력이 생길 거라고 판단했다. 공연계 출신이지만 마케터로 문화계에서 일하기 시작했고, 공연 제작의 과정을 늘 지켜봐 왔지만 직접 창작을 시도하진 않았기 때문이다. 대다수의 공연계 종사자가 나처럼 공연기획사에서 성장하다가 자연스럽게 제작 단계로 이어지는 편인데, 나는 나보다 상상력이 뛰어난 사람이 많으니 어설프게 창작했다가는 훗날 직무적인 성취도 경제적인 문제도 더 어렵게 전개될 거라고 판단했다.

　내가 공연 창작을 선택하지 않은 이유를 이 산업의 특징과 함께 좀 더 설명하면, 예를 들어서 연극 한 편을 만든다고 치면 캐스팅한 배우가 아무리 연기를 잘해도 시나리오 자체가 재미없고 흥행력이 떨어지면 연극은 재미없고 관객에게는 외면받는다. 실패할 것이라는 의미다. 또 시나리오가 아무리 재미있어도 연출자의 감각이 뒤떨어지면 그 또한 연극이 촌스러운 신파처럼 흘러 흥행에서 밀리게 된다. 내가 아무리 노력해도 창작은 종합예술이라서 관객에게 팔릴 수 있는 상품성을 갖추기가 어렵다는 의미다. 따라서 지금도 공연계는 다른 어떤 분야에 비해 히트 작품도 드물고 경제적으로 열악하며 창작 인력 인프라와 성장세도 그만큼 다른 분야에 비해서 많이 느린 편이다. 관객이 외면해도, 흥행에 실패해도, 제작비가 고스란히 빚으로 남더라도 예술 행위 그 자체로 만족하지 않는 한 오래 버티기 힘든 구조다. 요즘 인기 있는 연극이나 뮤지컬을 살펴보면 대부분 상품성이 검증된 수입 공연이 많고 히트작은 일부에 지나지 않는다 (예술경영지원센터 공연예술 통합 전산망 발표 자료에 따르면

2023년 공연계 전체 규모는 1조 2천억으로 얼핏 영화 시장을 웃돈 것처럼 보이지만, 대부분 콘서트와 뮤지컬이고 연극 등 기타 장르는 여전히 위축된 상태다. 또 큰 매출을 기록한 뮤지컬은 대부분 수입 라이선스 작품이었다). 나는 지금도 공연을 너무 사랑하지만, 내가 직접 제작과 연출을 하겠다고 뛰어들지 않은 것을 천만다행이라고 생각한다. 나보다 더 잘하는 사람이 하면 된다. 그리고 많은 사람이 착각하는 게 있다. 공연이라고 하면 공연 만드는 일, 전시라고 하면 전시 만드는 일이 전부라고 생각하는 것이다. 그만큼 익숙하지 않기 때문일 것이다. 그러나 천만의 말씀이다. 공연 시장 이해를 기반으로 한 예술교육, 국제 교류, 문화마케팅, 예술 정책, 공연 유통, 학술 연구, 문화공간 운영 등 굳이 공연을 연출하지 않아도 공연계의 일은 무수히 많다. 산업적 측면으로 바라볼수록 창작 못지않게 중요한 게 공연 유통과 인재 육성, 국제 교류다. 이 모든 일이 현재 내가 수행 중이고 앞으로 할 수 있는 일인 셈이다.

다시 비즈니스 측면에서 플랜 B를 세우는 이야기로 돌아오면, 나는 난타 마케팅팀을 그만두고 해외 시장을 돌면서 콘텐츠와 시장을 보는 관점이 점차 변화했고, 귀국 이후부터 축제 분야에서 활동했다. 지역 축제는 지자체의 경제·산업·환경 등 다양한 측면에서 지역 우수성을 드러내는 홍보 수단으로 90년대 후반부터 집중적으로 발달하기 시작했는데, 행정안전부와 문화체육관광부에서 조사한 축제 산업의 시장 규모는(각각 조사 범위가 상이하지만) 대략 6천~7천억 정도다. 2023년 공연 산업 규모는 1조 2천억으로 그중에서 뮤지컬만 보면 대략 4천억 원 정도다. 그에 비하면 축제 산업의 규모가 얼마나 큰지 가늠할 수 있을 것이다.

축제 분야로 뛰어든 지 십수 년이 흘렀고 이제 나는 공연과 축제 분야의 상황을 고루 알고 있는 몇 안 되는 전문가가 되었다. 국내에는 축제 전문가가 많지 않아서, 그동안 공연 연출가가 주로 지역 축제 감독을 맡아 왔지만 주목받은 사례가 드물었다. 그리고 축제 전문가 그룹은 경영학적 지식을 지닌 관광학과 교수가 주를 이뤄 왔는데, 이들은 관광 서비스 경영에는 능통하지만 정작 콘텐츠에는 약한 편이다. 그만큼 국내에 축제 전문가 그룹이 협소한 상태였고, 마침 공연계 출신이던 내가 해외 시장을 조사하고 언론에 소개되니 적당한 시기에 진입하기 좋은 상황이 마련되었다. 10년 전의 나는 아예 전문가라는 말을 붙일 수도 없었지만, 차츰 신진 전문가로 참여할 기회가 늘어나며 축제 전문가 그룹에 들어서게 되었다.

이 과정에서도 독립 문화기획자로서 나를 어떻게 포지셔닝해야 할지는 끝날 줄 모르는 고민이었다. 공연계로 다시 돌아가야 할지, 축제 분야로 완전히 돌아서야 할지, 안정적인 기대 수익과 장기적 발전성이 어느 쪽에 더 있을지, 어떻게 일을 시작하는 게 좋을지 등 도무지 판단하기 어려운 문제들을 앞에 두고 고민을 거듭했다.

장고 끝에 내린 첫 번째 플랜은 축제 전문가로 우선 개인 브랜드를 구축하는 것이었다. 두 번째 생존 플랜은 축제에 머무르지 않고, 공연과 관광 시장을 동시에 공략하는 거였다. 30대 중반의 나이에 맞는 건지 틀리는 건지 확신도 없으면서 뭔가 결정해야겠기에, 성공한 경험자들의 책을 반복해서 읽으며 그들의 고민과 해결 방식을 하나씩 흉내 냈다.

공연 분야는 내가 축제·관광 분야에서 더 큰 비중으로 활동하더라도 다양한 측면에서 상호 시너지가 발생할 수 있는 분야라고 생각했다. 축제·관광 분야에는 콘텐츠 전문가보다 관광경영학 교수가 훨씬 더 많았기 때문에 나처럼 공연계 사정을 속속들이 아는 사람이 극히 드물어 시간이 흐를수록 내 활동량이 기하급수적으로 늘었다. 그렇게 공연계의 경력은 유지하면서 축제·관광 분야에서 콘텐츠와 정보력을 무기로 빈틈을 찾아 나의 입지를 다지고 차츰 확장해 갔다. 물론 새로 나온 공연이나 전시, 미디어아트, 조경까지 최대한 다양한 분야에 새롭게 소개되는 콘텐츠를 익히고 섭렵하려고 꾸준히 애를 쓰기도 했다.

일 년, 한 달, 매일 내가 해야 할 일을 정하고 열심히 노력하다 보니, 어느 순간 생각지도 못한 뜻밖의 장점이 생겼다. 공연·축제·관광(여행 포함)의 3개 분야를 넘나드는 폭넓은 인적 네트워크가 생긴 것이다. 공연계 출신으로 여전히 공연 분야의 일을 수행하고 있었고, 축제 분야에서는 자리가 잡혀 안정적인 브랜드가 만들어지기 시작했다. 또한 대학 시절부터 해외를 두루 다니고 여행을 많이 하다 보니 다양한 여행 경험을 글로 쓰게 되었는데, 여행은 관광 산업과 직결되는 거였다.

결과적으로 공연·축제·관광 세 분야에서 지속적으로 네트워크와 전문성이 확대되어 온 것이다. 사회적으로 성공한 사람들의 책들에서 많이 등장하는 키워드가 네트워크의 힘이라고 읽어 왔다. 나 또한 경력이 쌓이는 만큼 나만의 새롭고 다양한 네트워크가 견고하게 구축되어 온 것이다. 혼자 해결할 수 없는 일일수록 인적 네트워크의 힘이 중요하게 작용하는 법이다. 어느 순간 보니 내 주변에는 탄탄한 전문가가 포진되어 있었다. 차근차근 내 길을 걸어가며 좋은 사람과 만나고 교류하다 보니 여러 분야의 인맥을 골고루 쌓을 수 있었다.

어느 날 강원도의 큰 축제가 끝난 뒤 평가 위원들의 회식이 있었다. 그 자리에는 각 지역 관광학과 교수와 공연계의 연출, 제작진이 골고루 초청되었다. 당시 서로 분야가 다른 사람 중에 공연과 축제 분야를 골고루 아는 사람이 나뿐이었다. 분위기가 어색해져 나도 모르게 일어나서 이분은 누구고, 이분은 어디에 계시고, 저분은 어쩌고 하면서 소개했다. 그러자 한 교수님이 "유 소장님은 어떻게 양쪽을 다 알아요? 모르는 사람이 없네요!" 하면서 이렇게 서로 소개해 줘서 고맙다고 했다. 그때야 비로소 내가 공연(콘텐츠), 축제(관광), 여행(지역)이라는 여러 분야에 골고루 인맥을 갖췄다는 걸 처음 깨달을 수 있었다.

최근에 여러 지자체에서 사람을 소개해 달라거나, 어

떤 사람을 위촉해야 하는데 어떤 이력과 장점을 가졌는 지 등 자세한 정보를 모르니 조심스레 의견을 묻는 연락 도 부쩍 자주 받는다. 그러다 보니 지금은 주변 전문가 의 장단점을 더 면밀하게 살펴보고 좋은 기회가 있으면 더 적극적으로 해당 전문가를 추천해야겠다고 생각하 게 됐다. 해당 문화사업의 성공적 운영이 목적이기 때문 에 친분보다 객관적인 장단점을 자세히 살펴보고 추천 하는 것은 물론이다.

나는 2018년에 본격적인 수익 활동을 위해 '여성문 화단체연합 협동조합'을 만들었다. 공연, 축제, 전시, 영 상, 교육, 국제 교류 등 문화계의 분야별 여성 전문가가 모여 일거리와 수익을 창출하는 것이 목적인 문화 전문 법인단체다. 여성과 전문성이라는 키워드를 강점으로 내세웠고 여러 장르의 협업체라는 다양성을 추구했다. 당연히 성별 구분 없이 남자 기획자도 늘 함께 일하지 만, 상대적으로 위축된 여성 문화기획자들의 활동 기회 를 확장한다는 데 방점을 찍고 회사명을 일부러 그렇게 만든 것이다. 결정적으로 협동조합을 만든 이유는 '비 교우위' 때문이었다.

영국의 경제학자 데이비드 리카도가 주장한 '비교우

위'는 애덤 스미스의 '절대우위'의 보완적 개념이다. 절대우위는 노동생산성 측면에서 어느 한쪽이 절대적으로 유리한 지점을 갖는다는 의미로 경제학적 측면에서 국제 무역에 이론적 근거가 된 개념이다. 비교우위는 각기 잘 만드는 것과 못 만드는 재화가 있기 마련인데, 각국은 잘하는 것을 특화하여 교역하는 게 서로 이득이 된다는 논리다.

나는 이처럼 각 국가가 보유한 상대적 강점을 국제 무역 관점으로 접근한 개념에 지식서비스 컨설팅을 대입하여 가정해 보았다. 문화기획자가 팔아야 할 지식서비스의 시장 경쟁력을 가장 쉽고 경제적으로 가늠해 볼 수 있는 척도가 바로 절대우위와 비교우위이기 때문이다. 내가 문화기획자로 문화계에서 장점이 다져지고(절대우위는 아니지만) 수익이 늘어날 시점에 여러 동료와 서로 장점을 특화하여 힘을 합치면 좋겠다고 생각했다. 이처럼 협력 체계를 만들면 서로 지닌 능력을 공유하고 부족한 점은 채울 수 있으니, 기대할 수 있는 시장·일·이익의 규모가 더욱 커질 것이고 협동조합 내의 모두에게 도움이 된다고 봤다.

처음에는 '그냥 혼자 사업할까? 아니면 동료들과 함

께할 수 있는 협동 체계를 만드는 것이 좋을까?' 하고 고민이 많았다. 좋은 의미에서 시작한 일이더라도, 사람이 많아지면 절차도 많아지고 자칫 골치 아파지지 않을까도 걱정이 되었다. 그러나 흩어져서 활동하고 있는 여성 문화기획자들이 자신의 본업을 병행하면서 또 다른 일에 재능과 역량을 투여하며 참여할 수 있고, 비수기나 일이 없을 때 일거리가 생기니 너무 좋다며 뜨거운 반응을 보여서 일단 시작해야겠다는 확신이 들었다. 그렇잖아도 문화기획자로 독립한 후에 이런저런 라인을 통해 사업 수행이 가능하냐는 지자체의 연락을 곧잘 받곤 했다. 하지만 욕심이 나더라도 아직은 이르다 싶어서 정중하게 거절한 적이 많았는데 시간이 흐르니 놓치기 아까울 정도로 재미있는 사업도 늘어났다. 그러니 이런 일들을 나누면 좋겠다고 생각한 것이다.

문화계에는 나처럼 밖으로 드러나 있는 사람이 있는가 하면, 시나리오 작가나 디자이너 또는 현장 스텝처럼 겉으로 드러나지 않고 조용히 뒤에서 일하는 사람도 많다. 그리고 문화계는 나처럼 크든 작든 프로젝트성 사업을 수행하는 사람이 많아야, 보이지 않는 구성원들에게도 자연스럽게 일이 늘어나는 구조다. 협동조합 형식으로 회사를 만들면 서로 장점을 활용하고 부족한 부분은 보완하며 상호 이익을 확대할 수 있으니 이래저래 모두에게 도움이 될 터였다.

그렇게 시작된 협동조합이 이제는 7년째에 이르렀고, 욕심내지 않고 우리 회사의 체급에 맞게 소화할 수 있는 일만 진행하고 있다. 일자리 창출까지는 아니더라도, 크고 작은 '일거리'가 많이 생겨 협동조합에서 인건비를 지급하는 사례가 점점 늘어나고 있다(1년에 60건에 이르기도 한다). 다른 문화기획자에게도 협동조합 형태로 사업을 진행하는 것을 검토해 보길 추천한다. 홀로 활동하는 것보다 외롭지 않고 각종 지원사업을 받기도 유리할 뿐만 아니라, 똑같은 수익 활동을 하더라도 성취감이 훨씬 크게 다가오기 때문이다.

이처럼 문화기획자로 독립해 차근차근 자리를 잡아 나가니 예상치 못한 보람도 느끼게 되었다. 언제부턴가 지인들로부터 "요즘 일거리가 별로 없었는데, 연락해 줘서 고맙다."라는 이야기를 많이 듣게 된 것이다. '어머! 나도 내가 혼자 다 해결할 수 없어서 이왕이면 좋은 사람들과 함께하자고 제안한 거였는데, 고맙다고 해 주니 정말 감동이다!'라고 느끼며 소소한 성취감과 뿌듯함을 자주 느끼게 되는 것이다.

문화기획자로 독립하면서 미리 계획한 활동이 마음처럼 되지 않았을 때, 혹은 코로나19처럼 누구도 예상하지 못하던 위기가 찾아왔을 때도 살아남을 수 있도록 플랜 B, 아니 플랜 C~Z까지 준비하던 나였다. 직접 부딪혀 보니 어려운 일이 많았고 대비했던 모든 비상 플랜을 죄다 꺼내어 수시로 쓰게 되었다. 그만큼 나의 계획에 부족함이 많았다고도 할 수 있다. 그러나 그 과정에서 만난 따뜻한 사람들과의 특별한 협업에서 새로운 기회와 끈끈함을 느낄 때가 많았다.

그럴 때마다 문화기획자로 독립하길 잘했고, 홀로 일하기보다는 협동조합을 만들기를 잘했고, 무엇보다 안정적인 회사에 사직서를 내고 세상에 도전하길 참 잘했다는 생각이 든다. 문화계에 일거리도 만들고 나눌 수 있는 독립 문화기획자가 되어서 즐겁고 행복하다.

✦ 비즈니스에는 개척형과 관리형이 있다

앞에서 문화기획자로 독립하는 데 있어서 스스로 '잘 이끄는 사람인지, 잘 따르는 사람인지, 이래저래 도움 안 되어 차라리 비켜 줘야 할 사람인지'를 알아야 한다고 언급한 바 있다. 이는 결국 조직 내에서 '내가 어떤 캐릭터인지'를 냉정히 돌아보라는 의미다. 이 과정을 마쳤다면 짚어야 할 부분은 '일하는 스타일', 즉 '일하는 유형'에 대한 것이다.

'비즈니스(일)를 만들어 낼 줄 아는 사람인지, 다른 사람이 일을 펼쳐 놓으면 뒤에 합류해서 맡은 직무를 성실히 책임지는 사람인지'를 구분해야 한다. 한마디로 개척형이냐 관리형이냐 하는 이야기다. 어떤 유형이 옳고 그르다고 판단할 수는 없다. 비즈니스를 수행하고 회사가 발전하려면 당연히 새로운 시장을 개척하고 사업을 가져오는 개척형은 기본이고, 일이 들어오면 안에서 책임감 있게 일을 수행하고 운영할 관리자 또한 꼭 필요한 구성원이기 때문이다. 다만 자신의 유형에 따라 성격은 조금씩 달라져야 한다. 독립하는 데도 유형에 따라 다른 전략이 필요하다는 의미다.

자기만의 스타일을 갖고 늘 매력적으로 일하는 사람이 있다. 굳이 누가 시키지 않아도 일이 재미있어서 이것저것 자꾸 일을 만들어 내는 사람이다. 바로 비즈니스 개척형인데, 이런 유형의 사람은 지금 하고 있는 일을 더 잘하고 싶은 욕심 때문에 시키지 않아도 끊임없이 새로운 방법을 찾아서 실행한다. 타고난 기획자이자 실행력과 에너지를 고루 갖춘 사람이다. 전형적인 시장 개척형 기획자다.

경영학에서는 시장을 발굴하고, 시장을 확장하는 일을 가장 중요하게 강조한다. 새로운 시장을 발굴하고 확장하지 않으면 기업은 성장을 멈추고 뒤처지기 때문이다. 이럴 때 개척형 기획자는 기업에 맞는 시장 발굴과 확장의 과정에서 어마어마한 성과와 성장을 동시에 기대할 수 있다. 단순히 자신의 스킬만을 믿는 것이 아니라, 시장 전체의 흐름을 보면서 콘텐츠의 가치와 효용을 지속적으로 가늠하기 때문이다. 또 자기만의 콘텐츠, 비즈니스 모델을 발굴하려면 먼저 시장의 특성을 이해해야 하는데 개척형 기획자는 시장을 보는 눈, 시장의 흐름을 읽어 내는 감각이 이미 잘 훈련되어 있다.

개척형 기획자는 어려운 위기가 찾아와도, 위기의 틈바구니에서 가능한 비즈니스를 어떻게든 만들어 낸다. 평소 기획자로서 훈련해 온 억척스러운 자질이 위기에서 더욱 빛을 발할 테니 말이다. 독립하더라도 만반의 준비를 했을 것이고 안정적으로 안착할 가능성이 크다. 회사 내에서조차 이토록 열심히 일하는 사람이 자유로운 기획자가 되겠다고 프리 선언을 한다면 오죽할까? 이미 퇴사 전부터 자기만의 시장을 확인하고 만반의 준비를 했을 것이다. 그게 개척형 기획자들의 특성이다. 따라서 문화기획자로 독립하는 과정도 우려할 것이 많지 않다.

이와는 대조적으로 관리형은 사업이 펼쳐져야 비로소 역할이 빛을 발하고 사업이 본격적으로 시작되기 전에는 겉으로 잘 드러나지 않는 경우가 많다. 예를 들어 똑같은 문화사업을 진행하더라도 사업 초반, 효율적 진행 방식을 기획하는 쪽에 능한 구성원이 있고 정해진 매뉴얼에 따라 사업 운영을 안정적으로 잘하는 구성원이 있다. 여기서 말하는 관리형은 후자에 속한다. 창작의

234

분야에서는 관리형이라는 표현이 적절하지 않을 수 있지만, 상대적으로 겉으로 드러나지 않고 사업이 시작되어야 존재감이 드러나는 관리 직군들이 있다. 예를 들어 공연계의 극장 운영, 회계 관리, 시설 관리, 고객 관리, 의상 관리, 인쇄물 디자이너, 디지털 정보 관리 등을 맡는 사람들이다. 무대 감독, 크루 등도 관리형 성격이 강하고 밖에서는 잘 보이지 않는다.

따라서 관리형은 일반적으로 공연이든 전시든 비즈니스가 시작되어야 그 뒤에 구성원으로 합류할 것을 제안받게 된다. 어떤 직군이라도 전문성이 요구되지만, 업무의 성격상 개척형 기획자들이 사업을 펼치지 않으면 개인의 의사와 상관없이 일거리가 줄어들 수 있다. 누군가 어떤 공연을 제작하겠다고(어떤 사업을 진행하겠다고) 결정하고, 기획하고, 자금을 마련한 후에야 관리형 구성원에게 기회가 제공된다. 사업이 본격적으로 시작되면 '참신한 아이디어가 중요한 디자인은 누구에게 맡길까? 투명하고 정직해야 할 회계는 누구에게 맡길까? 의상과 무대는 누가 맡아야 창의적이고 경제적일까? 크루는 순발력 있는 감각이 중요한데 누가 좋을까?' 등이 논의되기 때문이다. 따라서 개척형 기획자보다 관리형 기획자는 어떤 직군이든 주변의 평판이 더 중요하게 작용한다.

그러니 문화기획자로 독립하는 초반에는 개척형이 조금 더 유리할 수 있다. 시장의 반응을 순발력 있게 읽고 대처하기 때문이다. 다만 길게 볼 때는 관리형 기획자의 꼼꼼한 근력이 더 큰 역할을 할 수 있다. 관리형은 긴 싸움에 강하다는 의미다. 자신이 관리형에 속한다면 앞으로 수익 모델이 될 수 있는 콘텐츠가 무엇인지, 지금까지 자신에게 어떻게 업무들이 연결되고 누굴 통해 주로 성사됐는지를 면밀하게 분석해 보면 도움이 된다.

관리형은 새로운 비즈니스를 만들기보다는 이미 시작된 비즈니스를 업그레이드하고 기존 비즈니스에 구성원으로 참여하기 때문에 개인이 책임지는 분야의 전문성은 향상되지만, 사업 자체를 큰 맥락에서 이해하는 힘, 즉 시장을 읽는 감각은 아무래도 조금 늦는 편이다. 이런 이유로 코로나19와 같은 외부 위협 요소가 발생하면 가장 먼저 직격탄을 맞을 수 있다. 그렇다고 관리형 기획자가 늘 불리하기만 한 것은 아니다. 업무 스킬과 신용만 잘 다져 놓으면, 개척형보다 더 쉽고 견고하게 고객을 관리할 수 있다. 희소성이 있는 분야일수록 고객

층이 정해져 있고 한번 탄탄하게 잘 닦아 놓으면 좀처럼 시장이 흔들리지 않는다. 예를 들어 무대 디자이너라고 가정해 보면 무대를 필요로 하는 공연예술 분야, 축제·이벤트 분야, MICE(전시·컨벤션·이벤트) 등의 기획자들과 지속해서 교류하고, 신뢰 관계를 맺고, 자신만의 직업적 장점을 기억시키는 노력을 꾸준히 하면 일거리가 없어질 가능성은 제로다.

디자이너로서 결과물의 질적 신뢰를 유지하기 위해 해당 분야의 트렌드와 소재의 변화, 소품의 활용, 세련된 컬러감 등 전문가적 수준을 충분히 갖추고 차별화된 서비스를 제공한다는 이미지를 지속적이고 반복적으로 어필할 필요가 있다. 시장이 좁기 때문에 기존에 이미 인연을 맺었던 파트너들과의 신뢰가 독립한 후에도 유용하게 작용하고 지속될 가능성이 크다. 잘만 하면 아주 오래가는 건전지처럼 꾸준히 일거리를 제공받는 이상적인 구조가 되는 것이다.

결국 문화기획자로 독립하는 데 개척형은 초반에 강하고, 관리형은 긴 싸움에 유리하다는 말이다. 반대로 개척형은 독립 초반에 강할 수 있지만 꼼꼼하게 내실을 기할 수 있는 관리형 같은 장점을 서둘러 습득하지 않으면 롱런하기 어려울 수 있다. 관리형 또한 시장 흐름을 읽는 훈련을 하지 않는다면 위기가 닥쳤을 때 가장 먼저 흔들리는 약체가 될 수도 있다. 어느 유형이라도 완벽하거나 불리하기만 한 것은 아니기 때문에 무조건 우려하지는 말되, 필요한 소양을 반드시 키우고 그런 좋은 기획자를 찾아 상호 협업하는 노력이 필요하다.

✦ 생존 임계점은 3년이다

　문화기획자의 생존 임계점은 3년이다. 독립한 직후에는 예전 같지 않은 수입에 힘들 수 있지만, 수익은 조금씩이라도 늘어나기 때문에 최소 3년만 버티면 그 사업은 망하지 않는다고 볼 수 있다. 경험자들이 남겨준 이 말 한마디는 독립을 앞두었던 나의 고민을 한 방에 날려 버렸다. 3년만 버티면 망하지는 않는다고? 큰돈을 벌려는 것도 아닌데, 굶어 죽지만 않는다면 두 번 생각할 것도 없이 도전하는 쪽이 낫다고 생각했다.

　나는 평범한 직장 생활을 그만두고, 세계여행을 계기로 문화기획자가 된 지 17년이 넘었다. 직원을 두지 않는 법인 형태의 기업을 만들어 수익 사업을 시작한 지는 7년째다. 이제는 먹고사는 데 지장 없는 상황이 되었다. 장기 여행에서 귀국한 다음에 한동안 생활비에 대학원 학비까지 버느라 힘들었던 시기를 잘 버텨 왔기 때문에 지금의 안정이 찾아올 수 있었다.

나보다 앞서 독립한 기획자들의 이야기를 들어 보면 독립과 창업 후에 가장 힘들던 게 불안감이라고 한다. 일이 커지면 함께 일하는 직원들에게 월급을 줘야 하는데 그 약속을 지키지 못할까 봐, 지인들의 기대를 본의 아니게 저버릴까 봐 항상 기저에 불안을 깔고 있었다는 것이다. 나 역시 독립 초기에 생활비를 벌며 학자금 대출까지 받았는데, 상환 시기가 너무 빨리 돌아올까 봐 겁이 나서 10년의 장기 상환으로 상환 기간을 최대한 늘려 설정했던 기억이 난다. 그만큼 불안했다. 지금 와서는 독립 초기에는 불안정한 시기도, 불안정한 느낌도 당연히 거쳐야 하는 과정이던 건데, 왜 사서 걱정했는지 후회된다.

다른 사람들은 제발 그러지 말았으면 좋겠다. 단, 독립했다는 사실을 반드시 만천하에 '공포해야' 한다. 최대한 '널리 요란하게' 퇴사했다는 사실을 주변에 알려야 한다(제발 좀 부디 그러길 바란다). 그래야 주변에서 외부 협력자가 필요할 때 나에게 연락해도 되겠다고 떠올릴 수 있다. 퇴사 사실을 적극적으로 알리지 않으면 직장 생활 중이라 생각하고, 당연히 일을 할 수 없다고 단정 짓고 연락 자체를 하지 않을 것이다. 선배 문화기획자 중에는 쑥스러운 마음에 퇴사하고 독립한 사실을 적극적으로 알리지 않았는데, 시간이 지나고 보니 그사이에 정말 재미있고 수익성 높은 일이 많았는데도 다른 사람들에게 넘어간 경우가 많았다고 했다. "아, 독립하자마자 그 일이 내게 왔으면 금전적으로도, 커리어에도 큰 도움이 됐을 텐데." 하며 아쉬웠던 적이 자주 있었다고 했다.

특히 이미 동종업계에 다양한 신뢰와 인맥이 있는 문화기획자라면 업무 유사성이 높은 지인들을 통해 일이 들어올 확률이 높은데, 진작 퇴사 사실을 알렸다면 우선적으로 얻을 수 있던 기회를 놓치는 경우가 많다. 독립이 아니라 그냥 쉬고 싶어서 퇴사해도 쑥스럽거나 부끄러울 일이 전혀 아닌데, 독립한 사실을 지인들에게 알리는 게 뭔가 일을 달라고 부탁하는 것 같고 부담이 될 것 같아서 머뭇거리는 경우가 많다. 그러나 그렇게 생각할 사안이 아니다. 기우이자 시간 낭비이고, 좋은 기회를 날려 버리는 것 그 이상도 이하도 아니다.

이렇게 조언하는 나도 실수한 적이 있다. 정식 창업 전부터(수익 사업을 시작하기 전부터) 강의와 자문, 컨설팅, 심의 등 상대적으로 단편적인 일을 수행해 왔다. 이런 일도 사업의 일부분이었지만, 세금계산서를 발행하는 수익 사업은 아니었기 때문에 주변에서는 나를 '정식 사업은 안 하는 개인 단위 프리랜서'로 인식하는 경우가 있었다. 그러다 보니 내가 수행하기에 적절한 규모의 딱 좋은 사업, 그러니까 놓치기 아까운 재미있는 사업이 다른 사람에게 기회가 가도록 방치한 적이 많았다. 심지어 내게 의뢰된 사업을 수행하지 않고 주변에 연결해 준 적이 더 많았다.

수익 사업을 너무 노골적으로 하면 전문가로 자리 잡는 게 늦어질까 봐 지나치게 조심한 탓이다. 그런 시간이 길어지다 보니 "유 소장은 세금계산서 끊는 사업은 안 받는대!"라며 입소문이 났고 지자체에서 새로운 사업을 할 때 아예 연락도 안 하는 상황이 생기기 시작했다. 친분도 있고 신뢰 관계도 좋은 지자체인데 말이다. 그즈음 '너무 오래 끌었나? 이제는 진짜 사업을 해도 될까?' 하는 고민을 시작하게 되었다. 경험이 없으니, 확신 있게 사업 시점을 결정하지 못한 것이다.

프리랜서와 1인 기업에는 차이가 있다. 지자체나 기관은 프리랜서보다는 법적으로 기업 형태를 갖춘 안정적 사업체를 선호하기 때문이다. 프리랜서는 계약 과정에서 서류상 신용이나 사업 실적을 증빙하는 데 어려움이 많고, 클라이언트가 안정감을 덜 느껴서 사업이라고 일컫는 '큰 규모의 일'을 맡기기에 불안하다고 인식할 수 있다. 내 주변에서도 사람을 추천해 줄 것을 요청하면서 항상 붙이는 말이 있다. "주변에 혹시 ○○ 잘하는 사람 있어요? 그런데 사업자는 꼭 있어야 해요. 계약하려면요."

　나중에 알고 보니 개인사업자라고 해서 공공기관 계약이 아예 불가능한 것은 아니었다. 그럼에도 법적으로 기업의 틀을 갖춘 사업자에 대한 신뢰가 강한 편이다. 따라서 사업자를 내는 것은 필수 요건이라고 생각하면 된다. 어차피 최소한의 경제 활동을 해야 하는 사람이라면 그냥 프리랜서로 있기보다는 법적인 틀을 갖추고 "나 독립했어요! 재미있고 수익성 있는 일 있다면 저에게 꼭 연락 주세요!" 하며 크게 홍보하길 추천한다. 퇴사와 독립을 축하하는 퇴사 파티나 독립 파티를 하는 것도 좋다. 크고 화려한 파티가 아니더라도 자신에게는 일에 대한 분명한 의지를 심어 주고, 지인들에게도 독립을 알리는 신호탄 같은 자리를 만들어 보자. 그렇게 3년 버틸 힘을 얻는 것이다.

✦ 새로운 나를 만나다

많은 문화기획자가 독립한 후에 뜻밖의 경험을 한다. 전에는 미처 몰랐던 새로운 '자아'를 알게 되는 것이다. 예를 들면 직장에서 마케팅 경력을 쌓고 성과도 좋아서 마케팅을 메인으로 사업을 시작했는데, 정작 시장에 나와 보니 마케팅이 아닌 의외의 분야에서 계속 성과가 나는 것이다. 독립하는 과정은 어렵고 두려운 도전이기도 하지만, 한편으로는 이처럼 미처 알지 못하던 '또 다른 자아'를 발견하는 계기가 된다.

나도 예전처럼 계속 직장 생활을 했다면 지금까지 마케팅만 하고 있었을 텐데 문화기획자로 활동하면서 예상외의 좋은 반응과 지속적인 수익을 얻고 있다. 특히 내게 의외의 수익을 가져다주는 분야는 교육사업이다. 나는 문화산업 관련 학술 연구 사업, 축제 컨설팅 사업, 교육사업, 콘텐츠 평가 사업, 문화계 정보 DB 구축 사업 등의 일을 주로 해 왔다. 그중 의외로 큰 비중을 차지하고 반응도 좋았던 분야가 교육사업이다. 교육사업은 공공기관이 역량 강화, 인식 개선 등의 목적으로 대상을 설정하고 필요한 교육 프로그램을 기획하여 시행하는 사업인데 교육 목적과 대상에 따라 내용은 천차만별로 달라질 수 있다.

나는 전국 지자체의 축제 담당 공무원과 문화재단 실무자를 대상으로 한 역량 강화 목적의 아카데미 교육사업과 인재 육성 차원의 청년 축제기획자를 위한 아카데미 교육사업을 3년 연속 진행했다. 교육이 진행되는 공간의 운영, 교육 기간 참가자 간의 소통 방법, 심도 있는 학습을 위한 토론 등 다양한 장치를 마련하고 고려해야 했지만, 가장 핵심적인 업무인 교육 커리큘럼을 기획하는 게 가장 재미있고 신바람이 났다.

처음 하는 교육사업을 마냥 어려워 하지 않고 즐길 수 있던 것은 그동안 건국대와 성균관대에서 겸임교수로 오랫동안 강의 경험을 쌓아 온 덕분이다. 겸임교수로 강단에 서며 좋은 강의 구성과 전달력, 강사의 준비 상태에 따라 강의 내용이 얼마나 달라질 수 있는지를 잘 알고 있었기 때문이다. 축제 분야의 실태와 현장 실무자들의 고민, 잦은 인사 이동에 따른 담당 공무원의 들쭉날쭉한 이해도 등 축제와 교육 현장에 대한 안팎의 여건을 골고루 이해하고 있던 것도 큰 도움이 됐다.

이 사업을 주관했던 한국관광공사에서 교육사업을 제안했을 때, 사실 처음에는 '혹시 서로 생각하는 바가 너무 다르면 어쩌나?' 하며 걱정도 했다. 그래서 서로가 만족스러운 교육 커리큘럼 짜는 데 공을 들였다. 원래 필요한 강의 시수보다 2.5~3배에 달하는 넉넉한 프로그램을 짜서 첫 미팅에 가져갔다. 주관처의 입장에서 더 중요하다고 생각하는 과목, 분위기 쇄신에도 용이하고 기능적으로도 꼭 필요한 전공과목, 심화 과정과 일반 과정에서 두루 활용할 수 있는 과목, 최신 트렌드를 두루 섭렵할 수 있는 과목, 최근 해외의 소식을 들을 수 있는 과목, 코로나19로 인해서 달라진 환경에 어떻게 대응해야 할지 고민해 보는 과목, 비슷비슷한 축제가 되지 않기 위해 고려할 수 있는 참신한 아이디어와 기획의 요령을 제시해 주는 과목 등 욕심나는 과목을 최대한 많이 구성하였고, 논의를 통해 우선순위만 가려 내면 되게끔 만들어 갔다.

그런데 이렇게 교육사업 커리큘럼을 기획할 때 자주 발생할 수 있는 문제가 주관처와 사업 기획자의 시각과 방향성이 달라 핀트가 안 맞는 경우다. 이 부분은 사업을 시작하기 전에 양측이 얼마나 교감했는지에 따라 달라진다. 나 또한 그럴 가능성이 있다는 것을 알았고 걱정하기도 했지만, 내가 준비한 수십 가지의 커리큘럼마다 왜 이 과목이 필요한지에 대한 이유를 머릿속에 꽉 채워 두었기 때문에 큰 걱정은 없었다.

아무리 업무에 필요한 교육이더라도 지자체 입장에서 공무원을 너무 오랫동안 출장 보낼 수는 없기 때문에 공무원 대상 교육사업에서는 내가 기획할 수 있는 교육 시간이 기껏해야 3일을 넘기기 어려웠다. 아침 9시부터 저녁 6시까지 빼곡하게 교육 시간을 잡는다고 해도 최대한 잡을 수 있는 수업 시수는 3일간 24시간이었다. 청년 기획자를 대상으로 하는 교육사업의 경우 최대 2주까지 시간을 쓸 수 있어서 더 다양하고 재미있는 프로그램을 짤 수 있다는 것과 크게 비교된다.

그러니 한국관광공사의 실무자와 나는 한 과목 한 과목 검토하며 아쉽지만 포기할 과목을 지워 갔고, 참가자들에게 더 도움 되고 의미 있을 과목을 추리며 즐겁게 회의할 수 있었다. 교육을 받은 참가자들의 반응도 좋았고, 실무자들도 만족스러워했다. 어떤 참가자는 지금까지 "소장님, 교육을 들은 덕분에 지역 ○○ 재단에 취업했어요!" 하면서 연락해 오기도 하고, 카톡에 내 생일이 떴다며 감사의 커피 쿠폰을 보내오기도 한다. 어떤 지자체 공무원은 커리큘럼이 잘 짜인 것을 보고 나중에 자기네 지역에서도 이런 교육이 필요하다며 도움을 청하기도 했다.

그렇게 몇 년 동안 여러 교육사업을 수행하다 보니, 스스로 자문하게 되었다. '내가 언제부터 이런 교육사업에 관심을 두게 되었지? 혹시 내가 이쪽으로 재능이 있나?' 하면서 말이다. 나는 그동안 공연·축제 전문가로 활동해 왔는데 교육사업에도 재능을 보일 거라고는 미처 생각지 못했다. 곰곰히 생각해 보니 다방면으로 활동하며 쌓아 온 그동안의 업무적 경험이 내 소양을 키웠다는 생각이 든다.

첫째는 '사업에 대한 이해도'다. 10여 년간 대학에서 강의하면서 교육사업에 대한 이해도가 높아진 것이다. 예를 들면 지금 이 시기에 왜 이런 교육을 필요로 하는지에 대한 중앙부처의 입장과 문제점을 이해했기 때문에 어떤 교육 과목이 왜 필요한지를 기획하고 설명할 수 있었다. 내가 추천했던 모든 과목에는 왜 필요한 과목인지 추천하는 근거들이 있었기 때문에, 혹여 우선순위에서 밀리고 선택되지 않아도 상관없었다. 나의 의견이 실무자에게 새로운 시각을 던져 줄 수 있으니 "그런 면도 생각해야겠네요."라는 식으로 회의를 더 알차게 만들어 줬다.

둘째로 평소 공연·축제 외에 사회 전반에서 활동하는 전문가들의 주장이나 사회 이슈에 관심이 많았다. 나와 전혀 상관없는 분야라도 사회적으로 주목받는 이슈와 언론에 주로 노출되는 전문가가 누구인지 항상 관심을 두고 보는 습관이 있었다. 그래서 실무자가 예상하는 범주를 넘어선 참신한 강사진을 선정하여 교육사업의 전체 흥미도를 끌어올릴 수 있었다. 축제 분야 종사자를 위한 교육에 으레 같은 강사가 나오는 것이 마음에 들지 않았는데, 한국관광공사에는 젊은 실무자가 많아서인지 나와 생각하는 게 대체로 비슷했다.

그렇게 문화기획자로서 독립하여 경험을 쌓다 보니 '문화예술교육'이라는 새로운 분야와 숨은 재능을 뒤늦게 발견할 수 있었다. 결국 "자기만의 수익 모델, 자신만의 콘텐츠를 정확히 정하라."라는 문화기획자 선배들의 조언을 명심하되, 수익 모델이 딱 한 가지일 필요는 없다는 생각으로 전략적으로 다가간 덕분에 새로운 나를 발견한 거였다. 우리의 재능이 한 분야에만 순도 높게 발달하는 것은 아니니 우선순위를 두되, 가능성을 좀 열어 두는 것이 필요하다. 그렇게 하나하나 경험하다 보면 짐작하지 못했던 새로운 수익 모델이 요정처럼 툭 하고 튀어나오며 미처 생각지도 못하던 또 다른 나의 모습을 발견할 수 있을 것이다.

✦ **까다로운 계약을 풀다**

    나는 어떤 사업을 처음 수주받을 때, 일을 수행할지 말지 결정하기 위해 진행하는 첫 미팅에서 많은 질문을 한다. 사업을 이해하기 위해서 꼼꼼하고 까다롭게 접근하고, 실례되지 않는 선에서 예의를 갖춰 충분히 질문하고 이해해야 뒤탈이 없기 때문이다.

— 기관에서 이 사업을 처음 시작하게 된 배경은 무엇인가? (해당 지역에서 이 사업이 필요했던 초기 상황 파악을 위함)

— 올해 이 사업을 수행하면서 가장 중요하게 생각하는 핵심 가치는 무엇인가?

— 지금까지 이 사업에 대한 내부 평가와 지적 사항은 어땠는가?

— 실무자들이 가장 중점을 두는 지점은 무엇인가?

— 가장 중요하게 다뤄야 할 핵심 사업과 부가적 사업은 무엇인가?

— 올해 사업비와 이전 사업비에 변화가 있다면, 이유가 무엇인가?

— 대표 사업과 보조 사업 외에 중요하게 생각하는 부분이 있는가?

(과도한 의전, 예산에 맞지 않는 고급스러운 서비스와 F&B, 무리 한 정량적 성과 등을 파악하기 위함)

— 착수 보고회, 중간 보고회, 결과 보고회 등의 행정 절차가 반드시 필 요한 과정인가? (불필요한 과정을 축소하고, 형식적인 인쇄물의 대 량 요구 등을 파악하기 위함)

— 정산의 방법은 어떻고, 선급금을 받을 경우에 정산 방법이 어떻게 달라지 는가?

— 전화하면 바로 회의에 뛰어와야 하는 등의 '불편하고 민감한 주문 사항'이 있는가?

(상호 합리적 파트너십 매너를 갖춘 기관인지, 갑질 문화가 있는 기 관인지 파악하기 위함)

이 질문들을 보고, 기꺼이 생각해서 연락해 준 건데 너무 까다롭게 응대한다고 생각하는 독자가 있을 수도 있다. 그러나 잘난 척하느라 꼬치꼬치 캐묻는 것이 아니 라, 내가 잘나지 않아서 상대편이 기대하는 모든 것을 해 줄 수 없기 때문에, 이 사업을 책임질 수 있는지를 뜯 어보기 위해서 세세하게 물어보는 것이다. 뭐든지 다 완 벽하게 잘할 수 있으면 군이 저렇게 일일이 물어볼 필요 가 없겠지만 현실적으로 그렇지 않기 때문이다. 이런 미 팅에는 결과적으로 사업을 수주하든 거절하든, 최대한 직접 방문해 예의를 갖춰서 의뢰해 준 데 감사를 표시하고 성실히 임한다. 해당 기관에 민폐를 끼쳐서는 안 되기 때문에 내가 책임질 수 있는 수준의 사업인지 아닌지를 가늠하기 위해 자세히 묻는 것임을 기분 상하지 않게 전달하면 상대도 반가워하며 사업에 대한 고민과 문제를 더욱 솔직하게 이야기해 준다.

'지금까지 이 사업에 대한 내부 평가와 지적 사항은 무엇인가?'라는 질문은 해당 기관의 고위 관료가 사업을 진두지휘하면서 주로 어떤 문제점을 지적했는지를 묻는 것이다. 반대로 '실무자들이 가장 중점을 두는 지점은 무엇인가?'라는 질문은 윗분들의 지시를 받고 일하는 실무자의 현실적인 고민에 대한 것이다. 비슷하지만 대상이 다르고, 조직 내의 문제 인식을 골고루 파악할 수 있는 질문들이다. 예를 들어 윗분들은 의전과 정량적 성과를 중시할 수 있지만, 실무자들은 현장 운영 상태를 염려하는 경우가 더 많았다.

'대표 사업과 보조 사업 외에 중요하게 생각하는 부분은 무엇인가?'라는 질문은 공공기관에서 직위가 높은 사람이 다수 참석하는 사업일수록 본질보다 의전에 온 에너지를 쏟는 경우가 많기 때문에 의전이나 고급스러운 공간 연출 비용, 억지스러운 계량적 성과 내기 등을 얼마나 과도하게 필요로 하는지를 확인하는 질문이다. 나는 의전이나 쾌적한 환경, 고객 서비스 등을 섬세하게 하지는 못하기 때문에 이런 부분을 중시하는 사업이라면 처음부터 수행하기가 어렵겠다고 솔직하게 이야기해야 한다. 예산이 충분하면 의전 등을 잘하는 분들에게 의뢰하면 되겠지만, 어쨌든 그런 성격이 중요한 사업이라면 아예 처음부터 맡지 않는 것이 좋다고 생각한다.

착수 보고, 중간 보고, 결과 보고 등 사업 규모상 꼭 필요한 과정이 아님에도 모든 절차를 다 거쳐야 하는 사업도 굳이 맡으려고 하지 않는다. 실무자와 솔직한 대화를 통해 없앨 수 있는 절차가 있는지를 알아보고, 꼭 필요한 사업만 효율적으로 진행하자는 의견을 전달했을 때 흔쾌히 응해 주면 이후에도 소통이 잘되는 편이다.

마지막으로 불편하고 민감한 주문 사항 등을 확인하는 절차도 중요하다. 회사를 그만두고 독립해 성공한 사람들의 인터뷰를 보면 진짜 용감한 기획자의 경우 "연락이 잘 안 될 수도 있다. 당연히 업무에 지장이 없도록 조율하겠지만, 연락이 곧바로 안 된다고 문제를 제기하지 않는다면 OK!" 이런 식으로 자신의 업무 스타일을 인정해 달라고 미리 요구하고 계약서에 포함시키는 경우도 있다.

내 경우에는 특별히 신경 써야 한다거나 일반적이지 않은 주문 사항이 있다면 미리 확인해 너무 민감하고 불편할 것 같으면 아예 사업을 시작하지 않는 쪽이 좋다고 생각한다. 이렇게 까다롭게 미리 확인하면 설사 거래가 성사되지 않더라도 사업의 이해도가 높다고 판단해 오히려 신뢰가 쌓이고 서로 좋은 관계를 유지하게 된다. 이번에 인연이 되지 않더라도 나의 업무 스타일을 그쪽에서도 이해하게 되고, 다음에 함께 수행할 수 있는 사업이 있을 때 또다시 연락을 주는 경우가 많다. 거절은 정중하고 예의 바르게, 계약은 까다롭게 할수록 뒤탈이 없다.

✦ 바람직한 공공기관 대응법

나는 독립된 문화기획자로 사업을 수행하며 크게 불쾌할 만한 갑질을 당한 적은 없다. 너무 심한 사례였다면 가만있지도 않았겠지만, 요즘은 사회적인 인식이 전반적으로 변하기도 했고 공공기관 경영평가 등의 제도가 마련되어 공공기관 실무자가 신중하게 직무에 임하는 경우가 많다. 그럼에도 끊이지 않는 공공기관 혹은 대기업의 갑질 사례는 여전히 사회적인 관심을 모으고 있다. 조직 내에서도 상사의 불합리한 지시나 인신 공격형 말투에 불편을 호소하는 일이 많은데, 조직 밖의 외주 업체에게는 오죽할까!

공공기관과 파트너십을 맺으면서 은근히 속상하고 뿌리 깊이 박혀 있는 갑질 의식을 느낄 때가 있는데 바로 계약 과정에서 기관이 요청하는 필수 서류를 작성할 때다. 모든 양식과 문장을 기관이 일방적으로 작성하여 도장 찍어 올 것을 요청하는데 "문제가 발생하면 수행

업체가 무조건 책임을 진다."라거나 "어떠한 문제가 발생해도 이의를 제기하지 않는다."라는 문구는 항상 적혀 있다. 나는 1년간 수행할 수 있는 최소한의 사업 몇 개만 진행하는 터라 지금까지 큰 트러블 없이 진행되어 왔으나, 계약 과정을 밟을 때마다 서류 끄트머리에 진드기처럼 붙어 있는 이런 문구 몇 개가 눈에 거슬렸다.

공공기관 계약에 제출해야 할 서류는 최소 20~30가지 정도로, 사업 규모가 클수록 더 많아진다. 내가 하는 사업은 작은 문화사업들이니 망정이지, 금액 단위가 큰 사업의 경우에는 말을 꺼낼 수도 없을 지경이다. 기본적으로 사업자등록증, 법인 인감증명서, 통장 사본, 산출내역서 등으로 시작되어 착수신고서, 견적서, 보안과 관련된 각기 다른 서약서, 책임연구원과 보조연구원 등 참가자 프로필, 사업 대표자가 모든 책임을 진다는 책임서약서, 재직증명서, 수의계약각서, 안전보건 관리 준수 서약서, 수의계약 체결 제한 여부 확인서, 보증보험, 지역개발채권, 청렴 이행각서 등이다.

공공기관이 요청하는 서류들과 내용, 그 과정을 가만히 살펴보니, 계약의 포인트는 '혹시 무슨 문제가 생기면 하나부터 열까지 외부 업체가 다 책임지고, 공공기관에는 어떠한 책임도 남지 않게 증거를 남기는 과정'이었다. 그래서 계약서의 마지막에 "어떠한 이의도 제기하지 않는다."라는 문구가 반드시 붙는 것이다. 소상공인들은 억울해도 찍소리도 못하도록 말이다. 나와 함께 일하는 실무자가 아무리 내게 우호적이고 협조적이라도 어쩔 도리가 없다. 지자체(공공기관) 스스로 오직 지자체를 위한 우선주의와 실리주의 차원에서 완벽한 법률 검토를 통해 유리한 계약 문구를 세세하게 만들어 놓고 전 지자체와 각 부서에 일관되게 적용하기 때문이다. 어떤 때는 사업 담당 실무자도 좀 과하다 싶은지 '죄송하다. 계약 부서에서 시키는 거라 저희도 어쩔 수 없다.'라며 솔직한 마음을 전하기도 한다. 시민 배려나 소상공인 보호는 애초에 없는 것만 같다.

사업 담당 실무자는 내가 제출한 모든 서류를 받아서 계약 부서로 넘기고, 계약 부서에서 부족한 점을 감수 및 보완하는 과정을 거친다. 그리고 대부분의 지자체가 예산 절감 명목으로 일방적인 예산 삭감을 5~10%까지 강제 시행하고 있다. 이 과정에서 계약 부서 담당자는 '규정'이라는 한마디를 근거로 일관되게 강경한 태도를 보이는데, 대부분의 논조가 "싫으면 하지 말든가? 사업을 안 해도 나는 상관없으니까 알아서 해라."와 같다. 내게 일을 함께하자며 연락해 준 사업 담당 실무자는 "죄송해요. 요즘 다 이렇게 하고 있어서 저희도 어쩔 수가 없으니 처음부터 그 비용을 감안해서 예산서를 만들었어요."라고 하기도 한다. 공기관의 일방적 규정과 태도는 얄밉지만, 그동안 내가 만났던 실무자들이 이렇게까지 배려해 주니 무사히 일을 마칠 수 있었다. 그래도 공공기관의 계약 문제만큼은 약자의 보호와 공정성 측면에서 개선될 필요가 있다.

어느 문화기획자는 어린이를 위한 참신한 예술교육 프로그램을 만들기 위해 당시 인기 높던 동화작가를 어렵사리 섭외했다. 작가의 동화 내용을 기반으로 재미있는 예술 프로그램을 만들어 볼 테니, 저작권 문제가 발생하지 않도록 작가의 허락을 얻고 싶다고 정중히 부탁한 것이다. 작가는 그 문화기획자의 예의 바르고 신중한 태도에 기꺼이 허락했다. 책의 저작권은 작가에게 있지만, 책을 만든 출판사에도 출판권이 있기 때문에 출판사에도 양해를 구해 놓을 테니 진행해도 좋다고 답변한 것이다. 문화기획자는 기분 좋게 일을 시작했고, 이 기쁜 소식을 해당 사업을 주관하는 공공기관의 실무자에게도 전달했다. 문제는 그다음 벌어졌다.

주관 공공기관의 실무자가 작가와의 첫 미팅 자리에서 '작품에 대한 2차 저작물 권한을 지자체에 다 넘긴다.'라는 내용의 계약서를 갖고 나온 것이다. 중간에서 좋은 아이디어를 내고 작가를 설득하느라 공을 들였던 문화기획자도 너무 놀라서 미팅은커녕 사업 전체가 파탄에 이르고 말았다. 그 어이없는 계약서를 가져온 실무자는 본인이 동화작가의 지적 재산을 얼마나 말도 안 되게 꿀꺽하려고 했는지, 얼마나 무식하고 무례하고 어이없는 행동을 한 것인지 이제는 알까? 이런 어이없는 사건은 지금도 수없이 벌어지고 있고, 요즘도 이런 갑질 사례는 차고 넘친다.

누구라도 이런 갑질을 당해서는 안 되겠지만, 현실적으로 얼마든지 일어날 수 있기 때문에, 사업에서 상호 갈등을 최대한 방지하기 위해 계약 단계에서 꼼꼼하게 내용을 살펴야 한다. 세상의 모든 불합리한 해프닝을 완벽히 차단할 수는 없겠지만, 이렇게 대비하면 큰 갈등을 피할 수는 있다. 특히 나의 경험으로 볼 때 계약 과정에서 먼저 주고받는 과업지시서의 '과업 범위' 혹은 '과업 내용'의 정밀한 사전 점검이 가장 중요하다. 계약의 개요와 큰 틀을 집약한 것이 계약서이고, 상세한 사업 내용과 방법을 종합적으로 기술한 서류가 과업지시서(Service task instruction)다. 그리고 과업지시서 내용 안에서 가장 중요하게 검토할 부분이 바로 '과업 범위'라는 항목이다.

과업 범위가 중요한 이유는 크게 두 가지다. 첫째, 사업을 주관하는 기관(주관처)과 문화기획자 간에 일을 진행하는 데 있어 업무 범위(과업 범위)를 명확히 하면 갈등을 사전에 예방할 수 있다. 둘째, 혹여 문제가 발생하여 주관처와 소송 관계로 발전했을 경우에 법적 싸움의 관건이 모두 과업 범위에서 결정된다.

첫 번째 경우의 예를 들면, 1억짜리 계약을 논의 시 주관처는 업무 범위가 매우 간단하고 별것 아닌 것처럼 말했다가, 정작 과업지시서를 작성할 때는 온갖 잡다한, 그러나 일을 수행하는 기획자에게는 하나부터 열까지 별도의 예산과 인력, 에너지가 많이 소요되는 일을 죄다 적시한다. 그러고는 시간이 지나면 과업지시서에 명시되어 있으니 이를 다 수행해 달라고 주장하는 것이다. 그리고 과업지시서의 맨 앞이나 뒷부분에 "추가로 발생하는 업무에 대해서는 발주처와 상의하여 협조하기로 한다."와 같은 애매한 문구를 넣어 놓고 사업에 필요한 일이라며 온갖 일을 떠넘긴다.

　문화기획자는 주관처가 자신을 찾아 준 게 고마워서라도 웬만하면 다 해 줄 마음을 갖는 경우가 많은 데다가, 서로 좋게 해결할 마음으로 과업 범위 점검을 대충 흘려버리곤 한다. 그런데 이러면 사업 중간에 크게 싸움이 나거나 감정이 상하는 경우가 빈번하게 일어난다. 주관처가 추가로 예산이 더 들 것을 알면서도 모른 척하면서 계속 무리한 일을 요구하는 경우도 있는데, 그제야 문화기획자는 '잘못 걸렸구나! 자기들이 하기 싫은 일, 별도로 수행하면 추가로 예산도 들고 내부적으로 일도 많아지는 잡다한 일을 나에게 죄다 얹어서 슬쩍 넘어가려고 하는구나!' 하며 뒤늦게 깨닫는다. 그러다 사안이 너무 커지고 감정의 골이 갈 데까지 가 버리면 그때는 소송이 되는데 그 정도 상황까지 가면 홀로서기를 시작한 문화기획자 입장에서는 법적 지식의 부족, 소송 비용, 늘어지는 싸움에서 오는 스트레스, 끊임없이 들어오는 관련 자료 요청 등을 현업과 병행해야 하는 부담감과 매일 접해야 하는 감정적 자괴감 등으로 큰 타격을 받게 된다.

이런 상황은 기획자에게 특히 불리한데, 법무 담당 혹은 법무 고문 시스템을 고루 갖추고 있는 기관과 개인의 싸움이 되기 때문이다. 공공기관은 아무리 규모가 작은 산하기관이더라도 매사 법적 검토를 해야 하기 때문에 안팎으로 완벽한 법무 시스템을 갖추고 있다. 기관은 법적 분쟁에 대한 준비가 평소에도 늘 되어 있다는 말이다. 반면 개인은 어떤가? 사실상 무방비 상태다. 물론 싸워야 할 상황이라면 아무리 소송이 늘어지고 기운 빠지게 만들어도 끝까지 진행해야 하지만, 되도록 소송 단계까지 가지 않도록 하는 게 현명하다.

최근 지인의 회사가 겪은 사례를 들자면, 문화기관인 주관처는 약 3억 규모의 사업을 올해 처음으로 외주를 주었다. 이 기관은 평소 형식적인 입찰만 할 뿐 끼리끼리 짜고 친다는 평을 듣고 있는 기관으로, 평소 기관 평가가 전반적으로 낮은 편이었다. 그러니 정식 입찰을 시작했지만, 아무 기업도 참여하지 않자, 지인의 업체에 이런저런 정보를 주면서 입찰에 참여해 줄 것을 부탁한 것이다. 지인도 좋은 기회라고 판단해서 사업제안서를 준비하여 입찰에 들어갔다. 예상대로 다른 업체는 들어오지 않아 지인의 회사는 입찰 심사도 단독으로 받게 되었고, 입찰 적격 심사(경쟁 심사가 아닌 적합성 여부만 검토하는 심사)를 통해 최종 사업 계약이 체결되었다.

문제는 그다음에 발생했다. 주관처는 적격 심사 발표 전후로 해당 기관과 주고받은 예산계획서가 명확히 있는데도, 계약서 날인이 다 끝난 후에야 큰 비용이 드는 추가 업무를 지속적으로 요청해 왔다. 미안해하는 말과 태도 없이, 당연하단 듯이! 이런 사례는 소위 '단가 후려치기', '비용 부담 전가'라는 표현으로 공공기관의 고질적인 불공정 사례로 언론에서도 많이 거론되며 지금도 빈번하게 일어나고 있다.

예를 들면 사업 내용에 고위 간부를 위한 단체 지방 출장이 있었다. 일반적으로 1인당 숙박비 7~10만 원만 잡아도(단체 예약일 경우에는 할인도 받고) 별 무리가 없고, 사전에 예산계획서에도 그렇게 명시했다. 또한 주요 과업들을 수행하기 위해서 추가 지출이 어려운 상황인데도 계약이 완료되고 나면 20만 원짜리 최고급 객실로 전원 업그레이드해 달라고 막무가내로 요청하는 식이다. 작은 문화기획사 대표들은(독립한 문화기획자 1인 기업체인 경우가 대부분) 서로 아는 사람들이고 얼굴 붉히고 싶지 않으니 부담을 떠안으며 요청을 들어주곤 하는

데, 이에 고마운 기색도 없이 추가 요청을 끊임없이 해 오는 것이다. 계약 후 태도가 돌변하거나 아주 태연한 얼굴로 예산 이야기는 쏙 빼놓고 업무 부담을 지속적으로 주는 주관처가 일부라고 생각하면 곤란하다. 상당히 많고, 일반화되어 있다.

그러니 사전에 과업지시서의 '과업 내용'을 꼼꼼히 뜯어보고 예의는 갖추되 무리한 것은 걸러내야 한다. 그렇게 노력해도 미처 예상하지 못한 갑질 사례에는 최소한의 미봉책으로라도 방어해야 한다. 그래야 과업 수행 중에 일어날 갈등과 최악의 상황인 소송까지 가는 문제를 일부 예방할 수 있다. 현실적 과업 내용을 정밀하게 따지고, 정해진 약속을 잘 지켜 주는 것이 파트너십을 갖는 공공기관과 사이좋게 지내는 팁이다.

이렇게 노력했음에도 법적 소송에 휘말리거나 법률 자문 및 법적 검토가 필요한 경우가 종종 있다. 예술인 복지재단, 예술경영지원센터 등 다양한 문화기관에서는 법률 단체와 자문 계약을 맺고, 민간 문화기획자가 법적 소송에 휘말렸을 때 도움을 주는 제도가 마련되어 있다. 나의 경우는 예술경영지원센터에서 계약 서류 작성, 저작권 피해 문제 대처법 등을 도움받은 적이 있다.

법률 서비스가 필요할 땐, 무작정 변호사를 선임할 생각부터 하지 말고 문화기관의 법률 지원 제도를 먼저 찾아보자. 요즘은 문화계 법률 지원 서비스가 잘 되어 있는 편이다. 일반 법률 사무소를 찾아가더라도 너무 모르고 가면, 부르는 게 값이다. 내가 관련된 소송이라면 먼저 법적 상황을 학습한 후에 여러 전문가를 최소 세 번 이상 찾아가 상담하는 것이 현명하다.

✦ 알아 두면 좋은 공공지원 제도

갓 독립한 문화기획자라면 문화계의 다양한 공공지원사업에 관심을 가져 보자. 사업 기획안을 만들어 평가받는 데 시간과 노력이 소요되어 귀찮을 수 있지만, 요즘은 실속 있고 흥미로운 지원 제도가 많아서 기획 내용만 좋다면 공공지원금으로 하고 싶은 다양한 문화 기획 활동을 할 수 있다.

공공지원사업은 공공기관의 외주 사업과는 그 성격이 완전히 다르다. 공공지원 제도는 '거래'가 아닌 '지원'의 개념이기 때문이다. 지자체 공공기관이 문화기획자와 사업 계약을 맺어서 사업에 대한 외주 용역을 주는 것은 지원이 아닌 엄연한 '비즈니스'다. 반면 공공지원사업은 문화예술인을 위해 시행되는 복지, 인재 육성, 예술 활동 장려 등을 위한 '지원'을 목적으로 한다. 정부나 지자체가 예산을 지원해 주는 사업이라는 의미다.

공공기관의 문화정책 사업에는 여러 형태가 있는데, 문화기획자 혹은 예술인에 대한 '인재 육성', '역량 개발', '창작 활동 지원'의 형태가 가장 많다. 문화계의 어떤 문제점과 개선점, 필요성을 설명하는 기획안을 제출해 선정되면, 공적 자금으로 자신의 업무 역량을 가늠해 볼 수 있는 것이다.

일부 공공지원사업에서는 참여자(문화기획자)의 책임감을 높이기 위해 10~30%까지 자부담을 의무화하기도 하지만, 적게는 몇백만 원에서 많게는 억 단위까지 지원금의 규모가 다양하기 때문에 많은 문화기획자가 이런 공공지원사업에 관심이 많다. 그리고 이런 사업의 수혜자 중 하나가 바로 나다. 나는 세계여행을 준비하던 초반부터 공공지원사업에 관심을 두고 선정되고자 노력해 왔다. 공공기관의 여러 지원사업에 도전하고 싶었으나, 나보다 예술지원사업의 성격을 더 잘 아는 문화계 관계자들이 대체적으로 어렵겠다고 의견을 냈었다.

해외 시장 조사라는 설명은 이해되는데, 개인의 여행 경비 지원처럼 보일 수 있어 나중에 혹여 문제라도 생길까 봐 제외시킬 가능성이 크다는 것이었다. 공공기관 실무자는 논리와 상황이 이해되더라도 혹 나중에 골치 아픈 일이 생길 것을 염려하여 자신이 책임질 일을 만들고 싶어 하지 않는다.

답답한 마음에 "아니 그럼, 아무리 좋은 기획이 있어도 전례가 없으면 공공기관은 아무것도 시도하지 않는다는 건가요?"라고 물어봤지만, 전례가 없기 때문에 공공기관이 지원사업에서 굳이 이런 무리수를 두지는 않을 거라는 조언이었다. 법적 분쟁에서 충분히 타당한 논리가 있음에도 변호사들이 "전례가 없어서 원하는 판결을 얻어 내기는 어려울 것이다."라고 답변할 때가 많은데, 그만큼 '전례'가 중요한 것이다. 공공기관의 지원사업에서 이런 경우는 더욱 자주 볼 수 있다. '전례'는 어떤 일의 근거가 되기 때문이다.

세계여행을 하고 돌아와서 책을 내고 '공연계 실무자가 왜 이런 여행을 했는지, 이런 여행이 왜 필요했는지'를 각종 언론사에서 인터뷰했고, 물론 그 모든 성과와 해외 시장 정보의 필요성을 싹싹 긁어모아 서류상으로 강조 또 강조했다. 그러자 1차 세계여행 사업 기획안은 선정되지 않더니, 2차 유럽 일주 여행 사업 기획안을 제출했을 때는 턱 하니 선정되었다. 내가 지원을 받은 곳은 한국문화예술위원회라는, 문화체육관광부 산하에서 문화예술 정책과 예술인 지원 등 각종 문화정책사업을 실행하는 기관이다. 한국문화예술위원회에서는 공연과 전시 등의 장르에 대해 지원하는 비중이 높지만 그 밖에도 문학, 출판, 다원 예술 등을 총망라하고 있다. 한때는 정부의 예술정책사업의 80%를 집행하기도 했던 곳이다(정권이 바뀔 때마다 역할과 규모가 천차만별이다).

나는 당시 공연계 종사자로서 각 문화 관련 공공기관이 어떤 사업들을 진행하고 있는지, 어떤 정책이 있는지, 흐름이 어떤지 등을 비교적 잘 파악하고 있었기 때문에 그에 맞게 기획안을 작성했다. 'AYAF'라는 차세대예술인력육성지원사업에 1기로 선정되어 3천만 원 가량을 지원받았다. AYAF는 한국문화예술위원회가 문화계 미래를 선도할 역량 있는 젊은 예술가와 기획자를 발굴하겠다는 취지에서 시작했던 청년 인재 육성 브랜드사업으로, 금액도 적지 않아 각 분야에서 경쟁이 상당히 치열했다. 연극과 음악 등 순수예술 단체에 대한 지원이 대부분이었고, 나처럼 개인으로 해외 시장을 조사하겠다며 지원받은 사례는 거의 없었다.

한국문화예술위원회의 공공지원 제도 덕분에 청년 문화기획자이던 내가 적절한 경제적 지원을 받고 성장하여 지금은 한국문화예술위원회 전문가 심의 위원 중 한 사람이 되었으니 뿌듯한 일이다. 풍족하지 않던 시절에 나의 포부를 알아주어 지금처럼 성장할 기회를 마련해 준 게 너무나 고맙다. 당시 나의 사업 기획안이 선정됐던 이유를 생각해 보면, 결과물에 대한 공적 활용도와 필요성 때문이라고 판단하고 있다. 기획의 논리는 다음과 같다. "난타가 해외에 진출한 것은 좋은 사례. 한국의 가능성 있는 좋은 콘텐츠가 해외에 진출할 수 있도록 길을 열어 주는 것은 정부의 역할이다. 그러나 모든 콘텐츠와 예술인을 정부가 다 지원해 줄 수는 없을 것이다. 그렇다면 해외 곳곳에 어떤 시장이 형성돼 있고 어떤 콘텐츠를 원하는지 난타 실무자였던 내가 직접 가서 조사해 오겠다. 어느 시점에 어느 나라에서 어떤 장르를 선호하는지, 해외 시장 정보가 궁금하고 필요한 사람이 많을 것이고, 나의 조사 결과가 반드시 도움이 될 것이다."

기획안은 사업의 필요성을 효과적으로 어필할 사업명을 먼저 정하고 목표, 필요성, 실행 방법, 기대 효과,

예산 계획의 순서대로 작성한다. 기획안이라는 서류만
으로 심사 위원들이 이해할 수 있도록 친절하고 일목
요연하게 설명해야 한다. 공공기관의 지원사업 신청서
를 작성할 때는 다음과 같은 점에 유의해서 작성하는
게 선정 확률을 높일 수 있다.

첫째는 지원서의 제목이나 각 단락 소제목을 효과
적으로 만들고 적용하는 게 중요하다. 특히 사업명은
사업의 특성이나 장점, 정보가 잘 녹아들도록 만드는
게 중요한데, 추상적이고 감상적인 제목이면(제목만 봐
서는 무슨 사업인지 알 수 없게 쓰면) 선정될 확률이 낮다.
특히 정보는 없이 단어에 멋만 부린 제목이 최악이다.
예를 들면 지역 도시의 젊은 주부들을 위한 오전 브런
치 콘서트를 기획하는 사업인데 '아름다운 멜로디가
흐르는 시간', '평화와 화합의 콘서트' 등 어디에 갖다
붙여도 말은 되지만 특색 없고 무엇보다 아무런 정보
를 담지 못하는 표현을 쓰면 적절한 사업명이라고 볼
수 없다(경쟁자가 별로 없다면 운 좋게 선정될 수도 있겠지
만, 경쟁이 치열한 사업의 경우는 탈락 1순위다).

둘째는 사업기획안의 '사업 소개' 또는 '사업 실행
계획' 란을 최대한 간단하고 명료하게 도식화하여 작

성하는 것이다. 복잡한 문화사업을 글로 설명하려면 길어지기 마련인데, 긴 글만이 계속되면 이를 읽는 사람이 지친다. 글이 길어진다면, 장황하게 설명하기보다는 중간에 그래픽을 활용해 쉽고 명료하게 쓰는 게 적절하다. 경쟁이 심해 검토해야 할 서류가 많거나 특징 없는 사업이 많을수록 이런 전략은 더 큰 효과를 볼 수 있다.

셋째는 이 사업이 왜 필요한 것인지, 선정되어서 지원받는다면 어떤 성과를 가져올 수 있는지를 매력적으로 어필한다. '공적 기여도'에 대해 작성하는 것인데, 지원받은 결과가 다른 사람에게도 도움이 되는 것인지를 잘 써야 하는 것이다. 결정적으로 주관처에서 개인에게 지원해 준 결과가 그 개인에게만 좋은 것인지, 아니면 다른 사람들에게도 이득을 가져올 수 있는 사업인지를 명료하게 따져 기대 성과에 잘 서술해야 한다. 따라서 지원할 사업(지원 제도의 개요)을 검토할 때, 해당 사업이 무엇을 위해서 만들어진 사업인지, 즉 어떤 성과를 위해 예산을 편성했는지 취지를 잘 이해하는 것이 중요하다. 내가 선정됐던 AYAF 사업은 개인 아티스트의 성장과 향후 활동 계획이 잘 어필되는 게 중요한 사업이었다. 그 많은 필요 사업 중에 굳이 수십억의 예산을 내가 기획한 사업에 편성했다는 것은 그만큼 그 사업의 필요성과 시급성이 인정되었기 때문이다. 그러니 정책과 제도가 만들어진 이유를 잘 살펴보아야 한다. 거기서 원하는 답을 나의 사업 기획안에 차근차근 임팩트 있게 설명하면 된다.

이처럼 공공지원 제도를 잘 활용할 것을 강조하는 이유는 공공지원 제도는 문화기획자의 독립 초기 단계에서 특히 활용 가치가 높은 효자 종목이기 때문이다. 독립 초반에는 사업 의뢰가 없을 수도 있다. 그럴 때일수록 문화계 공공지원사업을 활용하면, 해당 사업에 참여한 모든 사람의 인건비와 실비를 해결할 수 있다. 사업의 결과물은 보너스고, 결과물이 좋은 반응을 얻으면 주변에 홍보할 수 있는 계기도 된다. 그러니 공공지원사업의 기회를 최대한 활용하자. 문화기획자의 독립 초기에 든든한 버팀목이 되어 줄 것이다.

나처럼 이미 1인 기업 형태로 활동하던 사람이라면 '안정적인 시장 확장'에 포커싱을 맞춰야 하지만, 아직 직장인이고 이제 막 독립을 준비하는 문화기획자라면 조금 더 조심스러운 접근법이 필요하다. 자신에게 감을 잡을 수 있는 여유 시간을 만들어 줄 전략이 필요한 것이다. 당장 필드에서 일해 보면 당황스럽거나 멈칫거리는 순간이 생길 수밖에 없는데, 그럴 때마다 방어할 틈도 없이 타격을 맞는 것보다 다소 흔들려도 제자리를 찾아올 수 있는 유예 기간이 있는 게 유리하다. 그래서 독립된 문화기획자를 시작하는 사람에게 이런 지원사업들이 좋은 연습장이 된다.

그뿐만 아니라 이미 지원의 필요성을 인정받고 심의를 거쳐 지원이 확정되었기 때문에 목적에 맞게 잘 수행하기만 하면 되고, 혹시라도 좋은 성과를 내지 못했더라도 그 이유와 성실한 사업 이행을 증빙하면 된다. 일반 기업에서처럼 약속한 성과를 내지 못했을 경우 모두 책임져야 하는 비즈니스 거래와는 차이가 크다. 자칫 오해를 불러일으킬까 봐 짚어 두자면, 공공기관의 지원사업은 성과가 안 나와도 무조건 넘어간다거나 전혀 책임지지 않는다는 게 아니다. 사업기획안에서 약속했던 내용은 100% 실행해야 하고, 약속한 성과를 내도록 노력해야 한다. 그러나 사업을 충실히 이행했음에도 기대했던 성과가 안 나올 수 있는데, 공공기관의 지원사업은 '지원'의 취지가 더 크기 때문에 성과가 좀 부족하더라도 어떻게 노력했고 개인적으로 어떤 정성적 배움이 있었는지 등을 성의 있게 설명하면 지원의 목적을 달성했다고 해석하는 편이란 의미다(기업과의 거래에서는 상상할 수 없는 일이다).

아직 문화계에 발도 들이지 않은 일반 직장인이라면 규모가 큰 지원사업에서 사전에 개최하는 사업설명회 같은 곳을 몇 번 찾아가 서류 양식과 구비 서류, 자격 요건, 설명을 들으러 온 사람들, 주로 나오는 질문들, 사업의 취지, 주최 측이 가장 중요하게 생각하는 요건 등을 잘 파악하고 익숙해지면 좋겠다. 넉살 좋게 설명회에 참가한 지원자들과 차라도 마시면서 친분을 쌓고 따로 밥값을 들여서라도 그들의 작업에 일부라도 함께 참여할 기회를 만들어 보자. 의외로 예술인들은 자신들이 잘하는 예술 활동 이외에 기획, 디자인, 마케팅 등 여러 부분을 필요로 한다.

이미 문화기획자로 뛰어든 사람이라면 작은 사업부터 시도해 일단 선정의 기쁨을 누려 보자. 처음부터 너무 욕심내서 큰 사업에 들어가 실패를 반복하기보다는 금액이 적더라도 경험하는 게 필요하다. 그리고 이후부터는 사업의 전체 과정을 모두 직접 경험해 보는 기회를 반복적으로 만드는 것이다. 자신에게 맞는 적절한 사업을 찾아 기획과 실행, 정산 과정까지 사업의 전 과정을 책임지고 직접 실행해 보는 것이 중요하다. 물론 지인이 하는 프로젝트의 일부를 받아서 할 수도 있지만, 그런 경우에는 지인이 이미 기획하고 실행하고 예산 및 정산까지 큰 그림을 다 그린 상태에서 특정 파트만 받아 수행하는 부분적인 사업일 가능성이 크다.

그런 측면에서 공공기관의 문화예술 지원사업은 철저한 행정 제도의 틀 안에서 이루어지기 때문에 평소 겪어 보지 못했던 문화행정의 실체와 필요성, 한계점을 모두 익힐 수 있다. 문화행정을 직접 경험해 보면 지나치게 절차와 형식을 강조해 매우 불편하다고 느낄 수 있지만, 한편으로 공적 자금인 만큼 투명성과 합리적 지출을 증명하는 데 필요한 과정이라는 것을 쉽게 알 수 있다. 나 하나야 잘하겠지만, 누군가는 눈먼 돈이라 생각하고 함부로 쓸 수도 있으니, 제도와 규정이라는 것이 필요한 법이다.

이런 공공지원사업은 독립 후 공공기관의 큰 사업들을 따낼 수도 있는 유용한 사업들이니 익혀둘수록 새로운 시장을 넓힐 수 있는 기회가 되기도 한다. 그뿐만 아니다. 공공기관의 지원 제도를 한번 경험하기 시작하면 문학, 미술, 공연, 전시, 다원 예술, 축제, 음악, 무용 등 온갖 다양한 장르의 기획자와 아티스트, 행정가를 분야별로 자주 만날 수 있기 때문에 사업 실행에 대한 이해의 폭과 네트워크가 확연히 달라지는 것을 경험할 수 있다. 내가 공연을 좋아한다고 해서 그저 무대 공연만 바라본다면 금세 트렌드에 뒤처지고 좁은 장르 안에 갇히기 쉽다. 주변 환경 전체를 봐야 한다.

금액은 적었지만, 최근 내가 재미있게 활용했던 지원사업이 있다. 중소기업청 산하에 지역별 소상공인 지원센터들이 운영되고 있는데 이곳에서 소상공인들의 협업과 역량 강화를 위해 연구 활동을 지원하는 사업이 있었다. 소상공인들이 사업을 잘하기 위해 연구활동을 하면 이를 지원해 준다는 것이다. 사업자를 가진 소상공인이면 누구나 참여할 수 있고 프리랜서는 자격이 안 되었다(프리랜서와 1인 기업이 이런 측면에서 다르다. 법적 기업형태를 갖췄느냐 아니냐의 문제다).

나는 지인들과 협동조합을 만들었기에 당장 제도 활용이 가능했다. 1회당 도서 구입 비용으로 30만 원까지 쓸 수 있고 5회까지 가능하며 최소 5인만 모이면 신청이 가능했다. 모여서 자신들이 원하는 주제에 대해 서로 토론하고 학습하는 시간을 가지면 되었다. 공적 자금이라도 용역 같은 거래가 아니고, '지원사업'이니까 가능한 일이다. 대한민국 소상공인들 혼자 일하기 힘드니, 역량 강화해서 더 열심히 수익 활동 하라고 만들어진 지원 제도란 말이다. 이제 갓 시작한 기획자라면 이런 좋은 지원사업들을 놓치지 말아야 한다.

그렇다면 지원사업이 많은 문화계 공공기관은 어디일까? 다음의 공공기관 사이트를 참고하자.

— 한국문화예술위원회 : https://www.arko.or.kr

— 예술경영지원센터 : https://www.gokams.or.kr

— 아트코리아랩 : https://www.artskorealab.kr

— 예술인복지재단 : http://www.kawf.kr

— 한국콘텐츠진흥원 : https://www.kocca.kr

— 지역문화진흥원 : https://www.rcda.or.kr

— 한국디자인진흥원 : https://kidp.or.kr

— 중소벤처기업부 : www.mss.go.kr

— 중소벤처기업진흥공단 : https://www.kosmes.or.kr

— 소상공인시장진흥공단 : https://www.semas.or.kr

— 벤처기업협회 : www.venture.or.kr

— 한국여성벤처협회 : http://www.kovwa.or.kr

— 그 외 각 지역 문화재단 : 서울문화재단, 경기문화재단 등

지원사업의 핵심은 마감 시간 엄수! 가장 많이 시행되는 시기인 11월~3월을 주목해 보자.

문화 분야의 큰 지원사업은 한 해 사업이 대략 마무리되고 이듬해 사업을 준비해야 하는 연말에 주로 시작된다. 11월과 12월에 규모가 큰 지원사업의 정보가 많이 공개되고 신청 기간이 들쭉날쭉하니 경험이 없는 지원자일수록 초기 몇 년간 차분히 지켜보며 사업들의 성격, 주제, 트렌드를 꾸준히 살피는 것이 중요하다. 보통 문화계 지원사업들은 금액 규모가 클수록 1년 내내 하는 연간 사업일 가능성이 크기에 연말에 공모를 시작해 연초 3월 정도에는 사업이 시작될 수 있도록 하는 것이고 6개월짜리 사업도 많다.

이런 경우에는 매년 봄인 2월과 3월에 많이 뜨고, 미리 책정된 예산 규모보다 선정된 팀 수가 적어 남는 예산이 있을 경우는 3월부터 6월까지 2차, 3차 공모가 지

속되니 놓치지 말자. 직접 심사해 보니 기획한 내용이 부실한데도 지원자가 적어 운 좋게 선정되는 경우도 꽤 많다. 경험이 적다면 나처럼 연구회 같은 쉽고 작은 규모의 사업부터 공략하면 된다. 하나부터 열까지 스스로 준비하고 책임져야 하는 시기에 경제적, 물질적 지원을 받으면 개인 돈을 쓰지 않아도 되니 엄청난 힘이 된다. 나는 홈페이지 제작, 브로셔 제작, 외국어 번역 서비스, 법률 지원 서비스까지 골고루 받아 야무지게 활용했다. 따라서 본격적인 비즈니스를 시작하기 전에 '공공지원제도'를 활용해 보자.

더불어 문화기획자라고 해서 문화 관련 기관만 쳐다보는 것도 바람직하지 못한 자세다. 시야를 넓혀야 한다. 전 세계 어느 나라라도 문화와 여가보다는 실질적 경제 활동의 근간인 기업과 노동 활동 지원에 더 많은 예산을 쓰고 있다. 경험상으로 나는 문화계에 있지만 쏠쏠한 지원은 중소벤처기업부 쪽이 더 많은 것 같다. 특히 문화 분야의 사람들은 문화기관에서만 주로 정보를 찾으니 중소벤처기업 쪽 지원사업에 가 보면 문화계 사람들을 찾기가 매우 어려울 정도다. 중소벤처기업부 산하의 각종 관련 기관에서 수시로 지원사업이 시행되고, 특히 경기가 안 좋은 때일수록 관할 지자체와 '사업 운영 예산 대출 지원 서비스' 등 각종 물적, 금전적 지원사업이 쏟아진다.

예를 들어 나는 큰 규모의 사업을 하는 것이 아니기 때문에 특별히 많은 규모의 예산은 필요 없었지만, 수주한 사업을 실행하는 기본 운영비를 내 돈으로 먼저 써야 할지, 선지급을 받을지 초반에 많이 고민했다. 일반적으로 선지급을 받으면 나중에 정산 방법이 더 복잡해진다. 마침 경기도에서 소상공인 운영 자금 대출 이자 지원사업이 있어서 2천만 원가량 대출 지원을 처음으로 받아봤는데, 매달 이자가 6천 원이었다(이자 변동률이 높아져도 2만 원이면 족했다). 통장에서 빠져나간 커피 한 잔 값 정도의 이자를 보며 놀란 적이 있다.

마지막으로 사업 기획안 혹은 협찬 제안서를 제출해 놓고 무작정 답변이 오기만을 기다리지는 말자. 다양한 창구를 개발하여 지속적으로 노력해 보는 게 필요하다. 나는 세계여행을 준비하며 공공지원사업에 지원하고, 동시에 주변 지인을 수소문해 유명 카메라 회사의 협찬을 받았고, 여행사 지인을 통해 세계여행 항공권과 유레일패스, 여행 가방과 개인 노트북까지 협찬받을 수 있었다. 큰 규모의 비용이라면 물품 협찬과 기금 협찬으로 구분해 보고, 상대방의 부담감을 줄여 보려고 머리를 썼던 기억이 난다. 당시에는 노크할 수 있는 모든 기관과 기업, 개인에게 다양한 각도로 지원받을 수 있는 방법을 모색하고 시도했다.

돌이켜 보면 나름의 작은 전략들이 조금씩 어필하여 결과적으로 다양한 루트의 지원을 받아 여행 경비를 마련할 수 있었다. 공공기관이든 기업이든 잊지 말아야 할 핵심적인 포인트는 오직 하나다! "열심히 할 테니 나에게 협찬해 달라."가 아니라, "귀사가 나에게 협찬해 준다면, 나는 귀사에게 ○○을 제공하겠습니다."라고 해야 한다.

내가 줄 것이 무엇인지를 명확하게 설명할 수 있어야 한다. 내가 썼던 사업 기획안은 다음의 카피로 시작됐다. "과연 에든버러 축제만이 해외 진출의 유일한 출구인가?" 그리고 뒤이어 내 사업을 지원해야 하는 이유로 "원인은 정보 부재다. 정보가 없으니 난타가 잘됐다는 뉴스를 보고 모두 똑같이 에든버러 페스티벌만 쫓아가는 것이다. 고로 다양한 해외 시장 정보가 필요하다. 본 사업을 통해 조사해 오겠다."라는 내용을 근거로 담았다. 사실 공공기관이나 기업이나 핵심은 하나다. '지원 기관(혹은 기업)에서 지원자에게 지원해 준 만큼 무엇을 얻어 낼 수 있을 것인가?'라는 것이다. 세상에 공짜는 없으니, 내가 줄 것을 먼저 고민하는 게 필수다.

✦ 평가받는 입장에서
평가하는 입장으로 진화하다

누구나 자기 인생의 큰 전환점이 되는 다양한 사건을 경험하며 살게 된다. 나에게는 난타 취업으로 문화계 구성원이 된 것, 한국문화예술위원회의 청년 인재 육성 지원사업에 선정되어 세계여행을 한 것, 칼럼을 쓰면서 글쓰기가 생활화된 것 등이 인생을 바꾼 큰 전환점이었다. 인생의 전환점은 우연인 것 같지만, 알고 보면 우연이 아닌 경우가 더 많다. '기회'라는 걸 쟁취하는 사람에게는 기회에 다가가는 노력, 기회를 놓치지 않는 준비성, 기회에 기회를 더할 수 있는 활용 능력 등이 있다.

더 많이 경험한 사람이 적게 경험한 사람을 평가하고, 정해진 규정 안에서 더 잘 준비된 자에게 '기회'를 주는 것이 '공정'이라고 생각한다. 더 많이 경험한 사람을 '전문가'라고 부르고, 그들은 선택의 임무를 맡고 있다. 내가 평가를 받아야 하는 지원자 입장일 때는 막연하게 나보다 나이도 경험도 많은 심사 위원이 무섭고 멀게 느껴졌지만, 이제 내 경력이 쌓이고 그 위치로 와 보니 평가하는 입장도 어려운 일임을 깨닫게 되었다. 왜냐하면 누군가를 평가하는 일이 그 상대에게는 '인생을 바꾸는 기회'가 될 테니 신중할 수밖에 없는 것이다.

나는 그런 '기회'를 잘 활용해 왔다고 생각한다. 평범한 문화계 직장인에서 막 독립했을 때는 모든 것이 막막했고 주변에 물어볼 사람도 없어서 혼란스러웠다. 하지만 공공지원사업의 지원서를 밥 먹듯 쓰고 떨어지기를 반복하다 결국 좋은 기회를 얻게 되었고 그렇게 경험과 경력을 쌓으면서 지금은 기회를 주는 평가자의 위치에 서게 되었다. 평가받는 일과 평가하는 일을 모두 겪어본 경험자의 입장에서 좋은 기회를 사로잡는 방법과 태도, 마음가짐에 대해 정리해 보았다.

첫째, 사람을 만날 때는 그 사람 뒤에 열 명의 사람이 있다고 생각하자. 그럼 누구에게도 소홀히 할 수 없다. 물론 그 사람의 뒤에 열 명이 있건 백 명이 있건 누구에게나 성실하게 잘 임해야 하지만 의외로 그렇지 않은 사람이 많기에 강조하는 것이다. 세상의 모든 기회는 사람이 가져온다. 항상 사람을 중하게 여기고 다시 만날 사람처럼 성의껏 대하자. 기회는 그 사람 혹은 그 뒤에 있는 더 많은 사람으로부터 올 수 있다.

둘째, 지금 당장 어떤 기회를 놓고 경쟁하는 면접 장소라면 자신감 있는 눈빛으로 상대의 눈을 당당히 바라보자(초롱초롱하고 맑은 눈빛이라면 금상첨화다). 면접에서든 비즈니스 미팅에서든 마찬가지다. 면접 심사 위원도, 비즈니스 상대도 나의 눈빛과 태도, 표정, 옷차림에서 간절함 혹은 떨림, 당당함을 읽어 내고 있다. 아직 뭘 하지도 않았는데 상대의 눈도 제대로 못 마주치고 다른 곳을 응시하며 대화하고 답한다면 그 사람을 신뢰하기는 어려울 것이다. 당당하고 자신감 있는 눈빛은 그 어떤 말보다 강력한 언어다(면접 후에 걸어가는 뒷모습으로 면접자의 마음 자세와 성격을 헤아리는 면접관도 있다).

마지막은 침착함이다. 대면 면접의 경우에는 자기보다 경험도 많은 쟁쟁한 분들이 표정 없는 얼굴로 이것저것 난감한 질문을 쏟아내기 때문에 경험이 적은 면접자는 당황할 수밖에 없다(때로는 당황하라고 질문할 때도 있다. 그런 질문에 대한 태도와 반응을 가늠하여 위기 대처 능력 등을 보는 것이다). 면접관은 일반적으로 침착하게 자신의 생각을 논리정연하게 내놓을 수 있는지를 보려는 의

도가 있는 질문을 한다. 이런 질문에 차분하게 대응해야
한다. 항상 차분함을 잃지 않고, 침착하게 대처하는 법
을 연마하는 게 중요하다. 명상하거나 혼자 있는 시간을
갖는 게 차분함과 침착함을 훈련하기 좋다. 조용한 나만
의 힐링 공간을 찾는 것도 도움이 된다. 머릿속을 정리
하는 습관이 차분함을 만들어 준다.

　면접관 앞에서 사시나무 떨듯 당황하던 면접자 시절
이 엊그제 같은데, 이제는 적어도 당황할 필요는 없는
평가자의 위치가 되었다. 오래전 나에게 소중한 기회를
줬던 평가자처럼 나도 누구에겐가 인생을 바꿀 기회를
주는 사람이 되고 싶다. 여러 자리에서 면접자나 지원자
를 평가하며 '저 문화기획자는 이게 얼마나 중요한 기
회인지 알까?'라고 생각하기도 하고, 떨어져 낙심한 지
원자를 볼 때는 '어떡해. 나도 저 마음 아는데. 낙심하지
말고, 잘 준비해서 꼭 다시 지원하면 좋겠다.'라고 생각
하기도 한다. 벌벌 떠는 어린 청년 기획자를 볼 때면 '그
만 떨고 빨리 정신 차려! 방금 질문에 대답만 잘하면 합
격이란 말이야.' 하고 속으로 응원하며 표정 관리하기
바쁘다.

　언젠가 지자체의 큰 축제에 초대받은 적이 있다. 축

제 현장에서 스텝들이 반갑게 맞아 주었는데, 이래저래 현장 이야기를 하고 있자니 젊은 스텝이 내게 다가와 "저번에 위원님이 저희 떨어뜨리셨잖아요."라고 했다. 사업 공개 입찰에 그가 속한 단체가 들어왔고 하필 내가 심사 위원이었던 모양이다. 나는 워낙 만나는 단체가 많다 보니 스텝 한 명 한 명 다 기억하지 못했는데, 그는 자기 단체를 떨어뜨린 심사 위원이던 나를 정확히 기억하고 있던 것이다. 미안한 마음에 "어머, 그랬어요? 죄송해요. 어느 사업이었는지, 고생하셨을 텐데. 그런데 그건 저도 어쩔 수가 없어요."라고 답했다.

심정적으로는 미안했지만, 그 누구도 어쩔 수 없는 문제다. 그도 상황을 이해하는 마음이 있었으니 나에게 되레 솔직하게 얘기해 준 것일 테다. 하지만 어떤 이는 앙심을 품고 어디에선가 나를 미워하고 있을 수도 있다. 이렇듯 내가 평가하는 입장이 되어 보니 이쪽도 그리 만만치 않다. 그래도 예전에 나를 선택해 주고 기회를 준 평가자들에 대한 고마움을 기억하며, 나 또한 누군가에게 인생을 바꿀 기회를 주고자 노력하고 있다.

✦ 기획자의 명함에는 무엇이 담길까?

활동 범위가 넓어지면서 평소 내가 만나는 사람의 범위가 얼마나 커졌는지, 매일 받은 명함을 한 장 한 장 꺼내 보며 놀랄 때가 많다. 건축계, 디자인계, 안전계, 법조계, 과학계, 고고학계, 관광계, 광고계, 출판계, 회계 전문 등 예전에는 생각지도 못했던 각 분야의 고수를 수시로 만나게 된다. 예를 들면 각 지자체마다 규모가 큰 문화사업 및 정책사업을 진행할 때는 문화계 인사만으로 구성하지 않는다. 저작권 문제가 있을 수도 있고, 홍보도 중요할 것이고, 건축 심의가 필요할 때도 있다. 요즘 문화사업에는 안전이 필수이니 안전 전문가도 구성에 포함시켜야 한다. 따라서 지자체에서는 큰 규모의 사업일수록 반드시 위원회를 만든다. 이런 위원회는 각 분야 전문가로 구성하게 되어 있다.

이처럼 각계각층의 새로운 사람을 만날 때마다 그동안 공을 들여 온 내 명함이 빛을 발하곤 한다. 내 명함을 본 사람들은 "색이 정말 예뻐요."라거나 "이거는 당나귀예요? 말이에요?"라고 질문할 때가 많다. 그렇게 인사를 주고받으며 조금 더 빨리 친해질 수 있다. 내가 어떤 일을 하는지에 대한 궁금증도 풀고, 문화계의 창의적이고 개성 있는 느낌이 잘 전해지는 것 같다.

문화기획자에게 명함은 생명이다. 특히 곧 독립을 생각하는 문화기획자라면 약간의 비용을 들이더라도 개성 있고, 이야기를 품은, 호기심을 유발하는 명함을 만들라고 권하고 싶다. 관공서의 명함처럼 단조롭고 정해진 정보만 고딕체로 박은 그런 평범한 명함은 정말이지 전화번호를 보는 것 이외에 아무런 기능을 하지 못한다. 하지만 자신의 생각과 흥미로운 활동을 간결하고 세련되게 잘 담은 명함은 처음 인사를 나눌 때부터 긍정적인 호감을 얻을 확률이 높다. 명함도 기획의 연장선이라고 생각하자.

명함에 관한 이런 생각은 장기 여행을 할 때부터 시작되었지만, 그때는 여행 경비를 준비하느라 명함에 돈을 들이기 어려웠고, 별다른 아이디어가 없어서 일반적인 형식의 명함을 썼다. 그 명함을 쓰면서도 '안 주는 게 낫겠는걸!'이라고 생각할 정도로 형편없었다. 창업하고 본격적인 활동을 시작하면서 명함의 중요성을 깨닫게 되었다. 중세 유럽 카니발에 자주 등장하는 당나귀의 형태를 상징적인 이미지로 정하고, 강렬한 오렌지 핑크 컬러로 몰입감을 높인 명함이 새롭게 시작하는 나의 존재감을 잘 드러내 주었기 때문이다.

카니발의 당나귀는 어린이의 순수함과 동심을 의미하니 그 뜻도 좋다. 그간 명함에 있는 당나귀 모양이 수없이 바뀌었다. 뚱뚱해졌다가 다리가 짧아지기도 했고 웃는 당나귀도 있었다가 먹는 당나귀로 변하기도 했다. 원래는 당나귀가 풀을 뜯어 먹는 장면을 디자인했는데 자세히 보면 풀이 FESTIVAL이라는 글자 모양이라서 보는 재미가 있다. 최근에는 명함 종이도 좀 더 고급 사양으로 바꾸고 모서리는 둥글게 재단해서 나의 이미지를 조금이라도 부드럽게 하고자 노력했다.

명함 제작에 큰돈이 들진 않기 때문에 어렵지 않게 할 수 있다. 다만 CI와 BI를 제작하는 과정에서 비용과 시간이 들기 때문에 대부분 로고와 콘셉트 없이 텍스트만 박은 명함을 만드는 것이다. 하지만 문화기획자라면 지향하는 메시지와 가치관, 꿈, 특징을 순서대로 나열해 보고, 명함에 사용할 워딩을 미리 생각해 보면 좋다. 나를 가장 잘 아는 건 스스로이기 때문에 어떤 면에서는 디자이너보다 창의적인 디자인 아이디어를 낼 수 있다. 자신감을 가지고 디자이너에게 아이디어를 다 제공해 버리면 된다.

창업 초반에 필요한 예산을 확보하기 위해 소비를 줄이는 것은 필요하지만, 명함은 다른 문제다. 명함은 세상에 뛰쳐나온 문화기획자를 알리는 움직이는 간판과 같으니 비용을 좀 들여서라도 매력적으로 만들자. 사람을 만날 때 "어? 명함이 정말 독특하네요. 이 로고는 무슨 뜻이에요?"라는 질문을 듣는다면 성공이다.

✦ 독립한 문화기획자의
마음가짐은 어떨까?

독립한 후에 내게 첫 사업을 의뢰해 줬던 곳은 평소 좋은 관계를 맺고 있던 강릉단오제 측이었다. 강릉단오제는 천 년 역사를 가진 우리 민족의 대표 명절이자 유네스코 인류무형문화유산으로 인정받은 글로벌 문화유산이다. 하지만 규모가 크고 오래된 축제일수록 개선해야 할 고질적인 문제가 산재해 있어, 나를 통해 다양한 분야의 전문가를 초청해 의견을 듣고 개선 방향을 도출해 내는 연구사업을 진행하고자 했다.

강릉단오제의 대표인 김동찬 위원장은 강릉에서 태어나 방송 기자로 활동하며 젊은 시절부터 강릉단오제를 매년 취재해 오다가, 인생 후반부에는 아예 강릉단오제를 이끄는 문화경영인의 삶을 살고 있다. 김 위원장과는 오래전 경기도 화성시의 축제 담당 공무원과 시민 기획자, 전문가가 함께 참여하는 단체 견학 프로그램으로

강릉단오제를 방문했을 때 만나서 지금까지 좋은 인연
을 이어 오고 있다.

　문화기획자로는 처음으로 개인이 아닌 회사 이름으
로 수주받은 사업이니 오죽 잘하고 싶었을까? 작은 연
구사업이었음에도 각 분야의 전문가를 강릉으로 초청
했고, 프랑스에서도 전문가를 초청하여 다양한 발전 방
향을 도출하며 노력했다. 그 과정에서 외국인 전문가의
시각에서 한국의 축제가 "젊다."라는 의견이 있던 게 인
상적이었다. 국내 축제장 분위기가 전반적으로 노후하
고, 전통축제일수록 젊은 층의 관심을 끌 만한 콘텐츠가
적은 게 단점이라고 여겨 왔다. 그런데 며칠간 시간대별
로 강릉단오제를 살펴본 외국 전문가는 "유럽이 더 큰
고민이다. 강릉단오제에서는 낮에도 젊은 관람객이 제
법 많이 보여서 놀랐다."라고 평했다. 국내 전통축제의
단점에 지나치게 집중한 나머지 오히려 객관적 시각을
잃고 있었다는 생각에 반성하기도 했다.

　그렇게 시작된 첫 사업에서 떨리고 겁이 났던 건 세
금계산서 발행과 예산 초과 문제였다. 회사 생활을 할
때는 팀에서 썼던 비용만 회사 내부에서 다뤘을 뿐, 기
업 간 거래에서 어떤 절차를 거쳐 증빙해야 하는지를 전

혀 알아 두지 않았다는 것을 그때서야 깨달았다. 물론 지금이야 눈 감고도 하지만 그때는 세금계산서를 발행하는 방법조차 알지 못해서 주변 사람을 귀찮게 했다. 뒤늦게 더 번거로워질 것을 대비해 외국인 초청과 항공 교통비 증빙, 외국인 인건비 송금까지 세무서와 하루에도 수십 번씩 통화하며 사소한 일부터 배웠다.

다행히 일을 무사히 잘 마치고 정신을 차릴 무렵에 자연스럽게 현대차와 또 다른 일이 시작되었다. 현대는 대기업이니까 이제 막 시작된 나의 회사 업력에도 도움 되고, 홍보도 할 겸 좋은 기회라고 생각하여 성의껏 사업에 임했다. 그나저나 현대에서 나를 어떻게 알았을까? 관계자에게 경위를 물어보니 직원 중에 나를 만난 사람이 있었는데, 그가 나에게 문화 DB 구축 사업 수행이 가능한지 문의해 보자는 의견을 냈다는 것이다. 고마운 일이었다. 현대와의 관계는 지금까지 길게 잘 유지되고 있고, 다른 사업들도 알음알음 지인의 소개를 통해 꾸준히 들어오는 상황이 되었다.

정직원은 두지 않고 주로 프로젝트성 사업을 진행하기 때문에 사업 수행이 가능한지 문의가 오면 사업 내용에 맞는 인력 구성을 먼저 해 보고 사업 수행 여부를 결정한다. 성사되든 안 되든 나에게 연락을 준 것 자체가 고마운 일이기 때문에 최대한 예의를 갖춰 감사를 전하고 내가 아닐지라도 다른 좋은 파트너를 만날 수 있도록 최선을 다해 고민해 주면 상대도 나의 진심을 알아주고 이후에도 좋은 관계가 잘 유지되는 것 같다.

문화기획자로 독립하기 전이나 이후에도 사람들을 만날 때 나의 마음가짐은 크게 달라지지 않았다. 독립한 직후에는 밥값도 못하는 지경에 이르지 않을까, 걱정 반 두려움 반이었다. 그러나 회사원이 아닌 자유인으로 처음 마주한 세상은 어떤 면에서 굉장히 정직하다고 생각하게 되었다. 그동안 내게 일로 연락해 온 사람들은 아무런 근거도 없이 그냥 아는 사람이 소개했으니까 연락하는 게 아니었다. 독립하기 이전의 '나'에 대한 경험과 정보를 근거로 사업을 문의하는 것이었다.

나라는 사람이 그동안 어떤 일을 했고 어떤 시간을 거쳤으며 어떤 정보를 지닌 사람인지를 파악한 상태에서, 심지어 최근에 독립했다고 하니 새로운 비즈니스 파트너로서 개인이 아닌 사업체로서의 가능성을 타진하고 연락하는 것이다. 별다른 문제가 없다면 함께 파트너십을 맺는 동안 또 다른 나의 장단점을 파악하게 되고 긍정적인 부분이 많다면 앞으로도 계속 새로운 사업을 함께하게 될 것이다. 그렇게 좋은 인연을 늘려 가는 것이다.

세상의 모든 사장이 그랬던 것처럼 나 또한 '독립 이전의 나'라는 자원을 기반으로 지금의 '독립된 문화기획자'가 된 것이다. 적어도 거절하고 싶을 때 당당하게 거절할 수 있고, 원하는 일을 골라서 할 수 있는 지금의 나는, 작지만 매운 1인 사장이다.

✦ 미래의 수익 모델은 무엇일까?

출판, 방송, 강의, 심의 등이 꾸준히 들어와 귀국 후 박사 과정까지 밟는 동안 든든한 기본 수입원이 됐다. 신문 연재와 방송 출연으로 미약하지만 꾸준한 경험이 쌓여서인지 글 쓰는 요령이 조금씩 늘었고, 이런 경험을 글로 메모하는 습관이 들면서 지금까지 모두 아홉 권의 책을 썼다. 그중 한 권은 초등학교 국어활동 교과서에 수록되어 큰 금액은 아니지만, 잊을 만한 시점이 되면 인세 외에 교과서 저작권료가 별도로 통장에 콕콕 쌓이는 재미가 있다(담담한 척 쓰고 있지만, 속으로는 '내 책이 교과서에 실렸다고? 가문에 영광이 따로 없네!'라고 쾌재를 부르고 있다. 지금도 꿈만 같다). 책이 출간된 후에는 축제와 문화이벤트, 문화정책, 예술교육, 문화콘텐츠 등 다양한 형태로 강의도 하고 있다.

그러나 이런 수익은 생각보다 그리 오래가지 못한다. 퇴사 이후에 여행이나 특이한 경력으로 책을 출간하게 되고, 한동안 세간의 주목을 받고, 평소에는 상상하기도 힘든 100만 원 단위의 강연료를 받으며 동분서주하는 경험은 유명인이 아니라면 극히 일시적인 현상으로, 단발성 수익을 창출하는 정도일 가능성이 크다. 개인 브랜드를 기반으로 한 책 출간과 강연 활동 등은 매력적이지만, 끊임없이 등장하는 유사 콘텐츠와 유명인의 등장으로 지속적인 수익을 보장하기 어렵기 때문이다. 그렇기 때문에 그런 부분들에서 발생하는 수익은 금세 휘발되는 경계성 수익 모델에 그치기 쉽다. 이슈성이 떨어지면 기회도 금세 사라지는 것이다(물론 저서가 베스트셀러가 되어, 출간과 강연이 전업이 되는 경우도 있지만, 극히 일부의 사례이기 때문에 이를 일반적으로 기대하는 것은 위험하다). 요즘도 강의나 미디어, 컨설팅 의뢰가 자주 들어오고 있지만, 최근에는 더욱 확실한 미래 수익 모델을 공고히 하는 데 집중하고 있다. 언제든 새로운 인재가 유입되면 쉽게 흔들릴 수 있기에 기존 사업에만 절대적으로 의존하지 않기 위해서다.

그러니 나이 먹도록 오래오래 수익을 낼 수 있는 미래의 수익 모델을 준비해야 한다. 지속적으로 수익을 가져올 수 있는 전문 분야와 생명력 있는 나만의 수익 모델을 찾아야 한다는 것이다. 인생 후반부의 '몰입의 대상'을 이제는 결정해야 한다. 지속적으로 수익을 가져다 줄 수 있는 미래의 콘텐츠는 과연 뭘까? 예를 들어 나의 현재 핵심 수익 모델은 '문화사업 컨설팅'이 중심이지만, 장기적으로는 '국제 교류 매니지먼트'에 더 비중을 두고 준비하고 있다.

지금 수행하고 있는 모든 활동의 근간에는 경험을 토대로 한 사업 분석력과 기획력, 다양한 국내외의 정보가 중요하게 활용되고 있고, 외부에서 내게 기대하는 일의 종류도 이와 크게 다르지 않다. 프리 선언 이후에 내게 꾸준히 들어오는 사업들의 성격만 봐도 앞으로 어떤 사업이 더 늘어나게 될지 대략 짐작할 수 있다. 이런 안팎의 정황을 종합해 보면 현재 수행하고 있는 '문화사업 컨설팅'과 앞으로 조금씩 늘어나게 될 '국제교류 매니지먼트' 정도가 미래의 내게 지속적인 수익을 가져올 수 있는 핵심 수익 모델이 될 거라 생각한다(물론 여기에는 실제 자신의 사업 수행 능력도 염두에 두고 고민해야 한다).

컨설팅과 국제 교류는 둘 다 내가 좋아하고 관심이 높은 분야이고 과거 회사 생활 중에도 조금씩 성과를 낸 경험이 있어 실행력을 어느 정도 갖췄다고 생각한다. 국제 교류 매니지먼트는 공연과 축제 분야에 전문가도 많지 않고 관련 실무 경험자가 내 주변에 포진되어 있어 협업하며 시너지를 내기에도 유리한 지점에 있다. 앞으로 이 분야의 사업을 조금씩 늘려 간다면 보람도 느끼며 쉽게 질리지 않을 일이라 오랫동안 손이 잘 맞는 지인들과 즐기며 할 수 있을 거라 기대하고 있다.

사람들이 나를 볼 때 가장 먼저 떠올리는 첫 번째 단어, 나를 수식하는 이미지를 명확히 구축해야 비로소 진정한 나의 비전이 생길 수 있다. 굳이 "나는 무엇을 잘합니다."라고 설명하지 않아도 남들이 나를 보면서 '축제', '세계여행' 등을 떠올리는 것처럼 말이다. 공공연하게 기억되는 나만의 콘텐츠를 만든다면 이를 수익으로 연결하는 틀은 그리 어려운 게 아니다. 자기 콘텐츠만 확실하면 선배 경험자에게 가이드를 받을 수도 있으니 말이다.

그러니 예비 문화기획자들은 진짜 안정적인 수익원이 될 수 있는 자기만의 모델을 구축하고 장기적으로도 꾸준한 생산력을 확보할 수 있도록 인력 구성, 네트워크, 전문성을 기억시키는 브랜드 구축, 안정화된 업무 프로세스를 만드는 데 더 많은 에너지를 집중하길 권한다. 시도하지 않으면, 아무것도 변하지 않는다. 고여 있는 자신의 시간을 깨워야 한다. 고인 시간을 깨워, 자기만의 수익 모델을 만들어 간 사례로 웰니스 전문가 최희정 대표가 대표적이다.

최희정 대표는 체육 전공자에서 웰니스 전문가가 된 인물이다. 웰니스(well being, Fitness, happiness) 산업은 2023년 문화체육관광부가 꼽는 미래 대표 산업이다. 웰니스 전문가는 웰빙(well-being), 웰라이프(well-life), 웰다잉(well-dying)까지 풍요로움 속에서 균형을 잃은 현대인에게 정신 및 신체의 건강이 조화와 균형을 잡을 수 있도록 도와주는 직업이다.

최 대표는 웰니스가 단순한 체육 활동이 아니라 신체 과학, 치유, 대체의학 측면에서 기본이 되는 학문이라는 데 흥미를 느꼈다. 그는 웰빙, 힐링, 웰라이프 개념이 건강한 삶의 지표가 되어 줄 수 있다고 생각했다. 지속적으로 관련 일을 하며 요가와 카이로프랙틱(약물이나 수술을 하지 않고 예방, 건강 유지의 관점에서 영양과 운동, 신경, 골격 등을 복합적으로 다루는 치료법) 자격증을 취득하는 등의 노력을 기울였다.

그 밖에도 하와이안 전통 마사지, 시아츠, 림프 드레

나지, 딥 티슈 마사지, ITEC 아로마, 스포츠 마사지 등 웰니스 분야 해외 자격증도 다양하게 보유하고 있다. 현재 최 대표는 전국 지자체에서 진행되고 있는 온갖 웰니스 상품 개발 프로그램에 깊이 관여하고 있다. 체육을 전공하던 시기부터 신체를 이해하고 치유 의학을 연구하며 20여 년을 웰니스 분야에 몰입하며 누적된 시간이 오늘날 그녀를 전문가로 만들어 주었다.

최희정 대표는 자신이 가장 잘할 수 있는 일을 '나답게' 하는 것을 중요한 가치로 꼽았다. 그래야만 위기가 찾아와도 쉽게 흔들리지 않고 제자리로 돌아올 수 있다고 했다. 최 대표는 체육 전공자이지만, 그가 대학에서 체육을 전공할 당시에는 '웰니스'라는 개념이 아직 없던 때다. 그러나 그는 자신의 관심과 흥미를 발전시켜서 지금의 웰니스와 같은 분야를 당시부터 만들어 온 것이다. 그만의 콘텐츠 만들기를 반복하며, 이를 수익 모델로 완성해 간 것이다. 이처럼 미래 수익 모델과 나만의 콘텐츠는 어느 날 뚝 떨어지는 게 아니라, 끊임없는 노력과 도전의 결과로 얻을 수 있다.

마지막으로 내가 가장 좋아하는 연극 '템플'의 대사를 빌어 나만의 콘텐츠와 수익 모델에 대해 다시 한번 강조한다.

"사람의 일생에서 독립적인 존재가 되기 위해서는 하나의 문을 걸어 나가야 할 때가 있어요."

"벗어나고 싶거든 스스로 문을 열고 걸어 나가요!"

Epilogue

✦

　세계여행에서 돌아와 다시 회사로 돌아가지 않았다.
송승환 대표님과 동료들 그리고 회사가 주는 배움이 컸
지만, 그보다 조금은 더 확장되고 가슴 뛰는 일을 하고
싶었다(조직은 내가 하고 싶은 일만 하게 해 주지 않았다).

　그렇게 '난타'라는 근사한 조직의 옷을 벗고 세상으
로 뛰어들었다. 홀로 선 세상이 얼마나 야속하고 잔인한
줄도 모른 채.

　책을 출간하고 대학 강의를 하며 조금씩 전문성을 쌓
으며 개인 활동을 시작했지만, 세상은 녹록하지 않았다.
가장 힘들었던 건 내가 노력한 만큼 세상이 빨리 나와
나의 일을 알아봐 주지 않는다는 거였다. 내가 남들보다
특별히 월등한 것도 아니라는 것은 알고 있었지만, 현장
에서 전혀 인정받지 못하던 사람들이 이런저런 라인을
타고 승승장구하는 것을 보면 '내가 너무 순진한 건가?

이런 방법으로 혼자 발버둥 치는 게 잘하는 걸까?' 하는 생각을 수시로 했다. 경제적인 문제와 불안도 당연히 스스로 극복해야 하는 난관이었다.

그런 홀로서기의 과정을 세상은 기다려 주지 않았다. 무시하는 사람도 있었고, 나를 사회적으로 힘들고 불안한 존재로 인식하며 대놓고 말하는 사람도 있었다. "겸임교수로 먹고살 수 있어요?" 속으로 욕하며 이런 순간을 넘겼지만, 문화기획자로 자리 잡고 안정권에 들어서기까지 나의 도전을 자세히 들여다봐 주지 않고, 측은하게 볼 때 가장 마음이 아팠다. 예비 문화기획자들도 그런 시간을 겪게 될까 염려되지만, 아마도 비켜 가기 어려울 것이다.

나는 《문화기획이라는 일》에서 원하는 목표까지 도달하는 과정이 쉽지 않을 수 있고, 긴 호흡이 필요하니 서두르지 말고 천천히 가라는 것을 전하고 싶다. 차근차근 밟아 간 시간을 버팀목 삼아 여기까지 왔다. 자유로운 매일과 하고 싶은 일을 고를 수 있는 호시절이 찾아왔다. 예전에 나를 불안하게 보던 사람들은 이제 조기 은퇴를 걱정하며 능청스럽게 우리 회사의 고문 자리를 부탁하거나, 사업에 작게라도 참여할 수 있게 해 달라고 부탁해 온다. 돈이 문제가 아니라, 은퇴와 함께 곧 사라질 자신의 위치를 느꼈기 때문이다. 자신의 콘텐츠와 자신의 브랜드가 아니라, 조직의 이름에 의존해 왔기 때문이다.

《혼자 못 사는 것도 재주》의 저자 우치다 다쓰루의 말처럼 자립은 선언이나 각오만으로 얻을 수 있는 것이 아니었다. 진정한 자립이란 장기간에 걸친 착실한 노력을 통해 획득되고 쌓이는 사회적 신용이라는 그의 말을 나는 몸소 체험했다.

그 여정을 이 책에 담았고, 앞으로 나와 같은 문화기획자가 되어 자립하기를 꿈꾸는 사람에게 실질적인 경험을 제공하고자 했다. 《문화기획이라는 일》이 예비 문화기획자에게 도전과 용기를 줄 수 있기를 바라고, 도전의 출발 좌표를 찍는 계기가 되었으면 좋겠다. 세상에 나와 비슷한 사람, 나와 비슷한 고민을 하고 있는 사람을 만나고 배우는 것보다 더 좋은 공부가 없을 것이다. 시간을 쌓으면 안 될 일이 없다.